Bis das letzte Sandkorn fällt
Dämonentor
Chrissy Em Rose

AF289189

CHRISSY EM ROSE

BIS DAS LETZTE SANDKORN FÄLIT

DÄMONENTOR

Deutsche Erstausgabe Januar 2023
© Chrissy Em Rose (Christiane Schmitt)

ISBN: 9783756234608

Lektorat: Mira Manger Herzgestein Lektorat & Korrektorat
Korrektorat: Julia Weimer Federstaub Lektorat
© Coverdesign: Giessel Design, www.giessel-design.de unter Verwendung
mehrerer Bilder von Shutterstock
Kapitel Illustration: © Bianka Behrend Instagram: bibibuecherverliebt
Alle Rechte Vorbehalten
Satz: Christiane Schmitt (Chrissy Em Rose)

Herstellung und Verlag: BoD – Books on Demand,
Norderstedt

Dies ist eine fiktive Geschichte. Ähnlichkeiten zu
verstorbenen oder lebenden Personen, Orten oder sonstigen
Begebenheiten sind rein zufällig und nicht beabsichtigt.
Bibliografische Information der Deutschen Nationalbibliothek:
Die Deutsche Nationalbibliothek verzeichnet diese Publikation
in der Deutschen Nationalbibliografie.
Detaillierte bibliografische Daten sind im Internet.
auf www.dnb.d-nb.de abrufbar.

Für Andy und Nicole.
Ihr seid wundervolle Menschen.

Prolog

Die Dunkelheit begrüßte ihn wie einen alten Freund. Der Geruch von Magie, Metall und chemischen Substanzen lag in der Luft. Ein wohliger Schauer streifte seine Unterarme, während er Schritt für Schritt weiter in den Raum vordrang. In den letzten zweihundertdreißig Jahren war dieser Ort einer seiner meistbesuchten gewesen.

Ehrfürchtig strich er über eine der kalten Marmorarbeitsplatten. Er konnte nicht sagen, wie viele Versuche, Tests und Forschungsarbeiten sie getragen hatten. Zu viel war hier unten im größten Labor des Zirkels geschehen.

Mit einem Fingerschnippen tauchten fünf kleine Lichtkugeln auf, die sich im hinteren Teil des Raumes verteilten. Ricos Blick glitt über die weite Fläche auf dem Boden, die gleich seine größte Arbeit tragen würde. Heute war der Tag, an dem es ihm gelang. Heute würde es ganz sicher funktionieren.

Jahrelang hatte er geforscht und Versuche unternommen. Viermal hatte er es bisher gewagt, viermal war er gescheitert.

Mit zittrigen Fingern wischte er sich die schweißnassen Haare aus der Stirn. Er war aufgeregt, nervös und doch voller Vorfreude.

Zuerst hatten die Kreismagier ihn belächelt, später ermahnt. Er solle sich die Flausen endlich aus dem Kopf schlagen und sich seiner Arbeit widmen, in ihren Kreis kommen und den Zirkel leiten.

Ein jeder hier wusste um sein Talent, seine besondere Gabe. Er war ein wichtiges und oft gebrauchtes Mitglied. Sein Platz im Kreis war mehr als verdient, und doch hatte er ihn bisher nicht in Anspruch genommen. Für Rico gab es nur eine Aufgabe und die würde er jetzt erfüllen.

»Ihr lagt alle so falsch und heute werde ich es euch beweisen.« Niemand hörte seine Worte, dennoch wollte er sie einmal laut aussprechen.

Wann seine zittrigen Finger in die Manteltasche geglitten waren, konnte er nicht sagen. Sie schlossen sich fest um das vergilbte Papier. Die Sicherheit, die von dieser Mitschrift ausging, war unnötig und doch beruhigte sie ihn. Er kannte die Formel auswendig. Die geschwungenen Symbole und Zeichnungen, die nur er lesen konnte, erschienen ihm in seinen Träumen. Noch etwas, das darauf hinwies, dass es Zeit wurde, den Zauber zu wirken.

Bevor ihn die Enge in der Brust zu ersticken drohte, sprach er die Worte, an denen er so lange gefeilt hatte.

»*Verizi zeszenus ramana ehelios.*« Die Luft begann zu flirren. Hitze zog in breiten Bahnen an ihm vorbei und sammelte sich auf der weiten Fläche. Mit einem Zischen erschien der silberne Kreis direkt zwei Fuß vor ihm. Funken sprühten in alle Richtungen.

Rico wollte sich am liebsten die Gänsehaut wegreiben. Doch er musste seine Hände genau in dieser Haltung lassen. Das Portal besaß noch nicht genug Stabilität.

»*Verizi zeszenus ramana ehelios*«, wiederholte er die Worte. Das Zittern seiner Finger ließ sich nicht kontrollieren. Die Macht, die sich gerade aus ihm entlud, war schmerzhaft und ließ ihn die Zähne zusammenbeißen. Ein Aufstöhnen konnte er nicht mehr unterdrücken. Seine Haut brannte und die Magie, die er gerufen hatte, schnürte ihm die Kehle zu. Sie war mächtig und kaum zu beherrschen. Auf was hatte er sich hier nur eingelassen? Er spielte mit seinem Leben. Mit dem des Zirkels, doch es war ihm gleich. Er würde es schaffen. Nur noch wenige Sekunden und das Portal wäre stabil.

Blitze zuckten um den Ring herum, es war unglaublich. Kurz musste Rico die Augen zusammenkneifen, um von dem grellen Licht nicht geblendet zu werden.

Der Boden unter seinen Füßen bebte. Er spürte die Erschütterungen, sah aus dem Augenwinkel, dass etwas auf den Boden gefallen war. Das Klirren und Scheppern wurde von dem bedrohlichen Zischen der geballten Ladung Magie verschluckt. Rico rann der Schweiß aus jeder Pore seines Körpers, doch er gab nicht auf. Er war kurz davor, das spürte er. Niemand konnte ihn aufhalten!

»*Verizi zeszenus ramana ehelios.*« Seine Stimme hatte eine gebieterische Ernsthaftigkeit angenommen.

Der Ring, um den sich die Energie schlängelte, nahm eine feste Oberfläche an. Endlich bekam das Portal Stabilität. Das triumphierende Lachen konnte er nicht mehr zurückhalten. Es war geschafft. Als erster Magier würde er in der Zeit zurückreisen.

Bedacht ließ er die Hände sinken und schaute auf den kreisförmigen Durchgang, der von magischen Blitzen umrundet wurde. »Ich komme zu dir, Elin. Halte durch, ich rette dich.« Ohne weitere Zeit zu verlieren, trat er durch die silbern schimmernde Oberfläche. Erneut umfing ihn die Dunkelheit wie einen alten Freund.

Der Unfall

»Verdammter Mist.« Genervt schaute ich auf den zerrissenen Schnürsenkel in meiner Hand. Ausgerechnet jetzt, wo ich es besonders eilig hatte! Ein Blick auf die Uhr verriet mir, dass ich nur noch zehn Minuten hatte, bis meine Prüfung begann.

Ich würde mich später um meine Schuhe kümmern müssen. Magie konnte man hier in diesem Gebäude sowieso nicht wirken. Jetzt zählte jede Minute.

Hastig zog ich das, was von den Schnüren übrig war, so fest es ging zusammen. Mit ein paar Probetritten stellte ich fest, dass der Schuh trotzdem gut saß. *Jetzt aber nichts wie los!* Ich musste aus dem Haus, um mich zur Arena zu teleportieren.

Die Tür knallte lauter als beabsichtigt ins Schloss. Ich rannte den menschenverlassenen Flur entlang. Das Poltern über den alten Holzboden hörte man sicherlich im Erdgeschoss. *Verflixt, verflixt, verflixt.*

Immer zwei Stufen auf einmal nehmend, sprang ich das düstere Treppenhaus hinab. Zum Glück lag mein Zimmer nur im zweiten Stock und ich war schnell im Erdgeschoss.

»Malia!« Den Lehrer hatte ich nicht kommen sehen. Bis eben hatte mein halb gebundener Schuh seinen Dienst tapfer verrichtet. Ich versuchte zu bremsen, doch es war bereits zu spät. Die Schnürung gab nach und ich knallte geradewegs in den Lehrer. Das volle Tablet, das er in den Händen balanciert hatte, flog im hohen Bogen durch die Luft.

Gefüllte Reagenzgläser, wenn ich das im Augenwinkel richtig deutete. Die Erkenntnis, dass ich recht hatte, kam wenige Sekunden später.

»Nicht doch«, rief Mister Klimmrich. Bei dem Versuch, das ein oder andere Gefäß zu retten, schleuderte er zwei direkt in meine Richtung.

Ich schloss instinktiv die Augen und spürte, wie mir etwas ins Gesicht spritzte. Das Prickeln setzte unmittelbar danach ein.

Einige unangenehme Sekunden verharrte ich auf dem Boden, um das eben Geschehene zu begreifen.

»Was ist das?« Mit dem Ärmel versuchte ich, die prickelnden Tropfen abzuwischen, doch es gelang mir nicht. Die Flüssigkeit verteilte sich dadurch noch gleichmäßiger. Der Geruch, den ich erst jetzt wahrnahm, ließ mich die Luft anhalten. Sofort überkam mich das Gefühl, alles noch schlimmer gemacht zu haben.

»Stinktier-Verwandlungs-Trank«, seufzte der Lehrer.

Mir blieb die Spucke im Hals stecken. Nein! Das war gerade nicht wirklich passiert.

Allein am Geruch hätte ich es erkennen müssen. Ich spürte bereits das störrische Fell, das aus den Poren meiner Haut wuchs. *Aua!* Haar für Haar suchte sich einen Weg an die Oberfläche. Das Brennen ließ mich auf die Innenseite meiner Wangen beißen. Als würde jemand mit einer Nadel unter meine Haut fahren und das Fell herausziehen.

»Nein, nein, nein!«, schimpfte ich und rappelte mich auf. Mit den Fingern tastete ich die schmerzenden Stellen ab. Das Fell war bereits größtenteils durchgebrochen.

Keine Panik! Mister Klimmrich konnte das sicherlich ganz einfach rückgängig machen. Hoffnungsvoll schaute ich zu dem Lehrer, der meine stumme Bitte verstand.

»Ich habe den Trank präpariert«, murmelte er.

Meine Euphorie schwand so schnell, wie die Erkenntnis kam. Natürlich hatte er dieses Mittel verändert. Er wollte, dass seine Schüler den Gegentrank herstellten und den

Zauber nicht mit Magie beseitigten. Master konnten solch einen Zauber rückgängig machen, Lehrer eher selten.

Für gewöhnlich hielten solche Zauber nur wenige Stunden, ehe sie sich wieder neutralisierten, das wusste ich. Wenn ich jetzt wartete, bis Mister Klimmrich den Gegentrank besorgte, kam ich ganz sicher zu spät! Ich musste zu meiner Prüfung. Wenn ich sie heute nicht ablegte, würde ich sie erst nächstes Jahr nachholen können und das kam nicht infrage! Ich schlüpfte wieder in den Schuh, zog die Schnüre nach und stand auf.

»Wo willst du hin?« Mister Klimmrich machte Anstalten, mich aufzuhalten, doch ich drängte mich an ihm vorbei. Sicherlich wollte er mir anbieten, ein Gegenmittel einzunehmen.

»Schon gut. Bis heute Mittag lässt der Zauber nach«, rief ich ihm wissend zu und rannte den Flur entlang.

Ich hatte wirklich keine Zeit und somit musste ich mich damit zufriedengeben, einen halben Tag mit einem Stinktiergesicht herumzulaufen. Bis zur Zeremonie heute Abend würde es verschwunden sein. Zumindest hoffte ich das.

Das Gelächter meiner Mitschüler schallte bereits in meinen Ohren, doch das war mir egal. Wenn ich die Prüfung ablegen durfte, und dafür würde ich alles geben, wäre ich die jüngste Absolventin der Elitemagier. Das mit dem Stinktiergesicht würde sicher einige Wochen für Getuschel sorgen, doch der Titel als jüngste Absolventin würde mir immer bleiben.

Ich rannte aus der Hintertür des Schülerhauses, um dem Trubel auf dem Hof zu entgehen. Sofort knallte mir trockene Hitze entgegen. Ich musste die Augen zusammenkneifen, um überhaupt etwas zu sehen. Der Nachteil an einem Zirkel mitten in der Wüste war die Wüste! Hitze, Sonne, Staub und Trockenheit waren Gegebenheiten, mit denen ich mich jeden Tag aufs Neue auseinandersetzten musste. Acht Jahre lebte ich bereits in dem Zirkel, der mitten in der Sahara Tunesiens lag, doch daran gewöhnt hatte ich mich nicht.

Die Arena, in der die Prüfung abgenommen wurde, lag etwas abseits in den Dünen. Außerhalb des Schülerhauses konnte ich endlich teleportieren.

Ich schloss die Augen, stellte mir den Ort vor, zu dem ich reisen wollte, und fasste dann mit der linken Hand an den Armreif, der um mein rechtes Handgelenk baumelte.

Die dunkle Spirale verschlang mich ebenso schnell, wie sie mich wieder freigab. Wenn ich das Spiralreisen beschreiben müsste, würde ich es mit einer Lauftrommel vergleichen. Jeder kannte diese großen runden Trommeln, die es auf Jahrmärkten in Menschenstädten gab. Man musste versuchen, durch sie hindurchzulaufen, ohne hinzufallen. Verlor man den Halt, riss einen die Tonne in der Bewegung mit. So ungefähr fühlte sich eine Reise durch die Spirale an, nur zehnmal schneller und man überschlug sich regelrecht.

»Malia? Wie siehst du denn aus?« Mister Laurenz stand direkt vor mir. Er war einer der jüngsten Lehrer an unserer Schule und unterrichtete Kampfmagie. Das Fach, in dem ich heute meine letzte Prüfung ablegen musste.

»Es tut mir leid. Ich bin zu spät, mein Wecker hat nicht geklingelt und dann hatte ich diesen Unfall mit Mister Klimmrich«, erklärte ich verzweifelt.

»Die anderen Prüflinge sind bereits in der Arena. Ich habe auf dich gewartet.«

»Der Sanduhr sei Dank.« Erleichtert fuhr ich mir über das Fell in meinem Gesicht. Ich hatte es wirklich auf den letzten Drücker geschafft.

»Du willst so, wie du aussiehst, in die Prüfung?«, versicherte er sich.

»Natürlich«, schoss es sofort aus mir heraus. Heute war der wichtigste Tag in meinem Leben. Mir war es vollkommen egal, wie ich aussah, Hauptsache, ich durfte die Prüfung ablegen.

Stirnrunzelnd rückte er seine Brille zurecht. Eine Angewohnheit, die Frauenherzen reihenweise zum Schmelzen brachte. Meinem verbat ich es jedoch tunlichst. Ja, er war verdammt gutaussehend und ja, er hatte eine unglaublich liebenswerte Art, und doch war er mein Lehrer.

»Na, dann los.« Er machte eine wischende Handbewegung über den sandigen Boden, der umgehend nachgab.

Fahrstuhlähnlich glitt die runde Scheibe, auf der wir standen, in die Tiefe. Ich kannte den Weg in die Arena in- und auswendig. Unzählige Stunden hatten wir hier unten verbracht, um den Ernstfall zu üben.

Kleine, leuchtende Steine erhellten uns die Fahrt in die Tiefe. Als ich das erste Mal hier runtergefahren war, konnte ich vor Aufregung kaum stillstehen. Die Arena war einer der magischsten Orte, den ich kannte. Sie konnte alles sein, was man sich vorstellte. Ob eine dicht besiedelte Stadt oder ein verwilderter Dschungel, dieser Ort kannte keine Grenzen. Für die Ausbildung zum Elitemagier unglaublich hilfreich.

Das Geräusch, das von dem Sand ausging, der in die Tiefe rutschte, rief ein vertrautes Gefühl in mir hervor. Ich hatte viele Stunden hier unten verbracht.

»Bist du aufgeregt?«

Ich schaute Mister Laurenz mit hochgezogenen Augenbrauen an. »Sollte ich?« Ich war tatsächlich so selbstsicher, wie ich klang. Mein ganzes Leben hatte ich auf diesen Moment hingearbeitet. Meine Freizeit verbrachte ich in der Bibliothek oder in den Laboren, zu denen mir der Zugang gewährt war. Zweimal die Woche trainierte ich heimlich nachts mit zwei Jungs aus meinem Jahrgang in der Arena. Ich war bestens vorbereitet. Scheitern war keine Option.

Mein Lehrer stieß laut die Luft aus. Anfangs hatte er mich als überheblich eingestuft, doch das war ich nicht. Ich hatte eine unglaublich gute Auffassungsgabe, lernte schnell und konnte die Dinge sofort umsetzten. Eben aus diesem Grund war ich hier. Zum Elitemagier konnte man nur ausgebildet werden, wenn man aus der Magiermenge herausstach. Die meisten meiner Mitschüler hatten ein oder zwei Gaben, die besonders gut ausgeprägt waren, bei mir waren es einige mehr.

»Sie werden wegen deines …«, Master Laurenz musterte mich von der Seite, »… Auftretens sicherlich etwas sagen.«

»Es war ein Unfall«, erklärte ich noch einmal. Sie konnten mich deswegen nicht von der Prüfung ausschließen, dessen war ich mir sicher.

Mister Laurenz gehörte nicht zu den Prüfern und hatte keinen Einfluss auf die Master. Er war als Begleitung für seine Schützlinge hier und das war auch schon alles.

Der Sandbodenfahrstuhl kam zum Stehen. Wir waren angekommen. Ich straffte die Schultern, während der Sand, der noch immer um uns herum in die Tiefe fiel, sich wie ein Vorhang vor uns spaltete.

Die Arena

Ein erleichtertes Seufzen kam mir über die Lippen, während ich den Blick über die Weiten der Arena schweifen ließ. Die Prüfer waren noch nicht anwesend und der Raum noch im Urzustand. Ich übte am liebsten im Wald oder in engen Gassen, die Menschenstädten nachempfunden waren, doch heute oblag es den Prüfern, den Raum zu gestalten.

Jeder Prüfling bekam seinen eigenen Prüfungsort und seine eigene Herausforderung. Wir würden im Thema Kampfmagie geprüft werden, was meistens darauf hinauslief, dass man sich zwei Gegner stellen musste, die Elitemagiern auf der ganzen Welt alltäglich begegneten. Meist einen der Kategorie drei und einen selteneren der fünften.

Elitemagier stuften Straffällige in Gruppen von eins bis zehn ein, wobei eins für schwache wie Feen oder Gespenster stand, und zehn für starke wie Lindwürmer oder Mantikore. Bei einer Prüfung wie heute wurde man höchsten mit einer Fünf konfrontiert. Schüler konnten nur auf einen kleinen Teil ihrer Macht zugreifen. Magie wuchs mit den Jahren und der Erfahrung.

Hier im Zirkel ausgebildet zu werden, war jedoch ein Privileg. Was uns von anderen Magiern unterschied, war, dass wir eine besondere Begabung besaßen, die sich schon im Kindesalter zeigte. Während normal magische Kinder lernen mussten, ihre Magie zu rufen und Jahre brauchten, um eine Kerze zu entzünden, hatte ich mit fünf Jahren aus Versehen ein Waldstück niedergebrannt. Mit acht einem Stadtteil den Strom genommen und mit zehn einen ganzen Flughafen lahmgelegt, weil ich während der Wartezeit die Flugzeuge starten und landen ließ, wie es mir beliebte. Das war im Übrigen der Tag gewesen, an dem ich hier an dieser Schule aufgenommen worden war.

Mein Blick fiel auf den Armreif, den ich seitdem trug. Heute würde der letzte Tag sein, an dem ich meine Magie eingeschränkt nutzen konnte, dessen war ich mir sicher.

In meine Gedanken versunken, war ich Mister Laurenz quer durch die Arena gefolgt. Im Augenblick glich sie einer hohen, leeren Halle, ähnlich wie Markthallen in Menschenstädten, bevor die Stände aufgebaut wurden. Der Boden war aus Beton, ebenso wie die nackten Wände.

Unter der Erde war es kühl und ich begann zu frösteln. Am liebsten hätte ich jetzt einen Zauber gewirkt, um mich zu wärmen, doch ich musste meine Kräfte für die Prüfung sparen. Für eine Magierin in meinem Alter mochten sie zwar enorm sein, doch immer noch sehr eingeschränkt. Man musste Magie immer fördern und fordern, damit sie wuchs, allerdings nur bis zu einem gewissen Grad. Trieb man sie bis zum Äußersten, lief man sogar Gefahr, sie gänzlich zu verlieren. Daher bekamen alle hochbegabten Kinder dieser Schule ein Schmuckstück verpasst, das uns davor schützte, uns zu überlasten. Wenn man einmal seine Magie komplett aufgebraucht hatte, war sie für immer verschwunden.

»Malia! Was ist das denn für eine Verkleidung?« Die piepsige Stimme einer meiner Mitschülerinnen, Rohnda, zog sämtliche Aufmerksamkeit auf mich. Für den Bruchteil einer Sekunde herrschte Stille, danach folgte lautes Gelächter.

»Typisch für den Freak.«

»Fremdschäm-Alarm.«

»Und so was soll die Elitemagier in der Öffentlichkeit vertreten.«

»Einfach nur peinlich.«

Die Worte meiner Mitschüler ignorierte ich. Ich hatte gewusst, dass solche Bemerkungen fallen würden, sie bildeten sich immer sofort eine Meinung und hinterfragten selten die vermeintliche Wahrheit. Es war mir egal, ich war wegen der Prüfung hier und nicht, um gut auszusehen.

Mein Blick huschte zu Samuel und Jona. Sie waren die einzigen, mit denen ich Kontakt pflegte. Nur zum Trainieren und ausschließlich nachts, da sie nicht wollten, dass jemand von unseren Treffen wusste. Für mich war es vollkommen okay. Ich hatte einen Trainingspartner gesucht und Jona gefragt, da er neben mir der Beste unseres Jahrgangs war, was Kampfmagie betraf. Um unnötigen Gerüchten aus dem Weg zu gehen, falls uns doch einmal jemand zusammen sehen sollte, hatte er gebeten, Samuel mit zum Training zu bringen. Ich hatte nichts dagegen gehabt. Als sich unsere Blicke trafen, grinste Samuel belustigt und Jona schaute zur Seite.

»Meine Herrschaften, ich darf doch bitten.« Ein Mann, den ich zuvor noch nie gesehen hatte, kam auf uns zu. Er bewegte sich nahezu lautlos und seine Robe unterschied sich von unseren. Es musste sich um einen Prüfer handeln. Während unsere Zirkelmagier orangefarbene Roben mit gelben Stickereien trugen, hatte dieser Mann eine grüne Robe mit goldener Bestickung an. Er gehörte somit zum Waldzirkel.

Sein Blick blieb an meinem Gesicht hängen. »Soll das so sein?«, fragte er.

Ich schüttelte den Kopf. Aus dem Augenwinkel sah ich noch andere Leute näherkommen, doch meine Aufmerksamkeit galt dem Mann, der mich mit zusammengezogenen Augenbrauen musterte. Ohne einen weiteren Ton von sich zu geben, hob er seine fleischige Hand und hielt sie vor meine Nase. Ehe ich etwas entgegenbringen konnte, spürte ich, wie Magie auf mich zufloss. Er verwandelte mein Gesicht zurück. Hitze stieg in mir auf und drohte, mir den Kopf zu verbrennen. Die Magie, die der Master anwendete, war bedeutend stärker als die, die ich bisher kennengelernt hatte. Ich stöhnte auf und presste die Hände auf meine Wangen. Schmerz durchflutete mich, als sich jedes Haar einzeln löste und abfiel. Verzweifelt versuchte ich, Ruhe zu bewahren.

»So, das hätten wir«, murmelte der Master, als das Brenne endlich nachließ. Hätte ich auch nur im Ansatz geahnt, dass diese Prozedur so schmerzhaft war, hätte ich das niemals zugelassen. Ich blinzelte die Tränen weg und hätte ihn am liebsten gefragt, ob er sie noch alle beisammenhatte. Jemanden kurz vor der Prüfung so zu quälen, war nicht fair. Mein Gesicht brannte, als wäre ich durch eine Feuerwand gelaufen. Mit tränenverquollenen Augen stellte ich mich vor dem rundlichen Mann auf und verbeugte mich, um ihm stumm zu danken, auch wenn ich gern andere Dinge losgeworden wäre.

Er erkannte die Geste und nickte. Bei der Sanduhr, am liebsten hätte ich ihm in seinen Hintern getreten. Wo hätte denn das Problem gelegen, mich die Prüfung mit dem Gesicht eines Stinktieres absolvieren zu lassen? Ich versuchte, mich zu beruhigen. Die anderen Master trafen ein, was bedeutete, dass die Prüfung bald begann. Ich musste einen klaren Kopf bewahren.

»Hm, interessanter Auftritt.«

Erschrocken fuhr ich herum und blickte in dunkle Augen. Der Prüfer aus dem Wasserzirkel stand direkt hinter mir. Ich erkannte ihn an seiner blauen Robe. Wo war er so plötzlich hergekommen? Seine ebenso dunklen Augenbrauen hoben sich abschätzend, während seine Nasenflügel sich blähten.

Unwillkürlich stolperte ich einen Schritt nach hinten und stieß mit einem Mitschüler zusammen, der jedoch keinen Ton von sich gab. Im Allgemeinen hatte ich das Gefühl, das alle um mich herum die Luft anhielten. Man hätte eine Stecknadel fallen hören können, so ruhig war es mit einem Mal.

Beim Vorübergehen studierte er jeden von uns eindringlich, als könnte er so schon ausmachen, bei wem welche Schwachstelle lag. Die finstere Aura, die ihn umgab, war so beeindruckend, dass ich mein schmerzendes Gesicht beinahe vergaß. Ich fragte mich, was sein Fachgebiet war. Bevor ich meine Überlegung weiterspinnen konnte, durchschritt eine

Magierin des Vulkanzirkels den Raum und zog alle Blicke auf sich. Ihr braunes langes Haar fiel ihr wie ein Wasserfall über die Schultern. Sie war bildschön und strahlte vor Eleganz.

»Die Magierin bei der letzten Prüfung war schon der Hammer, die aus dem Luftreich, aber die, wow«, murmelte Samuel hinter mir. Sicherlich hatte er mit Jona gesprochen, der beteiligte sich immer gern an solchen Gesprächen.

Die Prüfer samt Schulleiter waren komplett. Bei jeder Prüfung waren drei Magier von fremden Zirkeln anwesend, ein Kreismagier und ein Master vom eigenen Zirkel. Kreismagier war der Höchste Rang unter den Magiebegabten, den man erreichen konnte. Sie leiteten und verwalteten den Zirkel, auch wenn sie sich nur im Hintergrund hielten, die Zirkel kaum verließen, waren sie diejenigen, die das letzte Wort hatten und somit bei jeder Prüfung anwesend waren. Master waren ihnen zwar unterstellt, doch im Gegensatz zu Kreismagiern waren sie aktiv im Außeneinsatz tätig, bildeten Lehrer aus, nahmen Prüfungen ab und kämpften oder agierten in der Menschenwelt, wo die Magie und das Wissen der Elitemagier nicht mehr ausreichten. Besonders hohe Master waren sogar in der Dämonenwelt im Einsatz. Unter Magiern galten Master als die Obersten, auch wenn es in Wirklichkeit die Kreismagier waren, die regierten.

Unsere eigenen Leute kannte ich nur vom Sehen, da wir Schüler eine strenge Ausbildung, die sehr zurückgezogen stattfand, durchliefen.

Mister Laurenz stand bei uns Schülern und rührte sich nicht.

»Willkommen zur letzten Prüfung.« Unser Schulleiter Mister Walker stellte sich vor uns auf. Er war groß und schlaksig, seine Kulleraugen flogen über jeden Prüfling und blieben zum Schluss an mir hängen. Fünf Schüler wurden heute geprüft.

Die Master standen etwas abseits von uns und lauschten den Begrüßungsworten des Leiters. In einer nicht enden wollenden Rede – ich unterstellte ihm, dass er einfach nur die

Aufmerksamkeit bis zur letzten Sekunde genoss – erklärte er die Regeln der Prüfung und wünschte uns viel Glück.

In kurzen Sätzen zusammengefasst: Wir durften keins der Wesen töten, sollten sie nur gefangen nehmen oder betäuben. Jegliche Magie, auf die wir zugreifen konnten, war erlaubt. Jeder Prüfling bekam einen Prüfer zugeteilt, der die Prüfung leitete. Alle anderen hielten sich im Hintergrund und beobachteten das Ganze aus sicherer Entfernung. Nur die Prüflinge mussten die Arena verlassen und durften nicht zuschauen.

Mister Laurenz begleitete uns zu einem angrenzenden Zimmer, in dem wir warten mussten, bis wir an der Reihe waren. Als Erstes kam Rohnda an die Reihe, die Schülerin, die mich wegen meines Stinktiergesichts angesprochen hatte. Sie blieb direkt in der Arena.

»Nehmt Platz«, befahl unser Lehrer. Der überschaubare Warteraum war mit sechs Stühlen bestückt und glich einem Betonbunker. Außer den Stühlen und einem magischen Licht, das an der Decke schwebte, gab es nichts.

Es roch muffig und war kalt. Ich setzte mich Jona gegenüber, der mich nicht eines Blickes würdigte. Auch Samuel hatte den Blick starr auf den Boden gerichtet. Nachdem die Tür geschlossen war, konnte man hören, wie laut Stille war. Niemand sagte etwas und auf Geräusche von draußen wartete man auch vergeblich. Einige Minuten hing jeder von uns seinen eigenen Gedanken nach.

Ich fuhr mir mit der rechten Hand über die Wangen. Meine Haut hatte sich beruhigt und das Brennen ließ nach.

»Was sollte dieser dämliche Auftritt?«, fragte Sirra. Anscheinend hatte ich sie mit dem Betasten meines Gesichts an den Vorfall erinnert.

»Ich hatte auf dem Weg hierher einen Unfall«, gab ich erklärend zurück. Samuel ließ ein leises Zischen hören. Wie ich das zu deuten hatte, wusste ich nicht.

»Der Master hat es ja gerichtet«, mischte sich Mister Laurenz ein, um eine Diskussion sofort zu unterbinden.

»Mister L, jetzt mal im Ernst. Malia ist eine Bedrohung für die Menschen in ihrer Umgebung. Warum ist sie überhaupt zur Prüfung zugelassen?« Samuel zeigte mit der ausgestreckten Hand auf mich und bekam zustimmendes Gemurmel von Sirra und Jona.

Jetzt ging das schon wieder los. Ja, ich hatte in der Vergangenheit den ein oder anderen Unfall verursacht, aber es war niemand ernsthaft zu Schaden gekommen.

»Herrschaften, bitte.« Der Lehrer hob beschwichtigend die Hände.

»Nein, Sam hat recht. Welcher Elitemagier möchte ständig der Gefahr eines *Unfalls* ausgesetzt sein? Das ist nichts Persönliches.« Sirra sah mich aus ihren rehbraunen Augen an, bevor sie sich wieder unserem Lehrer zuwandte. »Ihre Macht kann erheblichen Schaden anrichten. Man denke an das Labor, das sie in die Luft gejagt hat!«

»Oder die geflutete Arena«, mischte sich nun Jona ein.

»Mein Highlight waren die gesprengten Gärten«, zählte Samuel weiter auf.

»Stopp!« Mister Laurenz stellte sich in die Mitte des Stuhlkreises, der sich gebildet hatte. »Ihr sprecht hier von der jüngsten Absolventin der Elitemagierprüfung. Keiner von euch kann auch nur im Ansatz so mit Magie umgehen wie Malia. Statt sie zu meiden oder sie bei jeder Gelegenheit schlecht zu machen, könntet ihr von ihr lernen.«

»Ich habe nichts gegen Mali-« Die Tür wurde geöffnet und Jona verstummte. Der Kreismagier deutete auf Samuel und zeigte an, ihm zu folgen. Die Obersten sprachen selten. Was allerdings jeder auch wortlos verstand, war, dass er der Nächste war, der geprüft wurde. Somit hatte der Unmut meiner Mitschüler über mich ein schnelleres Ende gefunden, als ich angenommen hatte. Für mich waren solche Bemerkungen nicht neu, früher hatten sie mich verletzt, mittlerweile machte ich mir darüber keine Gedanken mehr.

»Hat Rohnda bestanden?«, fragte Sirra. Eine Antwort bekam sie nicht. Die Tür fiel ins Schloss und stille senkte sich erneut über uns.

»Du weißt ganz genau, dass die Kreismagier nicht mehr sprechen als nötig.« Jona bedachte Sirra mit einem freundlichen Lächeln. Verlegen strich sie sich den Pony aus der Stirn. Flirteten die beiden miteinander? Ich hatte immer die Vermutung gehabt, dass Jona auf langhaarige Blondinen stand. Sirra war das genaue Gegenteil. Sie hatte einen stylischen Kurzhaarschnitt und ihre Haare waren braun.

»Ich wüsste zu gern, wie ihre Prüfung gelaufen ist. Ich könnte wetten, sie hat den Schönling als Prüfer gehabt.«

»Wer von denen ist denn der Schönling?« Jona lachte auf und zog die Augenbrauen hoch.

Ich war froh, nicht mehr Gesprächsthema zu sein, aber als sie seufzend den Master des Wasserzirkels benannte, verschluckte ich mich augenblicklich an meiner eigenen Spucke und sicherte mir wieder die Aufmerksamkeit aller.

»Alles gut«, krächzte ich und winkte künstlich lächelnd ab.

»Master Toma ist ein *Witchstagram*-Star, schon klar, dass du ihn nicht kennst.« Dieser Satz hatte mir gegolten. »Er ist noch viel eleganter und gutaussehender als im Netz und diese Aura, die ihn umgibt … habt ihr sie nicht auch gespürt?« Wieder seufzte Sirra.

»Ähm …« Jona wollte gerade etwas erwidern, als das Auflachen unseres Lehrers die peinlich entstandene Stille unterbrach.

»Diese Aura, die ihn umgibt ist dämonischen Ursprungs. Sie wirkt auf die meisten eher einschüchternd als anziehend. Aber jeder, wie er mag«, murmelte er. Hörte ich da etwa einen Anflug von Missgunst heraus?

Sirra wollte gerade etwas erwidern, als Jona die Stirn in Falten legte. Sie verstand direkt, dass dies nicht sein Thema war. Ich wollte zu gern wissen, was Mister Laurenz mit dämonischem Ursprung meinte, doch ich traute mich nicht zu fragen. Dämonen konnten keine Elitemagier sein und wie solch einer sah Master Toma auch nicht aus.

Sofort begann Sirra ein neues Thema, in welches Jona sofort mit einstieg. Also schluckte ich meine ungestellte Frage herunter. Da mich Heilpflanzen und ihre Fundorte weniger interessierten, hielt ich mich heraus und ging in Gedanken Wesen durch, die mir in der Prüfung begegnen konnten.

Ungeduldig trommelte ich mit den Fingern auf meinem Oberschenkel. Eine gefühlte Ewigkeit war vergangen. Meine Mitschüler hatten bereits das dritte Mal das Thema gewechselt und mich gekonnt ausgegrenzt.

Ich war schon kurz vorm einnicken, als sich die Tür endlich öffnete.

»Malia«, rief mich der Kreismagier auf. Ich stand auf und folgte dem Mann, der mich aufgerufen hatte. Jetzt ging es um alles!

Die Arena war wieder in ihren einfachen Hallenzustand zurückgekehrt. Nichts hier verriet, in welchem Rahmen die letzte Prüfung stattgefunden hatte. Auch von den vorherigen Prüflingen war niemand mehr anwesend.

Zügig gingen wir auf die wartenden Prüfer zu, die jeden Schritt, den ich tat, beobachteten. Jetzt war der Zeitpunkt, mich offiziell vorzustellen. Diesen Teil mochte ich nicht.

»Mein Name ist Malia Limmer. Seit acht Jahren werde ich auf die Prüfung zur Elitemagierin vorbereitet. Es ist mir eine große Ehre, heute den letzten Teil ablegen zu dürfen. Ich hoffe, in der Zukunft den Wüstenzirkel und die Magierwelt mit meinen Fähigkeiten bereichern zu können.«

Mein Blick glitt über die Master. Dank Mister Laurenz' Bemerkung blieb er jedoch einige Sekunden länger als nötig auf dem Master des Wasserzirkels hängen. Ich konnte nichts Dämonisches an ihm ausmachen. Keine Flügel, keinen peitschenähnlichen Schweif, keine Hörner, die aus der Stirn wuchsen und auch seine Zähne waren nicht spitzer als andere. Leider fiel mir zu spät auf, dass ich das nur erörtern konnte, weil er mich mit einem überheblichen Lächeln bedachte.

»Wie alt bist du?« Die Frage kam wie gerufen und ich schenkte meine Aufmerksamkeit der Masterin aus unseren Reihen. Ich kannte ihren Namen nicht und wusste auch nicht um ihre Stellung im Zirkel, dafür war ich nicht integriert genug.

»Achtzehn.«

Wie erwartet riss sie die Augen auf. Ein anderer Master murmelte etwas, das ich nicht verstehen konnte. Ich war es gewohnt, wegen meines Alters falsch eingeschätzt zu werden. Noch niemals hatte jemand zuvor die Prüfung in so jungen Jahren abgelegt, aber genau das war mein Antrieb, hier alles zu geben.

»Möge die Sanduhr auf deiner Seite sein«, sagte die Prüferin und alle bis auf einen Master traten einige Schritte zurück.

O nein … Das hatte mir gerade noch gefehlt.

Die Prüfung

Der Wasserzirkelmagier kam auf mich zu und hob die Hände. Ausgerechnet er musste mich prüfen? Im Grunde kannte ich den Mann nicht und dennoch hatte ich kein gutes Gefühl bei ihm.

»Bereit.« Es war keine Frage, sondern eher eine Aufforderung. Ich spürte etwas an meinem Schuh rütteln. *Mein kaputter Schnürsenkel!* Wie hatte ich ihn nur vergessen können? Es wäre Zeit genug gewesen, ihn zu reparieren. Ich schalt mich selbst eine Närrin. Doch was passierte hier? Wie von Zauberhand zog er sich fest zusammen.

Mir blieb keine Zeit, um Nachforschungen anzustellen, die Arena verwandelte sich und forderte meine volle Aufmerksamkeit. Die Wände verschwanden, ebenso wie der Boden. Ich reagierte schnell und umfasste das Schmuckstück an meinem Handgelenk. Bei solch einfachen Zaubern reichte die Vorstellungskraft. Ein kleines Stück Erde erschien unter meinen Füßen und rettete mich vor dem Sturz ins Wasser. Der Master hatte die Arena in eine Meereslandschaft verwandelt.

Die Prüfung begann ohne Umschweife und jetzt musste ich zugeben, dass meine Gelassenheit verflogen war. Das Blut rauschte mir in den Ohren. Im und um das Meer lauerten einige Wesen, die er als Gegner für mich auswählen konnte. Ich ging sie in Gedanken eines nach dem anderen durch.

Master Toma stand einige Meter entfernt am Strand, die anderen Prüfer waren verschwunden. Vermutlich verbargen sie sich hinter der Kulisse.

»Dann zeig uns mal, was du draufhast, kleines Stinktier«, zischte er.

Ich glaubte, mich verhört zu haben. Das war eindeutig zu viel des Guten. Er hatte mich beleidigt, war das nicht sogar … Ich konnte den Gedanken nicht zu Ende bringen. Ohne Vorwarnung schoss etwas aus dem Wasser und packte mich an meinem Knöchel.

Ehe ich wusste, wie mir geschah, landete ich mit einem lauten Klatschen im kühlen Nass. Scharfe Krallen bohrten sich in meine Waden. Ich stieß die Luft aus der Lunge, so heftig durchfuhr mich der Schmerz. Mit festen Tritten versuchte ich, mich aus dem Griff des Wesens zu befreien. Es gelang mir nicht. Sicherlich sah es in mir ein schmackhaftes Mittagessen. Doch dafür musste schon mehr passieren.

Ich umfasste meinen Armreif und zauberte mir Kiemen. Schmerzend brachen sie an meinem Hals durch und als ich spürte, dass der Zauber gewirkt war, öffnete ich den Mund und ließ das salzige Wasser hinein. Es war ein ungewohntes Gefühl, aber ich musste mir keine Sorgen wegen des Atmens machen. Die aufkommende Panik vor dem Ertrinken verschwand sofort. Jetzt musste ich nur noch das Wesen an meinem Bein gefangen nehmen.

Die Umgebung um mich herum wurde immer unheimlicher. Der Meermann zog mich immer weiter in die Tiefe. Ein Befreiungszauber war zu schwach für solch ein Wesen der Kategorie zwei, das war mir bewusst. Mit Wasserwesen hatte ich mich schon lange nicht mehr beschäftigt, dafür hasste ich mich in diesem Moment. Mein erster Gedanke war ein Stromstoß, doch der würde mich ebenfalls treffen. *Denk nach!*

Den Meermann zu verletzen war möglich, doch das gab in der Prüfung Punktabzug. Mir blieb nichts anderes übrig, als ihn jetzt schon gefangen zu nehmen und dann an Land zu schaffen. Ich beschwor eine Kette herauf. In Gedanken murmelte ich die Worte, damit sie sich um seine Füße wickelte. Er merkte es sofort. *Das wäre auch zu einfach gewesen.* Mit einem gezielten Tritt schüttelte er sie ab.

Ein Ablenkungsmanöver musste her. Ich beschwor ein Netz herauf. Es fiel wie geplant über ihn und verschaffte mir die Zeit, um eine neue Kette um seine Beine zu zaubern. Wie erwartet, ließ er meine Wade los und versuchte, sich aus dem Wirrwarr von Kette und Netz zu befreien. Meine Chance!

Eine zweite Kette tauchte durch die Kraft meiner Gedanken vor mir auf. Ich schickte sie zu dem Meermann und fesselte ihn komplett. Er gab Geräusche von sich, die nicht zuzuordnen waren. Durch die getrübte Sicht unter Wasser sah ich nur mich und ihn. Ich musste sofort an Land. Wer wusste, welche Gefahren hier sonst noch lauerten? Zudem schwanden an Land seine Kräfte.

In Gedanken murmelte ich die Worte, die uns wie einen Pfeil in die Höhe schießen ließen. *Das war etwas zu viel Magie,* stellte ich zugleich fest. Meine Augen schlossen sich von ganz allein, als wir die Wasseroberfläche durchbrachen. Wir waren viel zu schnell! Im Augenwinkel nahm ich gerade noch wahr, wie mich der Meermann im Flug überholte. *Nein, nein, nein!*

Wir flogen auf den Strand zu, an dem der Master stand. Und zwar genau in seine Richtung. Wenn er sich einmischte, war meine Prüfung sofort vorbei! Ich griff nach meinem Armreif und lenkte den Meermann von ihm weg. Für einen ordentlichen Landungszauber meinerseits reichte die Zeit jedoch nicht. Wild mit den Armen rudernd, schlug ich auf dem Sand auf und rutschte dem Prüfer mit der dunklen Aura direkt vor die Füße.

Ich keuchte auf und versuchte, den aufkommenden Schmerz zu unterdrücken. Mein Gesicht brannte heute schon zum dritten Mal. Die Sandkörner fraßen sich förmlich in jede Pore meiner Haut.

»Autsch«, jammerte ich und spuckte dem Prüfer Sand vor die Füße. Am liebsten wäre ich liegen geblieben, doch die Prüfung war noch nicht vorbei. Ungelenk rappelte ich mich hoch und sah mich nach dem Meermann um. Als ich ihn ungefähr zehn Meter von uns entfernt zappelnd und kreischend im Sand entdeckte, stieß ich erleichtert die Luft aus.

Diese Wesen hatten Hände und Füße wie ein Mensch, nur dass sie statt Finger lange Krallen besaßen. Ihre Haut war beinahe durchsichtig und von feinen Schuppen übersät, die man auf den ersten Blick zwar nicht erkennen konnte. Doch ich hatte schon mehr als einen Meermann gesehen, daher wusste ich es.

Zufrieden wandte ich mich dem Master zu. Er überragte mich um einen Kopf und hatte die Augen ausdruckslos auf mich gerichtet.

Sollte ich jetzt etwas sagen? Unsicher stierte ich den Mann vor mir an. Ich wusste nicht, warum, aber der Raum um uns herum fühlte sich plötzlich erdrückend eng an. Die dunkle Aura, die ihn umgab, schien die Finger nach mir auszustrecken. Unwillkürlich trat ich zwei Schritte zurück. Sofort musste ich an Mister Laurenz' Worte denken, dass die Aura des Masters von dämonischem Ursprung war.

Ich hatte schon fast vergessen, dass ich mich mitten in einer Prüfung befand, da erklang ein grässliches Kreischen hinter mir.

Ich wirbelte herum und erkannte den Angreifer aus der Luft sofort.

Ein Greif. Ohne große Überlegung ließ ich Pfeil und Bogen erscheinen. Das freudige Glucksen entging meinem Prüfer sicher nicht. Einige dieser Wesen hatte ich beim Training vom Himmel geholt. Ich konnte mein Glück kaum fassen. Ein wohliger Schauer kroch mir durch die Glieder. Ein Wesen der Kategorie vier. Perfekt, das war also mein letzter Gegner.

Den Greif zu betäuben würde zwar Punktabzug geben, weil man das Tier verletzte, doch das würde ich in Kauf nehmen, um sicherzugehen, meinen Gegner auch wirklich zu fangen.

Ich griff nach einem Pfeil und flüsterte ihm die Worte zu, die ihn zu einem Betäubungspfeil werden ließen. Das vertraute Gefühl, als ich ihn an die Sehne des Bogens setzte, gab mir Sicherheit. Ich spannte sie und nahm mein Ziel ins Visier.

Erster Schuss, ein Treffer. Meine Gesichtsmuskeln wollten sich vom Dauergrinsen nicht mehr entspannen. Es war noch viel einfacher, als ich es mir vorgestellt hatte. Maximal drei Pfeile durften das Wesen treffen, damit ich meinen angestrebten Punkteschnitt erreichte. Es war auf alle Fälle machbar.

Der Greif schrie auf und nahm mich ins Visier. Jetzt musste ich mich beeilen. Zweiter Pfeil. Ich beschwor ihn und schoss ihn ab. Zu schnell, er verfehlte sein Ziel. *Konzentrier dich,* ermahnte ich mich selbst. Dritter Pfeil. Ich spürte die Blicke des Masters in meinem Nacken. Ich musste jetzt alles geben.

Der Greif war zu nah. Entschieden beschwor ich steinerne Stufen, die Richtung Meer führten. Er musste weg von dem Prüfer.

Gezielt sprang ich Stufe für Stufe hinauf und schaffte es tatsächlich, die Aufmerksamkeit des Greifs vollends auf mich zu lenken. Ich flüsterte die Worte Richtung Pfeil, doch der Greif legte die Flügel an und ging in den Sturzflug über. Ich musste höher hinauf.

Die Stufen waren rechtzeitig erschaffen, doch ich hatte eine Sache vollkommen aus den Augen verloren: Der Zauber, der meine kaputten Schnürsenkel gehalten hatte, ließ nach. Mein Schuh machte sich mitten im Sprung selbstständig und rutschte mir halb vom Fuß. Wie hatte ich ihn nur vergessen können? Ehe ich weitere Gedanken daran verlieren konnte, knickte ich um, verlor das Gleichgewicht und fiel in die Tiefe.

Der stechende Schmerz in meinem Fuß war nebensächlich. Ich musste diese Prüfung bestehen, um jeden Preis! Ich hatte schon zu viel Magie gewirkt, doch es war mir egal. Ich schickte den Pfeil mittels Ortungszauber los. Ob er sein Ziel erreichte, wusste ich nicht, denn das kalte Nass umfing mich erneut.

Bei der Sanduhr! Ich hatte vollkommen unterschätzt, wie schmerzhaft der Aufprall aus dieser Höhe ins Wasser sein konnte. Ohne es zu wollen, stieß ich die Luft aus. *Verdammt!* Natürlich war auch der Kiemenzauber nicht mehr wirksam, denn jeder Zauber dieser Art verlor irgendwann seine Wirkung. Mit weiten Schwimmzügen kämpfte ich mich an die Wasseroberfläche zurück. Meine Lunge brannte, als ich scharf die Luft einsog.

Mit getrübtem Blick musste mich erst einmal die Orientierung wiederfinden. Ich war nicht weit vom Strand entfernt, stellte ich fest. Sofort schwamm ich auf ihn zu.

Zu meiner Freude taumelte der Greif etwas abseits des Meermanns. Mein dritter Pfeil hatte ihn getroffen. Leider war er nicht wie erhofft betäubt, sondern lediglich benommen. Immer wieder versuchte er, aufzustehen, fiel aber zu Boden.

Ich umfasste den Armreif schon beim Verlassen des Wassers. Der Betäubungszauber wirkte bei Wesen der Kategorie vier normalerweise nicht, da der Greif allerdings schon so wackelig auf den Beinen war, sollte es nicht mehr viel brauchen, damit er zusammenbrach. Und genau so war es. Ich allerdings hätte jetzt auch eine Pause vertragen können. Mein Atem ging viel zu schnell und ich sah stellenweise verschwommen. Ich hatte zu viel Magie gewirkt.

»Komm her zu deiner letzten Aufgabe.«

Letzte Aufgabe? Ich drehte mich um. Der Master stand lässig vor mir, die Hände vor der Brust verschränkt.

»Das waren bereits zwei Wesen.« Keuchend schlurfte ich auf ihn zu. Die nasse Kleidung klebte an mir und machte jeden Schritt doppelt so müßig. Ich musste mich zusammenreißen.

»Du sollst die Beste deines Jahrgangs sein. Auch deine Magie ist bedeutend ausgeprägter, habe ich gelesen. Du hast sicher nichts gegen eine kleine Sonderaufgabe.«

Natürlich hatte er sich meine Unterlagen angeschaut. Er war mein Prüfer und musste sich ebenfalls vorbereiten.

Um Atem ringend, baute ich mich vor ihm auf. »Master.« Ich wartete auf seine Anweisung, während er mich von oben bis unten musterte. Ich bot ein ramponiertes Bild, das wusste ich. Meinen Schuh mit dem kaputten Schnürsenkel hatte ich im Wasser verloren, der andere war noch an meinem Fuß. Nasse Haare klebten mir im Gesicht und das Salz hinterließ einen unangenehmen Film auf meiner Haut.

»Bist du bereit?«

Vermutlich wollte er mir die Chance geben, mich trocken zu zaubern, doch ich hatte bereits einiges an Magie gewirkt und wusste nicht, was als Nächstes auf mich zukam.

»Immer«, gab ich vorlaut zurück. Ich wusste, dass ich auf andere arrogant wirkte, wenn ich solche Äußerungen von mir gab, doch es war die Wahrheit. Niemand würde mich in einem Kampf nach meinem Befinden fragen oder ob ich bereit wäre.

Vor mir tauchte ein hölzerner Übungsstab auf. Ich schaute meinen Prüfer irritiert an. Was wollte er denn damit?

»Gelingt es dir, mich einmal zu treffen, hast du deine Prüfung bestanden. Treffe ich dich dreimal, sehen wir uns im nächsten Jahr wieder.«

Was?! Ich riss die Augen auf. Seit wann trat man in einer Prüfung gegen einen Master an? Er würde mich schneller in die Knie zwingen, als ich bis drei zählen konnte. Ich war noch ganz am Anfang meiner Karriere. Er war ein Master. Wie alt war er? Zwei- oder dreihundert Jahre? Äußerlich mochte er wie Ende zwanzig aussehen, aber das bedeutete rein gar nichts.

»Ich soll Euch mit dem Stock schlagen?«, wiederholte ich das, was bei mir hängen geblieben war.

Er verzog keine Miene, sondern ließ einen weiteren Übungsstab in seiner Hand erscheinen. Ich stieß fest die Luft aus und griff nach dem, der vor mir im Sand steckte. Ein Treffer. Es ging nur um einen Treffer.

Sein Stab rauschte auf mich zu. Überrumpelt taumelte ich rückwärts. Ich schaffte es gerade noch so, mich auf den Beinen zu halten. Der Master griff mich wirklich an!

Meine zittrigen Finger schlossen sich fester um das Holz. In letzter Sekunde riss ich den Stab hoch und spürte den Druck, als seiner auf meinen traf. Um ein Haar hätte er mir das Teil über den Kopf gezogen.

Er holte bereits zum nächsten Schlag aus, als ich noch überlegte, wie ich am besten gegen ihn vorgehen konnte. Mit einem Sprung zur Seite wich ich aus. Er war verdammt schnell. Ich hatte kaum die Möglichkeit, Luft zu holen, da sauste der Stab auch schon wieder auf mich zu.

Ich musste angreifen. Den Spieß umdrehen, doch wie sollte das funktionieren? Master Toma war schneller und wendiger als unsere Lehrer. Mit Mister Laurenz zu kämpfen, war schon schwierig, doch dieser Mann war ein Master, der höchste Rang neben den Kreismagiern, den ein Zirkel zu bieten hatte.

Wieder wich ich einem Angriff aus. Das konnte nicht so weitergehen. Mich verließen meine Kräfte schon jetzt. »Eins«, rief er aus und ich verstand zwei Sekunden später, warum.

Mit einem dumpfen Aufschlag landete ich keuchend auf dem Rücken. Er hatte mir mit seinem Stab die Füße weggezogen. Ich verlor keine Zeit und rollte mich etwas unbeholfen zur Seite, um einem erneuten Schlag auszuweichen.

Nur knapp neben meinem Kopf schlug der Stab in den Sand. Hätte er mich treffen wollen, wäre es geschehen, dessen war ich mir sicher. Es war eine Warnung. Ich musste zum Angriff übergehen, so viel war sicher.

Wieder auf den Beinen, wartete ich den nächsten Angriff ab und startete umgehend meinen ersten. Mein Stab knallte gegen seinen. Womit ich nicht gerechnet hatte, war die Kraft des Masters. Er schaffte es mit seinem Abwehrschlag, mich nach hinten wanken zu lassen.

»Zwei«, kündigte er an. Sein Stab traf mich am Oberarm. Nicht fest, aber deutlich spürbar. Auch dieses Mal hätte er mich ernsthaft verletzen können, wenn er es darauf angelegt hätte.

Ich musste mich konzentrieren!

Er wirkte keine Magie, hatte es mir allerdings nicht verboten. Als meine Hand den Armreif berührte, zog sich sein rechter Mundwinkel für den Bruchteil einer Sekunde in die Höhe.

Ich hatte keine Zeit, mir über ihn Gedanken zu machen. Wenn er mich ein weiteres Mal traf, würde ich durchfallen. Und das durfte auf keinen Fall geschehen.

Ich wirkte drei Zauber gleichzeitig. Es war riskant und doch meine letzte Chance.

Sein Stab flog im hohen Bogen durch die Arena. Sand schoss ihm ins Gesicht und bevor er einen neuen Stab

heraufbeschwören konnte, fesselte ich ihn mit einer unsicht-
baren Macht. Meine Magie war am Ende. *Ich* war am Ende.
Meine Sinne waren vernebelt und das Rauschen der Wellen
klang weit entfernt. Ich würde gleich zusammenbrechen,
doch ich musste ihn berühren.

Mit letzter Kraft schleuderte ich ihm meinen Stab entgegen
und murmelte: »Eins«, bevor meine Knie nachgaben und ich
kraftlos im Sand aufschlug.

Mein Herz raste und ich schaffte es gerade noch, den Kopf
zur Seite zu drehen, um nicht den Sand einzuatmen. Schweiß
rann aus jeder Pore meines Körpers. Ich hatte meine Magie
bis an den äußersten Punkt getrieben. Riskant, dumm und
wahrlich das Gefährlichste, was ich hätte machen können,
wenn da nicht mein Armreif wäre. Er schützte Schüler genau
vor solch unüberlegten Handlungen. Doch das war mir im
Augenblick egal. Ich hatte ihn getroffen.

Aus dem Augenwinkel nahm ich einen Schatten wahr. Ich
musste nicht aufsehen, um zu wissen, dass es Master Toma
war. Sein Geruch nach kalter Winternacht umgab ihn ebenso
wie seine dunkle Aura.

»Jetzt stinkst du auch noch wie ein Stinktier«, murmelte
er, während er neben mir auf die Knie ging.

Wie bitte? Ich hob den Kopf und starrte ihm in die dunkelblauen Augen. Ich wollte ihn zurechtweisen, mich beschweren, doch meine Zunge gehorchte mir nicht. Was war denn
das jetzt? Ich brachte keinen Ton über die Lippen.

Er grinste mich breit an. »Wolltest du etwas sagen?«

Das war er! Seine Magie blockierte meine Sprache.

Was nahm dieser unverschämte Typ sich eigentlich raus?
Master hin oder her, so sprach man nicht mit anderen, und
mir mit Magie den Mund zu verbieten, war ja wohl der Gipfel
der Unverschämtheit. Vielleicht war diese Art der Kommuni-
kation vor zweihundert Jahren üblich gewesen, heute jedoch
nicht mehr!

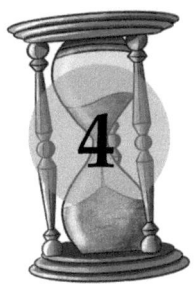

Das Kreisquartier

»Herzlichen Glückwunsch, Malia. Du hast die Prüfung bestanden.« Diesmal hallte die Stimme des Schulleiters durch die Arena.

Ich war gerade dabei, wieder auf die Füße zu kommen, als eine kalte Hand mein Handgelenk samt Armband umfasste. Am liebsten hätte ich den Master angebrüllt, dass er seine Finger bei sich behalten sollte, doch dann begriff ich, was er da tat. Dunkelheit legte sich wie ein Schleier um mein Herz. Seine Magie griff nach mir, umschlang jede geschundene Stelle meines Körpers und heilte sie auf schmerzhafte Art und Weise.

Gerade als ich das Gefühl hatte, ersticken zu müssen, überkam mich ein Hustenanfall. Mein Magen zog sich so stark zusammen, dass ich schon befürchtete, mich gleich übergeben zu müssen. Er wirkte Dämonenmagie, solche Zauber gab es in unserer Welt nicht. Wie gelang ihm das?

Seine Hand löste sich von meinem Handgelenk und mit ihr verschwand die Dunkelheit in mir. Er hatte meine Wunden geheilt. Mir brannte die Lunge, ebenso wie alle anderen Körperteile, aber die Schrammen waren weg. Mit offenem Mund starrte ich ihn an. Keine der tausend Fragen in meinem Kopf wollte mir über die Lippen kommen, so schockiert war ich.

Ohne etwas zu sagen, wandte er sich von mir ab und wedelte mit gespreizten Fingern durch die Luft.

Der Sand unter meinen Füßen verschwand und ich stand auf dem nackten Betonboden der Arena. Die Prüfer warteten einer neben dem anderen mitten im Raum. Ihre Blicke waren fest auf mich gerichtet.

Ich sammelte mich und schob die Gedanken über das eben geschehene zur Seite. Die Prüfung war beendet. Ich hatte es geschafft!

Erleichtert schloss ich die Augen und lauschte dem viel zu lauten Herzschlag in meinen Ohren. Heute Abend bei der Zeremonie würde ich der Sanduhr meine Treue schwören. Die Sanduhr war unser Wächter. Mit einem Schwur, der uns an sie band, wurde besiegelt, dass wir uns den Regeln des ersten Magiers beugten. Und mit diesem Schwur würde ich ein vollwertiges Zirkelmitglied sein.

Das jüngste aller Zeiten! Das erleichterte Lachen, das mir entwich, hallte von den nackten Wänden wider. Ich hatte mein großes Ziel erreicht und die Freude darüber sollte ruhig jeder hören.

Der Kreismagier war bereits auf dem Weg zu der Tür, hinter der die anderen Prüflinge warteten. Das war mein Zeichen, um mich zu verabschieden. Heute Abend, bei dem offiziellen Teil, würde gefeiert werden, jetzt musste ich Platz machen für den Nächsten.

Mit zittrigen Beinen ging ich auf die Master zu und verbeugte mich vor jedem Einzelnen. Ich zollte ihnen meinen Respekt, das wurde erwartet. Sie sagten nichts, das taten sie nie. Der leitende Prüfer entschied, ob man bestanden hatte und wenn kein Veto eingelegt wurde, war es offiziell. So waren alle Prüfungen bisher verlaufen.

Als ich an den Kreismagiern vorbeikam, legte ich mir passende Worte für Master Toma zurecht, der mich geprüft hatte. Er stand als Letzter in der Reihe. Ich hatte offiziell bestanden, daher würde ich ihm jetzt meine Meinung sagen. Beleidigungen gehörten nicht zu einer Prüfung, so viel stand fest!

Unsere Blicke trafen sich. Er schaute mir in die Augen und zog kaum merklich eine Augenbraue in die Höhe. Das war mein Zeichen. Dieser arrogante Mistkerl würde jetzt seine Abreibung bekommen.

»Ich wollte mich für die große Ehre bedanken, die mir zuteilwurde.« Ich schlug mir die Hände vor den Mund. Das hatte ich nicht sagen wollen! Wie war das möglich? Ich holte erneut Luft und wollte gerade das eben Ausgesprochene revidieren, als meine Lippen erneut einen Buchstabensalat bildeten, der jenseits von dem war, was ich eigentlich hatte aussprechen wollen. »Ich weiß, es steht mir als unbedeutende Neu-Elitemagierin nicht zu, solche Äußerungen zu tätigen, doch Ihr seid in Eurer Größe und Macht …« Ich verstummte umgehend. Hitze stieg mir ins Gesicht und ich brauchte keinen Spiegel, um zu wissen, dass ich jeder Tomate Konkurrenz machen würde.

Die Blicke der Prüfer würde ich so schnell nicht vergessen. Mit einer Mischung aus Neugier, was ich als nächstes von mir geben würde, und Belustigung über meine unsagbar dämlichen Worte starrten sie mich an.

»Malia, ich denke, es wäre besser, wenn du jetzt gehst.« Es war einer der Master unseres Zirkels, der mich freundlich hinauswarf.

Ich hatte diese Worte niemals sagen wollen. Der Prüfer musste sie mir auf die Zunge gelegt haben, eine andere Erklärung gab es nicht.

Mit zusammengebissenen Zähnen nickte ich dem Master unseres Zirkels zu und näherte mich dem Fahrstuhl. Ich konnte den Blick meines Prüfers im Nacken spüren. Er machte sich lustig über mich, dessen war ich mir sicher. Mit geballten Fäusten betrat ich den Fahrstuhl und schaute ein letztes Mal in die Arena. Aus dem Boden wuchsen hohe Bäume mit dicken Lianen daran. Der nächste Prüfling musste sich in einem Dschungel beweisen. Der Sandschleier schloss sich, bevor der Raum fertig gewandelt war. Ich hätte gern gewusst, wer als Nächstes geprüft wurde, doch der Fahrstuhl setzte sich bereits in Bewegung.

Ich sah auf mein Handgelenk, an die Stelle, die der Master umfasst hatte. Es war, als würde ich seine Berührung noch immer spüren. Dann kamen mir wieder seine Worte ins Gedächtnis. »*Jetzt stinkst du auch noch wie ein Stinktier.*«

Ich senkte den Kopf und schnüffelte an meinem T-Shirt. Angewidert zog ich die Nase kraus. Die Mischung aus Schweiß, Blut, Algen und Salz war wirklich eigen, das musste ich zugeben. Doch das war noch lange kein Grund, mich zu beleidigen, und mir dann auch noch falsche Worte in den Mund zu legen. Genervt stieß ich die Luft aus. Ich sollte mich freuen und tanzend mit der Sonne um die Wette strahlen, doch der Prüfer hatte mit seiner Art alles überschattet.

»Herzlichen Glückwunsch, Malia.« Geblendet von der Sonne musste ich die Augen zusammenkneifen, um zu sehen, wer mir hier gratulierte.

Drei Kreismagier standen vor mir und nickten mir anerkennend zu. Was war denn hier los? Mit solch einem Empfang hatte ich nicht gerechnet.

Die Stellung als Kreismagier war die höchste, die man in unseren Reihen erreichen konnte. Um in diesen Bund aufgenommen zu werden, musste man über Jahrhunderte ein beachtliches Wissen angesammelt haben.

Natürlich wussten sie bereits über den Ausgang der Prüfung Bescheid. Sie hatten das sogenannte Geisterauge. Mit dieser Fähigkeit konnten sie in die Köpfe anderer eindringen, ihre Gedanken und Erlebnisse abrufen, stellenweise sogar beeinflussen. Gut trainierte Magier mit Geisterauge konnten mit ihrem Geist sogar den gesamten Körper verlassen. Sie verfügten über ein immenses Wissen, gerade was Magie anging. Ironischerweise konnten sie ihre Magie mit dem Beitritt in den Kreis nur noch eingeschränkt wirken.

»Danke«, murmelte ich.

Einer der drei trat hervor. »Master Toma solche Worte ...«

Mein Kopf schnellte in die Höhe, um ihn anzuschauen. »Ich habe das nicht gesagt!« Im Grunde war das nicht korrekt, denn die Worte waren tatsächlich aus meinem Mund gekommen. Aber wenn mich jemand verstand, dann dieser kahlköpfige Mann mit Ziegenbart.

»Das wissen wir. Master Toma ist etwas speziell. Sei versichert, er hat in guter Absicht gehandelt.« Er deutete in Richtung Zirkel, um mir anzuzeigen, mit ihm zu gehen. Warum wollte er mich begleiten? Das war nicht üblich und verunsicherte mich ein wenig. Die Kreismagier waren bei der Prüfung anwesend, um mit dem Geisterauge mögliche Betrugsversuche aufzudecken, warum mich jetzt einer von ihnen zurück zum Zirkel begleitete, wusste ich jedoch nicht. Hatte ich den Bogen zu weit gespannt? Sicherlich hatte er in meinen Gedanken gelesen, was ich diesem Master Toma für Worte hatte entgegenschleudern wollen.

Der Weg war nicht weit, aber wir mussten mitten durch die Dünen. Wir wären schneller gewesen, wenn wir mit einer Spirale gereist wären, allerdings schien der Kreismagier den Spaziergang in der Hitze zu genießen.

»Vergiss seine Worte und sei ihm dankbar für die verhältnismäßig einfache Prüfung.«

Drehten heute alle durch? »Er hat mich als Stinktier betitelt«, blaffte ich frecher als beabsichtigt. Ich biss mir auf die Innenseite meiner Wange, was meinem Unwohlsein jedoch nicht half.

Der Magier schaute mich nicht an. Mit den Händen hinter dem Rücken verschränkt stapfte er neben mir über den heißen Sand. »Du bist als Stinktier bei der Prüfung erschienen, sicherlich wollte er die Situation nur auflockern.«

Mir entgleisten die Gesichtszüge. »Unsinn. Er ist unverschämt und dreist! Ich werde ihn auf alle Fälle melden.« Mein Entschluss stand fest.

Die Sandkörner klebten mir am nackten Fuß und hinterließen einen stechenden Schmerz. Hier sollte man wirklich nicht barfuß gehen.

»Master Toma melden?«, fragte mein Begleiter überrascht. Und ich verstand nicht, warum. Master hin oder her, er hatte sich nicht so aufzuführen!

»Ich habe keine Angst vor ihm.« Ich wischte mir mit den dreckigen Fingern den Schweiß von der Stirn. Der Mann neben mir schien von der Hitze nichts zu spüren. Die goldene Robe war nicht nur knöchellang, sondern besaß auch lange Ärmel, doch Schweißperlen suchte man bei ihm vergeblich.

»Ein bisschen mehr Respekt würde dir nicht schaden.«

Ich wagte es nicht, dem Mann zu widersprechen, doch warum sollte ich diesem Master Respekt zollen? Er gehörte nicht unserem Zirkel an und vermutlich würde ich ihn so schnell nicht wiedersehen.

»Ich vermute, dass Ihr den Master kennt.« Es war keine Frage, sondern eine Feststellung.

»Es wundert mich, dass du es offensichtlich nicht tust, wo Master Toma doch einen beachtlichen Bekanntheitsgrad aufweist. Nicht nur auf *Witchstagram*, allein durch seine ... nennen wir es Einzigartigkeit, ist er ein beliebtes Gesprächsthema.«

Mir schwirrte der Kopf. Ich hatte keine Ahnung, wovon genau der Kreismagier da sprach, wollte diese Unterhaltung allerdings auch nicht weiter vertiefen. Allein die Tatsache, mehr Worte als nötig über diesen Kerl verloren zu haben, ärgerte mich.

Wir betraten den Zirkelhof durch einen Seiteneingang. Hier herrschte wildes Treiben an allen Ecken und Enden. Unser Zirkel richtete sich kreisförmig um den Hof aus, wo sich allerhand Leute tummelten, wie jeden Tag. Von hier aus wurden sämtliche Anliegen der Magier geregelt.

Eine geflügelte, in Ketten gelegte Frau wurde von zwei Elitemagiern über den Platz geführt. Sie fauchte und kreischte, doch das interessierte hier niemanden, so etwas gehörte zur täglichen Arbeit der Dämonenjäger. Ein Mann, der mit einem Kind an der Hand über den Platz eilte, war ganz offensichtlich auf dem Weg in das magische Krankenhaus, denn dem Kleinen wuchsen Tentakeln aus dem Rücken. Sicherlich ein Magieunfall und in einem menschlichen Krankenhaus nicht behandelbar. Der Zirkel war die Zentrale für alles Magische. Er hielt unsere Welt im Gleichgewicht.

»Dürft Ihr mir sagen, wer die Prüfung ebenfalls bestanden hat?« Ich wusste, dass mein Begleiter nicht zu meiner

Unterhaltung hier war, dennoch interessierte es mich, und außerdem wollte ich das Thema wechseln.

»Ich werde es dir nicht sagen«, entgegnete der Mann. Der Lärm hätte beinahe seine ruhige Stimme verschluckt. Schräg neben uns diskutierten gerade drei Männer. Alle hatten sie Papiere in der Hand, mit denen sie wild umherfuchtelten, während sie lauthals ihrem Unmut Luft machten.

»Schade«, sagte ich und wollte direkt zu dem Schülerhaus abbiegen. Ich brauchte dringend eine Dusche und saubere Kleidung.

»Du kannst später duschen gehen.« Der Magier hatte schon wieder meine Gedanken gelesen. Mit einem Kopfnicken zeigte er mir an, dass ich ihm folgen sollte.

»Wo gehen wir hin?« Ich war irritiert. Üblicherweise durften sich die Prüflinge nach der Prüfung bis zum Abend ausruhen. Ich kannte den Ablauf.

In einer kleinen Zeremonie, an der nur einige Kreismitglieder und die Master teilnahmen, würde ich der Sanduhr meine Treue schwören. Allein bei dem Gedanken an dieses mächtige Element begann mein Puls zu rasen.

»Ein kleiner Test«, erklärte der Kreismagier. Ich blieb stehen.

»Was für ein Test?« Ich hatte alle nötigen Prüfungen abgelegt. Hier musste ein Missverständnis vorliegen.

»Du wirst es sehen.«

Ich hatte keine Lust auf eine weitere Prüfung oder einen Test. Ich war müde, hatte nur noch einen Schuh am Fuß und alle Knochen taten mir weh. Mit hängenden Schultern folgte ich dem Kreismagier dennoch quer über den gepflasterten Hof.

Ich war noch nie zuvor im Kreisquartier gewesen, dorthin wurde man nicht einfach eingeladen. In diesem Gebäude lag der Zeremonienraum mit der Sanduhr. Das Herz unseres Zirkels. Nur ausgewählte Magier durften das Haus betreten.

Mein Blick huschte über den Hof. Niemand achtete auf uns. Warum auch, wir begingen doch nichts Verbotenes, oder? Meine Unsicherheit gewann die Oberhand. Irgendetwas stimmte hier nicht.

»Wir betreten jetzt das Kreisquartier. Du sprichst nur, wenn du aufgefordert wirst. Du wirst Gehorsam leisten und keine Magie anwenden. Hast du mich verstanden?«

Davon mal abgesehen, dass ich durch meine geschwächten Kraftreserven nicht in der Lage war, zu zaubern, würde ich mich auch an die anderen Regeln halten. Ich nickte zum Zeichen, dass ich ihn verstanden hatte.

Einen kurzen Moment musterte der Magier mich durchdringend. Vermutlich nutzte er sein Geisterauge. Leider konnte man das weder spüren noch sehen. Diese Art der Magie war wirklich besonders.

Er nickte mir zu und ohne jegliches Zutun öffnete sich das eiserne Tor, vor dem wir stehen geblieben waren. Das Kreisquartier war das größte Gebäude auf unserem Zirkelgrund. Durch ein goldenes Auge über dem Tor leicht zu erkennen und doch nur für wenige zugänglich.

Die scharfe Note von Chili stieg mir in die Nase, noch bevor ich in das Innere des Hauses sehen konnte.

Ich wartete, bis der Magier vorausging, und folgte ihm auf dem Fuße. Interessanterweise machte mich diese Situation nervöser als die der Prüfung. Meinen Herzschlag spürte ich bis in den Hals.

Kaum hatte ich den Flur betreten, legte sich ein Schleier über meinen Blick. Jetzt wusste ich, was der Kreismagier getan hatte, bevor wir das Haus betraten! Er hatte meine Sicht eingeschränkt. Alles um mich herum schien in einer großen Nebelwand gefangen zu sein. Langsam hob ich die Hand und schob sie nach vorn, um zu sehen, wie weit meine Sicht eingeschränkt war. Bei ausgestreckter Hand waren die Kuppen meiner Finger nicht mehr zu sehen. Würde der Kreismagier nicht direkt vor mir laufen, hätte ich wohl keine Chance, mich hier zurechtzufinden.

Aus dem Augenwinkel nahm ich goldene Schatten wahr, doch jemanden erkennen konnte ich nicht. Wir bogen einmal nach rechts ab, liefen fünfzehn Stufen eine steinerne Treppe hinab und folgten einem Gang, der anhand des Laufwinkels gebogen sein musste, und gingen dann zweimal nach links.

Mir den Weg einzuprägen, hatte ich mir ganz schnell angewöhnt. Verwinkelte Häuser und unbekannte Orte waren schon oft dem ein oder anderen Zirkelmagier zum Verhängnis geworden, wenn er sich die Strecke nicht eingeprägt hatte.

Wir traten durch eine quietschende Tür in einen muffig riechenden Raum. Meine Sicht klärte sich schlagartig. Es war ein seltsames Gefühl, auf einmal alles wieder normal sehen zu können, daher fuhr ich mir mehrfach mit den Fingerknöcheln über die geschlossenen Lider.

»Willkommen, Malia«, brummte eine furchteinflößende Stimme.

Ich sah auf und musterte den Mann, der in einem hohen, mit rotem Stoff überzogenen Ohrensessel saß. Wie die drei anderen, die neben dem Sessel standen, trug er ebenfalls eine goldene Kutte, nur dass seine dunkler war.

»Ähm, hallo«, murmelte ich und ließ den Blick schnell durch den Raum gleiten. Ein nicht entzündeter Kamin hinter den Männern, einige Regale voll mit Büchern und Pergamentrollen, Gemälde, die ich nicht näher betrachtete, und ein langer Tisch mit fünf Stühlen daran. Vermutlich ein Arbeitszimmer.

»Ein einfacher Raum«, erklärte der Mann auf dem Stuhl und hob einladend die Arme in die Höhe. Vielleicht war er schon in meinen Kopf eingedrungen und wusste von meiner Aufregung und Verwirrung; vielleicht sah man es mir auch einfach nur an. Ich fühlte mich auf alle Fälle ganz und gar nicht wohl hier. Was wollten die Kreismagier von mir?

»Setz dich, wir haben einiges zu besprechen.«

Egal, wie sehr ich gegen meine trockene Kehle schluckte, es half nicht. Alles an dieser Situation fühlte sich falsch an.

In Seide gehüllt

»Ich freue mich, hier zu sein, allerdings ist mir der Grund noch nicht ganz klar.« Die Worte verließen nur zögerlich meinen Mund.

Die Kreismagier waren die, zu denen man aufschaute. Sie wurden verehrt, respektiert und um Rat gebeten, wenn es dringend erforderlich war, ansonsten störte man sie nicht. Sie verwalteten den Zirkel samt seinem Einzugsgebiet. Für Recht und Ordnung sorgten jedoch die Elitemagier und Master. Somit auch ich nach meiner Vereidigung.

»Malia, wir sehen Dinge, die andere nicht sehen«, begann der Mann, der in dem Ohrensessel saß, und deutete noch immer auf den Tisch mit den Stühlen darum. Der Nachteil der Kreismagier war, dass sie ihren Alterungsprozess nicht mehr aufhalten konnten – sie alterten langsam, aber sie taten es. Der Mann in dem Sessel war optisch ungefähr sechzig Jahre alt, vermutlich weilte er um die sechshundert Jahre hier auf Erden, aber so genau ließ sich das nicht bestimmen.

Zögerlich ging ich auf den Stuhl zu, der mir am nächsten stand, und setzte mich auf die äußerste Kante. Meine Pobacken berührten gerade so das weiche Polster.

Die Kreismagier setzten sich einer nach dem anderen um mich herum. Alle bis auf den, der mich hierherbegleitet hatte.

Er blieb neben der Tür stehen und nickte mir aufmunternd zu, als ich mich nach ihm umdrehte.

»Mein Kind.«

Sofort wandte ich mich wieder den Magiern am Tisch zu. Der Mann aus dem Ohrensessel hatte sich direkt gegenüber von mir gesetzt. Seine Unterarme lagen ruhig auf den Lehnen des gepolsterten Stuhls. »Du bist die jüngste Absolventin der Elitemagierprüfung, die es jemals gegeben hat.«

Ich richtete mich auf. Deshalb war ich hier. Hatte dieses Treffen etwas mit meiner herausragenden Leistung zu tun? Ein Stein fiel mir vom Herzen und ich atmete lauter aus, als beabsichtigt. Der angekündigte Test würde sicherlich dazu dienen, um herauszufinden, ob mir der Titel auch wirklich zustand.

»Mein ganzes Leben habe ich mich auf diesen Moment vorberei…« Ich verschluckte die letzten Worte. Aus dem Augenwinkel sah ich, wie sich der Verschluss meines Armbands öffnete. *Scheiße!* Wie war das möglich? Scheppernd fiel es auf die hölzerne Tischplatte. Schockiert hielt ich die Luft an. Niemals setzte man bei frisch Ausgebildeten die gesamte Magie sofort frei. Niemals!

Ruckartig flog ich in den gepolsterten Stuhl. Meine Sicht verschwamm und stechender Schmerz ließ mich aufschreien. Der unterdrückte Teil meiner Magie floss durch jede Faser meines Körpers. Ich hatte das Gefühl, auf einem elektrischen Stuhl zu sitzen.

»Atme, Malia!«

Ich hörte die Stimme eines Mannes, doch es fiel mir schwer, seiner Aufforderung nachzukommen. Alle Muskeln versteiften sich. Der Magieschub war zu viel!

»Hol Luft!«

Keine Ahnung, wer das zu mir gesagt hatte. Ich öffnete meinen Mund und japste wie ein Fisch an Land. Meine Luftröhre war wie zugeschnürt.

»Malia, konzentrier dich.«

Kalter Schweiß trat mir auf die Stirn. Das war nicht gut. Gar nicht gut. Tränen stiegen mir in die Augen. Warum hatten sie mir den Magiebanner entfernt?

»Ihr Narren!«

Dunkle Schatten umfingen mich. Was dann geschah, bekam ich nicht mehr mit. Mir wurde kalt. So kalt … Jemand schrie. Etwas fiel zu Boden und dann verschluckte mich die Dunkelheit vollends.

***

Mit klappernden Zähnen zog ich die Decke, die über mir lag, weiter zu mir herauf. Mein Schädel dröhnte und mir war fürchterlich schlecht. Noch dazu hatte ich keine Ahnung, wo ich mich befand. Zweimal hatte ich versucht, die Augen zu öffnen. Beide Male hatte der Schwindel sie mich schnell wieder schließen lassen.

In der Hoffnung, die Übelkeit in den Griff zu bekommen, zog ich scharf die Luft ein. Der Geruch von kalter Winternacht stieg mir in die Nase. Die Matratze auf der ich lag, gab nach.

»Wie geht es dir?«

Diese Stimme. Ich wusste sofort, dass Master Toma anwesend war. Noch bevor ich erneut den Versuch unternahm, die Augen zu öffnen, drehte sich mir der Magen um und ich schaffte es gerade noch so, den Kopf zur Seite zu drehen.

Das platschende Geräusch ließ mich wissen, dass ich es über den Bettrand geschafft hatte, zumindest mit einem Großteil des Erbrochenen.

»Ich weiß, dass mich viele zum Kotzen finden, aber bisher ist es noch niemandem gelungen, mich mit seinem Mageninhalt zu beglücken.«

O nein! Ich riss die Augen auf und starrte auf die schwarzen Lederschuhe, die jetzt gesprenkelt waren. Ich wollte mich gerade entschuldigen, als eine weitere Welle der Übelkeit meinen Körper ergriff.

Meine Lippe zitterte wie mein gesamter Körper. Eiskalter Schweiß trat mir auf die Stirn. In mir brodelte es. Mein Magen drehte sich noch einmal um. Mit aller Kraft kämpfte ich die bittere Flüssigkeit, die brennend meine Kehle hochkroch zurück. Ich wollte es zurückhalten, doch es gelang mir nicht.

Ich spürte, wie jemand nach meinen Haaren griff und sie nach hinten hielt, während ich mich erneut übergab. Am liebsten wäre ich auf der Stelle im Erdboden versunken.

Schniefend rollte ich mich auf die Kissen zurück. Ich wusste nicht, ob ich vor Scham oder Erschöpfung weinte, verhindern konnte ich es nicht.

Meine Magie war gewachsen, das konnte ich deutlich spüren, doch das, was in mir schlummerte, war nur ein Bruchteil dessen, was bei den Kreismagiern auf mich eingeschossen war. Hatte ich einen Teil meiner Magie einbüßen müssen, um nicht von ihr überrannt zu werden?

Das mit der Magie war eine ganz eigene Sache. Man konnte sie auf zwei Arten verlieren: Entweder man brauchte sie komplett auf und überstrapazierte sie somit. Oder sie wurde einem genommen und das konnten nur die Kreismagier in einer Gruppe, mittels komplexer Zauber. Noch einmal zog ich die Möglichkeit in Erwägung, dass die Kreismagier mir einen Teil genommen hatten, um mich zu schützen. Mir zogen sich die Gedärme zusammen und ich ließ erneut den Fluten aus Tränen freien Lauf.

»Es wird alles wieder gut.« Durch den verschleierten Blick konnte ich nur die Umrisse des Masters erkennen, doch seine Hand, die meine Wade tätschelte, spürte ich deutlich.

»F-fasst mich bitte nicht an.« Erstickt schluchzte ich. Diese Nähe kam mir falsch vor, auch wenn sie nur zum Trostspenden war. Ich kannte den Mann nicht und unser letztes Aufeinandertreffen hing mir noch immer mit negativem Beigeschmack im Gedächtnis. Zu meiner Erleichterung zog er die Hand zurück.

Mein Blick glitt durch das fremde Zimmer. Ich wusste noch immer nicht, wo ich war. Ich lag in einem riesigen Bett mitten in weißen Seidenlaken. Die Vorhänge der großen Fenster waren zurückgezogen und die letzten Sonnenstrahlen des Tages fielen hindurch, spiegelten sich auf dem Hochglanzmarmorboden.

»Hallo, Malia«, hauchte die Masterin, die ebenfalls bei der Prüfung anwesend gewesen war. Sie lehnte an einem schwarzen Schreibtisch und musterte mich interessiert. Vermutlich hätte ich erleichtert über die Tatsache sein müssen, dass ich nicht allein mit Master Toma in einem Schlafzimmer war. Doch wie ich hierhergekommen war und warum, eröffnete neue Fragen, die meine innere Anspannung nur noch schürten.

»Was ist hier los?«, fragte ich mit heiserer Stimme.

»Master Toma.« Jemand klopfte an die Tür. Es war das erste Mal, dass ich den Master mit klarem Blick direkt anschaute.

»Ja?« Seine dunklen Augen ruhten auf mir.

»Ihr habt einen schweren Fehler begangen.« Erst jetzt erkannte ich die Stimme des Schulleiters, doch ich wagte es nicht, den Blickkontakt zwischen mir und dem Master zu unterbrechen.

»Habe ich das?«, fragte der Master betont ruhig.

»Ihr müsst Euch erklären.« Mister Walkers Stimme war fest, doch man hörte ganz deutlich heraus, dass er sich bei jedem Wort unwohl fühlte.

»Muss ich das?« Der Master hatte noch immer seinen Blick auf mein Gesicht gerichtet. Unbehagen kam in mir auf. Für einen kurzen Moment überlegte ich, um Hilfe zu schreien, denn eines war ganz gewiss: Hier, in diesem fremden Bett, hatte ich sicherlich nichts zu suchen.

»Ihr habt Malia aus der Prüfung gerissen. *Sie* erwarten eine Erklärung und Stellungnahme.«

Ich sah, wie sich die Kiefermuskeln des Masters anspannten. Hatten der Master und die Masterin mich etwa entführt? Das würde einiges erklären. *Auf was warte ich eigentlich?* »Ich bin hier, Mister Walker!«

»Malia. Geht es dir gut?«, entgegnete unser Schulleiter besorgt.

Ich überlegte einen Augenblick, ehe ich antwortete: »Ich denke schon. Können Sie mich hier rausholen?«

»Weißt du nicht mehr, wie man läuft?«

Entsetzt schaute ich Master Toma an. Zu spät bemerkte ich, dass es ein Hinweis darauf sein sollte, dass ich nicht seine Gefangene war.

»Ich denke nicht, dass der Master dich gefangen hält«, bestätigte Mister Walker meine Erkenntnis. Das beantwortete mir jedoch nicht, warum ich hier war, bei diesen beiden fremden Magiern.

»Livio, geh, ich bleib bei der Kleinen.« Die Masterin war an den Master herangetreten und legte ihm beruhigend eine Hand auf die Schulter. Die Geste wirkte vertraut. Verlegen schaute ich zur Seite. Ich wollte gar nicht wissen, in welchem Verhältnis die beiden zueinander standen.

Master Toma stand auf und ich sah aus dem Augenwinkel, wie er eine wischende Handbewegung machte. Vermutlich, um seine Schuhe und den Boden zu säubern. Ich liebte diese Art der Magie und hoffte, sie bald ebenso einfach ausführen zu können.

»Pass auf, dass sie meine Seide nicht ruiniert.«

Seine Seide? Bedeutete das, dass ich in seinem Zimmer war? In seinem Bett lag? Mein Herz überschlug sich beinahe bei diesem Gedanken.

»Geh!«, herrschte die Masterin ihn an.

Als die Tür ins Schloss fiel, fuhr mein Kopf schneller herum, als es gut für mich war. »Liege ich im Bett des Masters?« Ich schloss kurz die Augen, um die tanzenden Sterne zu vertreiben.

»Es ist das einzige Zimmer, das die Kreismagier nicht betreten können, ohne eingelassen zu werden.«

Das verwunderte mich ein wenig, denn solch eine Magie kannte man aus der Dämonenwelt, doch bei uns war sie nicht üblich und niemand konnte sie anwenden, egal, ob einfacher Magier, Kreismagier oder Master. Doch noch eine andere Sache beschäftigte mich: Aus welchem Grund wollte mich der Master von den Kreismagiern fernhalten?

»Warum bin ich hier?«

Die Masterin holte sich den Stuhl, der am Schreibtisch stand, und stellte ihn so vor das Bett, sodass sie mich gut sehen konnte.

»Die Kreismagier haben deine gesamte Magie entfesselt und Livio hat dich gerettet.«

Der Teil mit der Magie steckte mir wortwörtlich in den Knochen, ich spürte die neuen Kräfte, doch ich wusste ebenfalls, dass es nur ein Teil der eigentlichen Macht war, die mich ergriffen hatte. Ich hatte sie gespürt, ich wusste genau, wie sie sich anfühlte.

»Was heißt, er hat mich gerettet?«

»Malia, du bist keine einfache Magierin. Das dürfte für dich kein Geheimnis sein.«

Ich verstand nicht, worauf die Masterin hinauswollte. »Mir ist bewusst, dass meine Magie besser ausgeprägt ist als bei anderen. Aus diesem Grund bin ich hier.«

Nur besonders begabte Kinder konnten zu Elitemagiern ausgebildet werden, rief ich mir ins Gedächtnis.

»Deine Magie ist nicht nur besser ausgeprägt, sie ist einmalig.«

Ich versuchte, aufzustehen, doch es gelang mir nicht. Erschöpft fiel ich zurück in die Kissen. »Ich bin einfach etwas begabter, das ist alles.«

Mein Leben lang wurde mir erklärt, dass ich besser war als andere. Anfangs hatte ich mich dagegen gewehrt, irgendwann hatte ich es angenommen und wie einen Schutzmantel über mich geworfen. Gegen jegliche logische Erklärung hatten sich meine Mitschüler so lange fern von mir gehalten, weil ich einfach ich war. Als ich die arrogante Zicke wurde, die sie in mir sahen, suchten einige immer wieder heimlich den Kontakt zu mir, um mit mir oder von mir zu lernen. Ich hatte begonnen, mit meinem Können und Wissen anzugeben. Was hier jedoch nicht nötig war. Somit konnte ich sagen, was ich wirklich dachte. Ich war vielleicht in manchen Dingen talentierter, doch so, wie die Meisterin mich gerade hinstellte, sah ich mich nicht.

»Du bist nicht einfach nur ein wenig begabter als andere. Die Macht, die in dir ruht, gleicht der einer fünfhundert Jahre alten Magierin. Solch eine Magie gibt man dosiert und langsam über mehrere Wochen an einen Magier zurück.«

Jetzt übertrieb sie aber gnadenlos. Noch nie hatte ich solch einen Unsinn gehört. Hier in dem Zirkel gab es einen Magier, der bekannt war für seine speziell entwickelte Magie. Sein

Name war Rico, er war zweihundertzweiundfünfzig Jahre alt und besaß die Magie eines Fünfhundertjährigen, doch wie auch bei anderen Magiern hatte sie sich über die Jahre entwickelt. Wie sollte ich mit meinen achtzehn Jahren solch eine Magie in mir tragen?

»So etwas gibt es nicht.« Entschlossen verschränkte ich die Arme vor der Brust.

»Ich gebe zu, dass es nicht oft vorkommt, doch bei dir ist es der Fall.« Die Masterin legte den Kopf schief und klimperte kokett mit ihren Wimpern.

»Wenn es wirklich stimmen sollte, was Ihr erzählt … dann ergibt es keinen Sinn, dass die Kreismagier mich der gesamten Magie auf einmal aussetzen wollten.«

»Sie wollten testen, wie viel du aufnehmen kannst. Ihnen läuft die Zeit davon. Für deine Mission brauchst du deine gesamte Magie und musst sie zudem auch beherrschen können.«

Mission? Zeit davonlaufen? Mir schwirrte der Kopf und ich war genauso schlau wie vorher.

»Was für eine Mission? Ich bin noch nicht einmal vereidigt.«

»Livio wird dir alles erklären. Er ist bestens informiert. Die Hauptsache ist erst mal, dass du deine Magie dosiert aufnimmst.«

Ich schaute auf mein Handgelenk, um zu sehen, ob ich wieder einen Magiebanner trug, doch da war keiner.

Der Masterin entging mein Blick nicht. Sie stand auf, lief an das Fußende des Bettes und schlug die Decke, unter der ich lag, zur Seite.

An meinem rechten Fuß baumelten filigrane Ketten, fünf, wenn ich richtig gezählt hatte. Wie man auf solch eine idiotische Idee kommen konnte, war mir ein Rätsel. Um Magie wirken zu können, musste man das Schmuckstück, auch Banner genannt, berühren.

»Wenn Livio nicht gewesen wäre, wärst du jetzt tot oder in der magischen Psychiatrie. Eher Ersteres.« Sie schlug die Decke zurück und setzte sich wieder auf den Stuhl.

»Woher wusste er, wo ich bin und was die Kreismagier mit mir vorhaben?« Ich richtete mich auf. Mein Kreislauf war im Keller und das Kribbeln in meinen Gliedern wollte einfach nicht aufhören.

»Es spielt keine Rolle. Wichtig ist, dass du ihm vertraust.«

Warum sollte ich das tun? Er war mir nicht mal sonderlich sympathisch und hatte mich zudem als Stinktier betitelt.

»Ich kenne ihn nicht.« Und außerdem musste ich schnellstmöglich aus seinem Bett raus. Wenn das jemand mitbekam, würde die Gerüchteküche brodeln.

Ich hievte mich an den Rand des Bettes.

»Was hast du vor? Livio will sicherlich noch mit dir sprechen.«

»Nein danke, ich weiß ja jetzt Bescheid. Die Kreismagier haben mich überschätzt, meine Magie muss langsam befreit werden. Ich bin im Bilde«, leierte ich zusammengefasst herunter.

Die Masterin schürzte die Lippen. Mit einer eleganten Bewegung erhob sie sich vom Stuhl und streckte mir ihre beringte Hand entgegen.

Wollte sie mir aufhelfen? Zögerlich griff ich danach und trat erst auf den linken und dann auf den rechten Fuß. Meine Finger schlossen sich fest um ihre Hand und sie zog mich kraftvoll auf die Beine.

»Danke«, murmelte ich und spürte einen Energiestoß auf mich zu rauschen. Hatte sie mir gerade den Kreislauf stabilisiert? Meine Augen waren fest auf ihr puppengleiches Gesicht gerichtet.

»Dein Zirkel legt große Hoffnung in dich.« Jetzt hatte sie meine Hand mit ihren beiden Händen fest umgriffen und drückte sie leicht. Ich zog die Augenbrauen beinahe bis zu meinem Haaransatz.

»Ähm … Ich werde jetzt gehen.« Ich bündelte meine Kräfte und war überrascht, wie viel besser es mir ging. Langsam trat ich barfuß auf die Zimmertür zu. Meinen einzelnen Schuh, der vor dem Bett des Masters lag, ignorierte ich. Der zweite war ohnehin bei der Prüfung verschwunden, den anderen konnte er gern als Andenken behalten. Ich musste so schnell wie möglich hier raus.

Mister Walker

»Bei der großen Sanduhr! Hier drin stinkt es wie im Puma-käfig. Das mit dem Stinktier nehme ich zurück.«

Ich wirbelte herum, verhedderte mich in etwas, schlug mir den Kopf an und fiel aus dem Bett. Der Schmerz setzte sofort ein. Jemand riss ein Fenster auf. Die für Wüstenverhältnisse kühle Luft umfing mich augenblicklich. Es musste früh am Morgen sein. Das Letzte, woran ich mich erinnerte, war, dass ich mich erschöpft auf mein Bett geworfen hatte, nachdem ich vom Gästehaus zum Schülerhaus gehumpelt war.

Ich versuchte, etwas aus meinen schlaftrunkenen Augen zu erkennen. Eine hohe Gestalt stand direkt vor dem Fenster. Doch selbst unter Anstrengung erkannte ich denjenigen nicht.

»Wer sind Sie?« Ich rieb mir die brennenden Augen.

»Jetzt beleidigst du mich. Gestern hast du noch in meinem Bett gelegen und heute hast du keine Ahnung, wer ich bin?«

So schnell war ich noch nie auf den Beinen gewesen.

»Was erlaubt Ihr Euch?« Mit ausgestrecktem Zeigefinger lief ich auf den Mann zu, der sich jetzt lässig an meinen vollkommen überfüllten Schreibtisch lehnte. »Sofort raus!« Das Zittern meiner Hand ließ sich nicht unterdrücken. Mir ging es zwar bedeutend besser als gestern, doch fit war ich noch nicht.

Der Master hob beschwichtigend die Hände in die Luft. »Ich muss mit dir reden.«

»Hört Ihr schlecht? Ihr verlasst augenblicklich mein Schlafzimmer!« Was war nur los mit diesem Mann? Er respektierte weder meine Privatsphäre, noch schien er eine zu besitzen. Auch wenn die Masterin gestern Abend Andeutungen gemacht hatte, dass der Master mit mir sprechen wollte, gab es ihm noch lange nicht das Recht, bei mir einzubrechen.

»Malia, du darfst der Sanduhr keinen Eid schwören.«

»Was wollt Ihr von mir?« Unbewusst war ich nach hinten gewichen und räumte damit die Sachen von meinem Nachttisch ab.

»Du darfst den Eid nicht schwören! Ich will dir helfen.« Er machte einen Schritt auf mich zu.

»Dann verlasst dieses Zimmer!« Meine Stimme zitterte. War er ein Stalker? Ein Verrückter, der sich an junge Frauen ranmachte? »Ihr macht Euch strafbar«, fügte ich hinzu. Lehrer durften die Zimmer der Schüler nicht betreten. Ich ging davon aus, dass dies für Master ebenfalls galt.

Das Grinsen in seinem Gesicht wurde immer breiter. »Versuchst du, mir Angst zu machen?«

»Ich weise Euch lediglich auf einen Fehltritt hin«, erklärte ich langsam.

»Du bist achtzehn, wer in deinem Alter redet so?« Verständnislos schüttelte er den Kopf, sodass ihm eine dunkle Haarsträhne ins Gesicht fiel.

War das gerade seine größte Sorge? Meine Aussprache gefiel ihm nicht? Ich blähte die Nasenflügel. Eine Angewohnheit, die ich hatte, wenn ich irritiert war.

»Verpiss dich!« Ich zeigte auf meine Tür. Wenn ihm dieser Ton besser gefiel, dann bitte, den konnte er haben. Ich mochte ihn nicht, und dass er sich hier benahm, als wäre dies sein Zirkel, gefiel mir schon dreimal nicht.

Er schnalzte mit der Zunge und schenkte mir sein überhebliches Lächeln. »Wir werden noch viel Spaß miteinander haben.« Als er an mir vorbeischritt, spürte ich die Winternacht förmlich, die seine Aura umgab. Er passte so gar nicht in unseren Wüstenzirkel, auf keine erdenkliche Art.

Nachdem die Tür hinter ihm ins Schloss gefallen war, lehnte ich mich dagegen und stieß laut die Luft aus. Sein Verhalten war untragbar! Nachdem ich geduscht hatte, würde ich zum Schulleiter gehen oder noch besser: sein Benehmen direkt beim Kreis vortragen.

Ich huschte zum Fenster und kippte es. Mein Zimmer war überschaubar und mein Sinn für Ordnung ausbaufähig, dennoch lag mir die Aussage, hier würde es stinken wie in einem Pumakäfig, quer im Magen.

Seufzend schaute ich an mir herab. Ich hatte es gestern Abend nicht mehr unter die Dusche geschafft. Vor meiner Tür hatte ein Tablett mit einem Käsesandwich und einem Brief gelegen. Dass die Vereidigung verschoben worden war, hatte ich mir nach dem Spektakel am Vorabend bereits denken können, dazu hätte es keinen Brief gebraucht. Das Sandwich allerdings war eine Bereicherung gewesen. Nachdem ich es aufgegessen hatte, war ich jedoch mit meinen schmutzigen Klamotten einfach auf dem Bett eingeschlafen.

Ich streifte die vom Schmutz steif gewordenen Sachen von meinem Körper und warf sie in eine Ecke. Eine Dusche war jetzt mehr als nötig! Mit meinen Waschutensilien, sauberer Kleidung und in ein großes Handtuch gewickelt, machte ich mich auf direktem Weg in das Gemeinschaftsbad.

***

Frisch eingekleidet, wohlriechend und noch mit nassen Haaren stiefelte ich in das Nachbargebäude, um unserem Schulleiter einen Besuch abzustatten. Ich hatte tausend Fragen und die wollte ich vor meiner Vereidigung beantwortet haben.

Ich rauschte unangemeldet in das Foyer und verschwendete keine Zeit. Dem langen, ausgetretenen Teppich folgend, ignorierte ich die irritierten Blicke der Sekretärin Marie, die hinter ihrem Schreibtisch mitten im Flur saß. Das Rektorenzimmer lag am anderen Ende, daher legte ich einen Gang zu.

»Stopp!«, brüllte sie mir nach, doch ich war schon vorbei. Ich konnte es beinahe selbst nicht glauben, doch nach der Dusche fühlte ich mich voller Energie und Tatendrang. Von den gestrigen Ereignissen war fast nichts mehr zu spüren.

Unter den wachsamen Augen der porträtierten früheren Schulleiter huschte ich durch den fensterlosen Flur. Als junges Mädchen hatte ich Angst vor den Porträts gehabt. Heute übersah ich sie zumeist.

»Malia!« Das Klackern ihrer Absätze verriet mir, dass die Sekretärin die Verfolgung aufgenommen hatte. Sie hätte mich mit einem Zauber zurückhalten können, doch sie tat es nicht. Vermutlich war sie von meinem einnehmenden Wesen so abgelenkt, das sie nicht einmal daran dachte, die Tür zu verschließen, die ich gerade ansteuerte.

Ich streckte die Hand nach dem Türknauf aus, als sich diese ruckartig öffnete, ich ins Leere griff und nach vorn stolperte. Ein fester Griff packte mich am Oberarm und verhinderte, dass ich hinfiel.

Ich keuchte auf.

»O nein.«

»Malia!«

»Das Stinktier.«

Ich sortierte die Namen in meinem Geist. Sekretärin, Schulleiter, und … mir stockte der Atem. Master Toma.

Sofort schaute ich zu der Hand, die mich noch immer am Oberarm gepackt hielt.

»Verfolgt Ihr mich?« Ich schüttelte seine Hand ab. Wie bescheuert meine Frage war, merkte ich erst, nachdem ich sie ausgesprochen hatte, immerhin war er vor mir hier gewesen. Dann fiel mir noch etwas ganz anderes ein, wenn ich schon einmal hier war. Ich zeigte mit dem Finger auf meinen Peiniger. »Wegen Euch bin ich hier!«

»Soso.« Master Toma musterte mich abschätzig.

»Sie ist einfach wie eine Furie an mir vorbeigehuscht«, erklärte sich jetzt Marie. Ihre Armreife klirrten, als sie die Arme vor der Brust verschränkte.

Mister Walker, unser Schulleiter, riss seine buschigen Augenbrauen in die Höhe. »Malia, wir -«

»Dieser Mann«, ich zeigte weiterhin mit dem Finger auf Master Toma, »nennt mich seit unserem ersten Aufeinandertreffen *Stinktier*.« Warum ich ausgerechnet diese Sache zuerst genannt hatte, wusste ich selbst nicht, doch meine Emotionen kochten über. »Das … das ist eine Beleidigung!«, setzte ich nach, als keiner der drei Anwesenden reagierte.

Zu meiner Überraschung war es der Master selbst, der sich zu Wort meldete. »Wenn ich dich in irgendeiner Art und Weise damit gekränkt haben sollte, dann entschuldige ich mich aufrichtig dafür.« Mir klappte der Mund auf. »Ich hatte dein Auftreten bei der Prüfung falsch gedeutet. Ich dachte, das sollte ein Statement sein, das du setzen wolltest. Jugendliche heutzutage brauchen das ja für ihre Selbstfindung, habe ich mir sagen lassen.« Beim letzten Satz wendete er sich dem Schulleiter zu.

Wie bitte?! Augenblicklich schwoll mir der Hals zu. Das meinte er nicht ernst!

»Na, wunderbar.« Der Schulleiter klatschte erfreut in die Hände. Ich wollte gerade etwas erwidern, als er mir das Wort abschnitt. »Gut, dass wir solche Missverständnisse aufklären, bevor ihr beide zusammen auf Mission geht.«

»Was?!«, entfuhr es mir lauter als beabsichtigt. Ich wollte mich gerade beschweren, wie kam es denn jetzt zu diesem Übergang? Ich hatte mich wohl verhört. Mein Blick glitt vom Schulleiter zum Master, der nun ebenfalls eine Augenbraue in die Höhe wandern ließ. Er war nicht überrascht. Ich dafür umso mehr.

»Das erkläre ich dir später, bei deiner Vereidigung«, zischte Mister Walker und wedelte mit einer fließenden Handbewegung Richtung Tür.

»Nein! Ich muss mit Ihnen -«

»Malia! Bitte, ich habe wichtige Sachen mit Master Toma zu besprechen. Wir klären später alles Weitere im Kreis.« Er fuchtelte abwehrend mit den Händen.

»Ich arbeite nicht mit ihm zusammen.« Mir war bewusst, dass ich jeder Tomate Konkurrenz machte. Meine Wangen glühten, mein Puls raste und ich wollte, dass mir der Schulleiter zuhörte. Ich würde doch nicht mit jemandem zusammenarbeiten, der mich beleidigte, in meine Privatsphäre eindrang, wie es ihm beliebte, und mich sogar entführt hatte. Er gehörte nicht einmal zu unserem Zirkel.

Von Geisterhand wurde ich aus dem Raum geschoben. Ich versuchte, gegen die Magie anzukommen, doch es nützte nichts. Der Schulleiter hatte mich vor die Tür gesetzt und diese zum krönenden Abschluss mit einem lauten Klackgeräusch verriegelt.

Ich wollte gerade auf sie einhämmern, als mich ein Zauber davon abhielt. Marie benutzte ihre Magie nun doch.

»Hören Sie auf damit! Ich muss da rein und das klären!« So wütend war ich schon lange nicht mehr gewesen. Mister Walker hatte mir nicht einmal die Chance gegeben, mein Anliegen vorzutragen.

»Malia, was ist denn los mit dir?«

»Was los ist? Das würde ich auch gern wissen!« Demonstrativ setzte ich mich unter eines der ehemaligen Schulleiterporträts und zog die Knie an meinen Körper. Ich würde hier verharren, bis ich Antworten hatte, und wenn es den halben Tag dauern würde.

Marie schien es nicht zu stören, dass ich hier saß, sie stöckelte geräuschvoll an ihren Schreibtisch zurück.

Leider konnte ich kein einziges Wort verstehen, das hinter der verschlossenen Tür gesprochen wurde. Zu gern hätte ich gewusst, warum ich mit einem Master auf eine Mission gehen sollte. Das ergab alles keinen Sinn.

Meine Gedanken drehten sich im Kreis. Alles lief vollkommen aus der Bahn und das machte mich wirklich wütend! Mein ganzes bisheriges Leben hatte ich ein klares Ziel vor Augen gehabt. Ich wollte die jüngste Elitemagierin aller Zeiten werden und jetzt, in diesem Augenblick, wo ich meinem Ziel näher denn je war, häuften sich seltsame Ereignisse und das innerhalb der Zirkelmauern.

Zirkel waren der Mittelpunkt aller nichtmenschlicher Wesen. Sie vertraten nicht nur das Gesetz, sie waren das Gesetz.

Hier sollte wirklich alles nach Plan laufen. Alles rund um Magier, Hexen, Dämonen und andere Kulturen, die nicht-menschlichen Ursprungs waren, unterlagen den Gesetzen der Zirkel. Es gab noch genau zehn von ihnen und jeder hatte sein Einzugsgebiet unabhängig der menschlichen Grenzen. Sie hielten alles im Gleichgewicht und sorgten für Recht und Ordnung. Und genau dafür war ich ausgebildet worden, um mit anderen Elitemagiern Gesetzeshüterin zu sein und nicht mit einem arroganten Master auf Mission zu gehen.

Die Sanduhr

Damm, damm, dadada da da damm, damm da da. Ich wusste
nicht, wie lange ich hier bereits im Flur saß, doch das Klackern der Tastatur in Kombination mit dem Rasseln von Ma-
ries Armreifen hatte mir eine Melodie in den Kopf gesetzt,
die ich in Gedanken immer wieder summte.

Jetzt ärgerte ich mich, dass ich mein Handy im Zimmer
vergessen hatte. Gestern Abend hatte ich meine Nachrichten
überprüfen wollen und festgestellt, dass der Akku leer gewesen war. Heute Morgen hatte ich es in aller Eile vergessen, einzustecken. Meine Eltern warteten sicherlich schon
auf eine Nachricht von mir, bezüglich der Prüfung und
ihrem Verlauf.

Zweimal war ich kurz davor gewesen, das Gebäude zu verlassen. Zum einen wegen meines Handys und zum anderen
wegen meiner neuen Kraft. Das prickelnde Gefühl meiner
Magie juckte mir in den Fingern. Ich wollte sie unbedingt testen, spüren, wie sie sich anfühlte, wenn man sie nutzte. Dafür
hätte ich fast meinen Posten verlassen, doch dann war mir
wieder in den Sinn gekommen, dass ich Antworten brauchte
und zwar vor der Vereidigung. Ich hatte keine Ahnung, wann
die Zeremonie beginnen sollte. Da ich allerdings wusste, dass
der Prüfer und die Schulleiter anwesend sein mussten, wusste ich auch, dass ich sie auf keinen Fall verpasst hatte.

Mein Magen rumorte. Ich hatte heute noch nichts gegessen. Unter anderen Umständen hätte ich mir eine Kleinigkeit zu essen hergezaubert, doch ich kannte meine Magie nicht. Es gab einen Grund, warum frisch Vereidigte nach dem Fest in die Wüste gingen. Sie testeten ihre neuen Kräfte, dort war der Schaden für unkontrollierte Zauber überschaubar.

Wenn es wirklich stimmte, was die Masterin über meine Magie gesagt hatte, war es besser, wenn ich sie das erste Mal unter Aufsicht wirkte. Auch wenn es mich gehörig reizte, würde ich mich gedulden.

Stimmen drangen an mein Ohr. Die beiden mussten direkt an der Tür stehen. Die Worte des Schulleiters, dass der Master und ich zusammenarbeiten sollten, holen mich wieder ein. Jeder Zirkel hatte sein eigenes Einzugsgebiet, um das er sich kümmern musste. In den seltensten Fällen arbeiten Zirkel zusammen. Ich war wirklich gespannt, auf was für eine Mission ich mit dem Master gehen sollte.

Die Tür öffnete sich und sofort sprang ich auf.

»Mister Walker!« Meine Stimme klang weniger drohend als sie sollte, dennoch zuckte der Schulleiter zusammen.

»Malia, was soll denn das?« Seine buschigen Augenbrauen zogen sich zusammen.

»Ich verlange Erklärungen!« Ich baute mich vor dem Mann auf. Die Schatten, die sich um meine Füße schlängelten, ignorierte ich. Ich wusste, dass der Master sie kontrollierte, soweit hatte ich seine Magie bereits begriffen.

»Sie hat recht, Freddy. Sagt ihr, was sie für euch ist.« Der Master stand hinter dem Schulleiter. Warum mischte er sich in unsere Angelegenheiten ein? Ich wollte ihm die Augen auskratzen, so sehr hasste ich ihn. Doch Mister Walker nickte mit dem Kopf Richtung Ausgang.

»Wir gehen zur Sanduhr. Ich werde dir alles erklären.«

Sanduhr? Mein Herz stolperte aus dem Takt. Würde die Vereidigung jetzt stattfinden? Wenn ja, waren die anderen bereits dort? So viele Fragen schossen mir durch den Kopf.

Lass dich nicht vereidigen!

Ich zuckte zusammen. War das gerade Master Tomas Stimme, die durch meinen Kopf geisterte?

»Haltet Euch einfach aus meinen Angelegenheiten raus«, knurrte ich und erntete irritierte Blicke von beiden Männern.

»Geht es dir gut, Malia?« Mister Walkers Stirnrunzeln verriet mir, dass die Stimme tatsächlich nur in meinem Kopf zu hören gewesen war. Ich hatte keine Ahnung, was für eine Magie der Master wirkte, doch dass sie anders war als die, die ich kannte, war eindeutig.

Noch mal, lass dich nicht vereidigen!

War der Master auf den Kopf gefallen? Was glaubte er, aus welchem Grund ich überhaupt zu der Prüfung angetreten war, die er mir abgenommen hatte? Natürlich würde ich mich vereidigen lassen, unter allen erdenklichen Voraussetzungen. Ich würde als jüngste Elitemagierin aller Zeiten in die Geschichte eingehen.

Ich folgte den beiden Männern über den Zirkelhof. Auch heute war hier wieder einiges los. Es war schon Mittag und als würde mein Magen diese Feststellung untermalen wollen, meldete er sich mit einem Grummeln. Ich hatte wirklich Hunger. Normalerweise wurde die Vereidigung mit einem großen Fest und reichlich Essen begleitet. Ich konnte nur hoffen, dass wir auf dem Weg dorthin waren.

»Das Kind sollte etwas essen«, brummte der Master, ohne mich anzuschauen. Das Rumoren meines Magens konnte er unmöglich gehört haben, zwischen den Menschmassen, die sich hier tummelten, war dies ausgeschlossen.

»Ich bin kein Kind«, fauchte ich. War ich froh, wenn ich diesen Typen bald aus meinem Leben streichen konnte. Er und seine Magie waren mir nicht geheuer.

»Bitte, meine Herrschaften, wir betreten gleich den Kreis.« Mister Walker ignorierte die Bemerkung, was mir recht war.

Wir erreichten das Herz unseres Zirkels. Hinter den steinernen Mauern verbarg sich das, was den Zirkel zu dem machte, was er war: Die Sanduhr.

Allein bei dem Gedanken, sie gleich zu sehen, bekam ich Gänsehaut. Ich versuchte mir die Aufregung nicht anmerken zu lassen, und ballte meine schwitzigen Hände zu Fäusten, doch das Dauergrinsen ließ sich nicht unterdrücken. Ich war gespannt, wie das Haus im Inneren aussah, und hoffte, nicht wieder die Sicht durch einen Schleier eingeschränkt zu bekommen.

Die Sanduhr war das Relikt, das unser Sein bestimmte. Der Wächter über Recht und Unrecht. Es gab eine uralte Legende, die besagte, dass der erste Magier auf Erden sie erschaffen haben sollte.

Die Menschen hatten Angst vor ihm und seinen Kräften. Obwohl er ihnen nie ein Leid zugefügt hatte, wollten sie ihn töten. Er überlebte den heimtückischen Angriff und versprach, ihnen weiterhin kein Leid zuzufügen, doch das reichte den Menschen nicht. Sie forderten, die Magie zu bannen, doch der Magier hatte eine andere Idee. Er erschuf zwölf Sanduhren, um das Gleichgewicht zwischen Menschen und Magiern zu kontrollieren. Man einigte sich auf diese Zahl, weil sie in der Menschenwelt eine besondere Bedeutung hatte. Zwölf Monate maß das Jahr, zwölf Tierkreiszeichen gab es und so weiter. Nachdem die Gebiete eingeteilt und die Regeln aufgestellt waren, wurden die Zirkel um die Sanduhr gegründet. Die ersten Elitemagier schworen ihre Treue und banden sich somit an das Relikt, das im Falle eines Bruchs den Zirkel und die dazugehörige Magie zerstören würde.

Die Legende hörte sich wie aus einem Märchen entsprungen an, und niemand wusste, wie viel Wahrheit dahintersteckte. Was jedoch stimmte, war, dass ein Zirkel, der sich nicht an die Gesetze hielt, verschwand. Samt der Sanduhr, seiner Anhänger und der Magie in dessen Gebiet. Dies war bereits zweimal passiert.

Mister Walker nahm einen der massiven Türklopfer in die Hand und ließ ihn in einem speziellen Rhythmus auf die Eisenplatte niedersausen. Es dauerte nicht lange, da schwangen die beiden hohen Tore nach innen auf.

Mister Walker trat als Erstes über die Schwelle, gefolgt von mir. Master Toma hatte mir den Vortritt gelassen.

Der Geruch von frisch gewachstem Boden stieg mir in die Nase. Von der Chilinote vom letzten Mal nahm ich nichts wahr. Ich hatte das Gefühl, durch die Zeit gereist zu sein. Was genau ich erwartet hatte, wusste ich nicht, aber diesen altertümlichen Holzboden und die schwer aussehenden Kronleuchter, die über unseren Köpfen hingen, ganz sicher nicht. So stellte ich mir alte Herrenhäuser vor.

Bei jedem Schritt knarzte und ächzte das Holz. Fenster suchte man in diesem Flur vergeblich. Ich konnte nicht sagen, ob es daran lag, dass ich beim ersten Mal einem Verschleierungszauber unterstand, aber ich hatte das Gefühl ein vollkommen anderes Haus betreten zu haben.

»Miss Limmer, schön, Sie hier bei uns zu haben. Mister Walker, Master Toma.« Eine kleine, vermummte Gestalt in petrolfarbener Robe trat aus dem Schatten eines hölzernen Durchgangs.

Das Herz schlug mir bis zum Hals. Ein Wächter der Sanduhr. Niemand wusste, wer sich unter der Robe verbarg. Die Kapuze warf einen so großen Schatten, dass man nicht einmal Nase und Mundpartie erkennen konnte. Die Gestalt hatte die Hände in die weiten Ärmel ihrer Robe gesteckt.

»Danke für den persönlichen Empfang.« Der Schulleiter wie auch der Master fielen in eine tiefe Verbeugung, daher tat ich es den beiden gleich.

»Folgt mir bitte.« Die kühle Stimmung schien in diesen Kreisen wohl üblich. Ich musste wirklich an mich halten, vor Aufregung und Freude nicht vollkommen auszuflippen. Das alles war so unfassbar spannend, dass ich meine unbeantwortete Frage vollkommen vergaß.

Noch mal ... Lass dich nicht an die Sanduhr binden.

Mein Blick huschte zum Master. Er stiefelte unbeirrt hinter dem vermummten Mann her. Der Schulleiter schien wieder nichts mitbekommen zu haben. Wie machte der Master das nur? Ich wusste nicht, ob ich ihm antworten konnte, nichtsdestotrotz versuchte ich es.

Halt dich aus meinen Angelegenheiten raus! Die Höflichkeitsform sparte ich mir, da ich mir fast sicher war, dass er mich ohnehin nicht hören konnte.

Er schnaufte genervt. Ob das eine Reaktion auf meine Gedanken war, wusste ich nicht. Sein Blick war weiterhin nach vorn gerichtet.

»Sie ist informiert?« Der Wächter blieb vor einer doppelflügeligen Tür stehen. Sie war geschmückt mit allerhand Verschnörkelungen. Ich wusste sofort, was sich dahinter verbarg. Meine Finger fuhren nervös über meine Handflächen.

»Nein. Uns blieb keine Zeit«, erklärte sich der Schulleiter und lugte verstohlen zum Master. Ich hörte nur mit halbem Ohr zu. Mein Traum war zum Greifen nah. Gleich würde ich das sagenumwobene Relikt zum ersten Mal zu sehen bekommen und ihm meine Treue schwören. Völlig egal, was die Stimme in meinem Kopf verlangte.

»Keine Zeit«, wiederholte der Mann und lachte auf. »Das trifft es wohl auf den Punkt.« Was auch immer das für eine Anspielung war, ich gab mir nicht die Mühe, es herauszufinden. Zu groß war meine Aufregung. Der Mann hob die Hände Richtung Tür.

Sie öffnete sich und ich fühlte mich einer Ohnmacht nah.

Wäre dies ein Film gewesen, hätte man sicherlich eine dramatische Melodie eingespielt und ich wäre von einem hellen Licht geblendet worden. Allerdings passierte weder das eine noch das andere.

Wir betraten einen düsteren Raum, in dem es klirrend kalt war. Ich fröstelte sofort und rieb mir über die Oberarme. Das nächste, was ich wahrnahm, war das Fallen eines erbsengroßen Sandkorns. Mit einem dumpfen Geräusch landete es auf einem angehäuften Hügel von hunderten anderen. Ich richtete meinen Blick in die Höhe und mein Mund klappte auf.

»Miss Limmer.«

Ich wollte meine Augen nicht abwenden, doch Mister Walker räusperte sich und gab mir einen leichten Klaps auf den Oberarm.

»Sie ist riesig«, stammelte ich. Und das war enorm untertrieben, die Sanduhr maß um die fünf Meter, wenn ich es richtig schätzte. Wie war das denn möglich? Ich hatte das Gebäude doch von außen gesehen, bei der Größe der Uhr, musste es einen Turm oder Ähnliches geben. Wer mich angesprochen hatte, wusste ich nicht, denn die Stimme des Schulleiters war es nicht gewesen. Nun traten mehrere Kreismagier aus einer dunklen Ecke hervor.

Verbeugen.

Was? Ich war vollkommen überfordert mit allem. Schatten krochen an mir hoch und drücken meinen Oberkörper nach vorn.

»Sie ist groß, ja«, bestätigte jemand. Die Schatten zogen sich zurück und ich hatte wieder die Kontrolle über meinen Körper. Ich wagte es nicht, zum Master zu schauen, auch wenn ich ihm gern einen meiner tödlichen Blicke zugeworfen hätte.

Ein Lichtstrahl glitt durch den Raum. Er musste von einem der Kreismagier ausgesendet worden sein. Kronleuchter und Kerzen, überall verteilt, entzündeten sich und hüllten den Raum in ein warmes Licht.

Jetzt konnte man die Sanduhr noch deutlicher sehen. Sofort hatte ich sie wieder ins Visier genommen. Ihre Einfassung war aus dunklem Holz gefertigt, der Körper aus Glas. So einfach und doch so spektakulär. Mir fehlten die Worte.

Ein weiteres Korn löste sich aus dem oberen Korpus und fiel in die Tiefe. Wie es wohl aussah, wenn sie sich drehte? Genug Platz dafür gab es zu allen Seiten. Dieser Raum musste extra um dieses Relikt errichtet worden sein.

»Wann dreht sie sich?« Meine Frage klang selbst in meinen Ohren wie der Wunsch eines kleinen Kindes. So oft hatte ich von ihr geträumt, sie mir vorgestellt. Schwebend, mit vielen kleinen Zierden an der goldenen Einfassung, vielleicht zwei Meter hoch. Prunkvoll und majestätisch. Das ich mit allem falschgelegen hatte, konnte ich damals nicht wissen. Aber vergöttert hatte ich die Sanduhr schon immer.

»Genau aus diesem Grund bist zu hier.«

Jetzt musste ich den Blick doch von der Uhr abwenden. Ich war mir sicher, mich verhört zu haben. Was sollte das Drehen der Sanduhr mit mir zu tun haben? Sie drehte sich immer, sobald sie durchgelaufen war. Außer jemand hatte einen ganz schlimmen Verstoß begangen, aber das wiederum würde bedeuten, dass der gesamte Zirkel in Gefahr war. Davon hätte man etwas mitbekommen, oder?

Und dann kam mir ein ganz anderer Gedanke. Hatte *ich* etwas Folgenschweres gemacht? Mir wurde heiß und kalt zugleich. Sofort ging ich im Kopf die letzten Monate, Wochen, Tage durch.

»Ich …« Hilfesuchend schaute ich zu unserem Schulleiter, der sich nicht rührte.

»Erschreckt doch das arme Kind nicht so. Es geht nicht um einen Verstoß deinerseits. Die werten Herrschaften denk-«

»Master Toma! Ich darf doch bitten.«

»Nein, das dürft Ihr nicht. Der Wasserzirkel hat sich der Angelegenheit angenommen. Wir hatten euch ein halbes Jahr Zeit gegeben, die Sache allein zu klären, und die Zeit ist um.« Der Master baute sich neben mir auf. Ich hatte keine Ahnung, was hier gerade passierte. Das Blut rauschte mir in den Ohren und ich war mir nicht sicher, ob ich gleich umfallen würde. Die Sanduhr drehte sich nicht mehr, ich hatte etwas damit zu tun, der Wasserzirkel hatte sich eingeschaltet. Was hatte das alles zu bedeuten?

Erst jetzt bemerkte ich, dass keiner der anderen Geprüften anwesend war.

»Mischt Euch nicht in unsere Vorgehensweise ein!«, knurrte jetzt einer der Kreismagier. Ich erkannte drei der Männer. Sie waren gestern dabei gewesen, als sie meine Magiebanner abgenommen hatten.

»Ich muss! Ihr habt das arme Kind fast zu Tode gequält, in dem Ihr ihre Magie komplett freigegeben habt.«

»Wir hatten es im Griff!«

»Ihr kennt diese Art der Magie nicht.«

Der Schlagabtausch wurde feindseliger und ich wusste gar nicht, wohin ich zuerst schauen sollte. Master Toma war außer sich, genauso wie der Redner der Kreismagier.

»Und wer hat Euch zum Experten ernannt? Nur weil Ihr ein -«
Die Frau, die eben gesprochen hatte, verstummte augenblicklich.

»Sprecht es aus. Nur zu. Ich bin mir meiner Herkunft bewusst.« Master Toma funkelte sie herausfordernd an.

»Schluss jetzt! Kann mir bitte mal einer erklären, was hier überhaupt los ist?« Woher ich den Mut genommen hatte, zu sprechen, war mir selbst schleierhaft, doch ich hatte die Nase voll, wenn jetzt nicht sofort jemand klare Worte sprach, würde es heute noch Tote geben.

Master Toma räusperte sich. »Vor einem halben Jahr ist ein Elitemagier aus euren Reihen verschwunden. Mit ihm die Tore zur Dämonenwelt. Er trug eine äußerst seltene Form von Magie in sich. Diese ist deiner sehr ähnlich. Sein Name ist Rico.«

Der Schwur

Ich starrte Master Toma ungeniert an. Die Tore zur Dämonenwelt waren nicht mehr passierbar, soweit hatte ich ihm folgen können. Was das für Konsequenzen hatte, konnte ich mir denken. Die beiden Welten profitierten voneinander. Adrenalin-Jäger, das waren speziell auserwählte Dämonen, kamen täglich in unsere Welt, um sich das für sie wertvolle Gut zu beschaffen, und dafür kümmerten sie sich um unsere schlimmsten Verbrecher. Das *Beelze* war das gefürchtetste und grausamste Gefängnis unter den Magiern. Dort kam niemand lebend heraus, und so ein Magierleben konnte verdammt lang sein.

»Rico hat die Dämonentore zerstört?« Schon allein diese Aussage von mir zu geben, war absurd. Ich kannte Rico zwar nicht persönlich, doch er galt als einer der schlausten Köpfe unseres Zirkels. Seit Jahren baten ihn die Kreismagier, in den Kreis aufzusteigen. Eine der höchsten Ehren, die man sich als Magier vorstellen konnte, doch Rico hatte abgelehnt. Diese Tatsache hatte ihn bekannt gemacht wie einen bunten Hund.

»Das wissen wir nicht genau«, erklärte einer der Kreismagier.

»Es liegt nahe«, mischte sich Master Toma ein. Ich schaute zu der Sanduhr. Wenn es stimmte, dass Rico die Tore zerstört hatte, war das ein schweres Vergehen und würde somit ihren

Stillstand erklären. Dies hatte allerdings zur Konsequenz, dass der Zirkel mit dem Fall des letzten Sandkorns für immer verschwinden würde, und mit ihm all seine Anhänger. Ich schluckte gegen meinen trockenen Hals an.

»Wie komme ich jetzt ins Spiel?« Nun verstand ich, warum der Master mir davon abriet, den Schwur zu leisten. Wenn der Zirkel unterging, würde ich sterben, so wie alle anderen Mitglieder.

»Die Herrschaften denken, dass du Frischling in der Lage bist, den Zirkel zu retten.«

Die Spitzen, die mir der Master entgegenschleuderte, ignorierte ich gekonnt. Doch die Frage war, wie ich, die ihre Magie nicht einmal vollständig tragen konnte, helfen sollte.

»Master Toma, Eure Anwesenheit ist wirklich überflüssig.«

»Das glaube ich nicht.«

Dieser Mann hatte ein beneidenswertes Selbstbewusstsein. Als Master stand er eindeutig unter den Kreismagiern. Ich war noch nie im Wasserzirkel gewesen, doch ich konnte mir beim besten Willen nicht vorstellen, dass er sich dort genauso aufführen konnte, wie er es bei uns tat.

»Wie kann ich behilflich sein?«, fragte ich mit klappernden Zähnen. Ich hatte das Gefühl, die Raumtemperatur sank stetig. Dass wir unter der Erde waren, war mir mittlerweile bewusst, doch wie weit, konnte ich nur anhand der Größe der Sanduhr erahnen.

Eine warme Decke schlang sich um meine Schultern. »Danke.« Ich schaute zu den Kreismagiern, von denen ich vermutete, die Decke bekommen zu haben.

»Keine Ursache«, knurrte der Master und augenblicklich erschien eine heiße Schokolade in meinen Händen.

Verwirrt blickte ich zu dem Mann auf, der mich um einen Kopf überragte, doch er ignorierte mich und setzte seine Kritik an unserer Zirkelführung fort. Ich wusste nicht, ob ich mich einmischen sollte oder lieber nicht. Immerhin hatte der Schulleiter bisher noch keinen Ton von sich gegeben und Master Toma schien fast schon fürsorglich mir gegenüber zu sein, das verwirrte mich zusätzlich.

Vorsichtig nippte ich an dem Getränk. Ich hatte meinen Hunger schon beinahe vergessen. Himmel, war das lecker, und es füllte das Loch in meinem Bauch wenigstens ein bisschen.

»Hier drin wird weder gegessen noch getrunken.«

»Das Kind ist am Verhungern. Euch fallen nicht einmal solch offensichtlichen Dinge auf, wie könnt Ihr dann von Euch behaupten, ihre Magie führen zu können?«

»Wir sind der Kreis! Ihr seid ein einfacher Master«, ermahnte eine Frau. Die Kreismagierin stand so ungünstig im Schatten der Sanduhr, dass ich sie nicht richtig erkennen konnte. »Malia, uns bleibt nicht mehr viel Zeit. Wir müssen dich an deine Magie gewöhnen.«

Eine der Obersten trat vor und deutete auf die Sanduhr. »Wenn du den Eid schwörst, geht ein Teil der Sanduhrenmagie in dich über. Du wirst stärker und empfänglicher für deine eigene Magie.«

»Und sie bindet sich an die Sanduhr. Malia, tu das nicht. Wenn der Zirkel untergeht, wirst du es ebenfalls.« Der Master sah mir direkt in die Augen. In seinem Blick lag eine Ernsthaftigkeit, die ich zuvor noch nicht an ihm gesehen hatte.

»Sie muss es tun, wir brauchen ihre ganze Macht! Sonst sind wir verloren.«

»Das ist Unsinn, gebt ihr vier Wochen und sie wird ihre Magie tragen können.«

»Und weitere acht, bis sie lernt, sie zu beherrschen! So viel Zeit bleibt uns nicht. Mit dem Schwur können wir die Aufnahme- und Lernzeit um mindesten neun Wochen verkürzen.«

»Ihr spielt mit ihrem Leben. Wenn sie es nicht schafft, stirbt sie Dank des Schwurs.« Master Tomas Kiefermuskeln spannten sich an.

»Sie hat ihre Ausbildung hier gemacht. Ihre Prüfung habt Ihr selbst abgenommen. Ihr wisst, sie kann es schaffen. Wir glauben an dich, Malia.« Beim letzten Satz waren alle Blicke auf mich gerichtet, bevor sich die Köpfe der Kreismagier ehrfürchtig senkten.

Der Master packte mich am Oberarm. »Hör zu, ich werde dir helfen, deine Magie zu tragen, das verspreche ich. Aber schwöre dieser Sanduhr keinen Eid!«

Ich machte mich aus seinem Griff los. Mir war durchaus bewusst, was passierte, wenn ich mit der Sanduhr verbunden war und der Zirkel unterging. Es war jetzt mehr als einmal erwähnt worden. Was allerdings noch niemand ins Gespräch gebracht hatte, war, was im Falle eines Scheiterns mit den Magiern passierte, die nicht dem Zirkel dienten, aber im Einzugsgebiet der Sanduhr lebten.

»Ich lebe hier. Wenn der Zirkel untergeht, verliere ich meine Magie, richtig?« Schon allein diesen Gedanken laut auszusprechen, bereitete mir Bauchschmerzen. Meine Magie war alles für mich, sie gehörte zu mir wie mein Herz, ohne sie würde ich nicht leben wollen.

Einer der Kreismagier nickte.

»Wie viel Zeit bleibt uns, bis der Zirkel untergeht, und was genau wird von mir erwartet?« Das Pochen meiner Halsschlagader nahm zu. Dies waren schwerwiegende Fragen, die nicht nur meine eigene Zukunft betrafen.

»Dir bleiben vier Monate, um deine Magie aufzunehmen, zu lernen, mit ihr umzugehen, und die drei Portale wieder zu öffnen.«

Ich und Portale?! Das waren hochkomplexe Zauber, die von mehreren, speziell ausgebildeten Magiern zusammen durchgeführt wurden. Jetzt verstand ich den Zeitdruck und das Drängen auf den Schwur. Aber warum schickten sie nicht einfach solche Spezialisten hin? Ich war ein wenig verwirrt.

»Versteht mich nicht falsch. Aber wie sind denn die Portale zur Dämonenwelt erschaffen worden und warum kümmern sich nicht die Magier darum, die unser ganzes Portalnetz überwachen?« Meine Fragen waren gerechtfertigt. Magier reisten mit Elitekapitänen durch Portale zwischen Städten und Ländern. Vergleichbar waren diese mit Bahnhöfen in der Menschenwelt, und diese Portale waren von Magiern erschaffen worden.

»Stabile Portale zwischen zwei Welten, durch die man reisen kann, erfordern mehr als nur ein bisschen Übung. Es ist eine spezielle Gabe.«

»Und diese habe ich?« Jetzt wurde es interessant.

»Mit hoher Wahrscheinlichkeit.«

Mir schwirrte der Kopf. Es war schon immer mein größter Wunsch gewesen, diesem Zirkel anzugehören. Ich wollte die jüngste Elitemagierin aller Zeiten sein und jetzt bekam ich auch noch die Chance, den Zirkel zu retten. Ich traute mir zu, etwas Großes zu schaffen. Wenn andere es vor mir gekonnt hatten, warum sollte ich dann scheitern? Meine Gedanken überschlugen sich und ich ging die Optionen durch. Die Kreismagier trauten mir zu, den Zirkel zu retten. Das war noch unglaublicher, als zur jüngsten Elitemagierin ausgebildet zu werden. Aber ich musste bei der Sache bleiben. Wenn ich den Schwur nicht leistete, verlor ich wertvolle Zeit.

Ich sah zu Master Toma. »Warum glaubt Ihr, die Zeit würde auch ohne Schwur ausreichen?«

»Das tut er nicht! Er verfolgt andere Ziele. Er kann verschwindende Magie in sich aufnehmen. Deine Magie ist mächtig, wenn du stirbst, dann -«

»So ein Unsinn! Unfassbar, dass Ihr es wagt, auch nur solch eine Äußerung von Euch zu geben!«, brüllte der Master und seine Schatten strömten durch den Raum.

»Pfeift Eure Schatten zurück, sonst lasse ich Euch umgehend festnehmen.« Eine der Kreismagierinnen trat vor den Master. Sie standen einander drohend gegenüber. Ich konnte ihre Magie förmlich knistern hören.

»Du glaubst diese Lügen doch hoffentlich nicht, Malia.« Der Master schaute mich nicht an, er hatte den Blick stur auf die Frau vor ihm gerichtet. Ich wusste überhaupt nicht mehr, was ich glauben sollte. Mein Zirkel war alles für mich, ich vertraute den Kreismagiern seit meiner Ankunft hier. Dass Master Toma sich jedoch so gegen sie auflehnte, musste einen Grund haben. Zudem hätte ich gern gewusst, was der Kreismagier hatte sagen wollen, denn es ergab in meinen Augen keinen Sinn, dass Master Toma sich gegen sie stellte, wenn er von meinem Tod profitierte. In diesem Fall wäre es klüger, wenn er sich aus allem heraushielt und mich meinem Schicksal überließ.

»Ihr habt mir die Frage noch nicht beantwortet, warum glaubt Ihr, der Schwur wäre unnötig?«, fragte ich erneut.

Sollte ich Angst empfinden? Vermutlich. Aber im Augenblick gab es nur zwei Optionen: Meine Magie verlieren oder die Chance ergreifen, den Zirkel zu retten. Ich musste wissen, warum er glaubte, ich könnte die Aufgabe auch ohne Schwur meistern.

»Weil ich einen anderen Plan habe. Wir öffnen ein Portal, finden Rico und öffnen dann die anderen beiden.«

»Master Toma, wir wissen nicht, ob Rico kooperieren wird, ob er überhaupt in der Dämonenwelt ist, und ob Ihr ihn in der kurzen Zeit finden werdet. Vielleicht lebt er nicht einmal mehr.«

»Es wäre das Risiko wert. Malia kann allein keine drei Portale erschaffen! Das ist unmöglich. Sie ist viel zu unerfahren.«

Mein Magen zog sich zusammen. Er glaubte nicht an mich. Vielleicht hatte die Kreismagierin recht und er verfolgte andere Ziele. Doch der Kreis glaubte an mich, also würde ich es tun. Der Master kannte mich und meinen Kampfgeist nicht. Ich hatte mir den Titel der jüngsten Elitemagierin hart erkämpft, wenn ich es jetzt als frisch Ausgebildete noch schaffte, einen ganzen Zirkel vor dem Untergang zu rettete, würde ich gleich doppelt in die Geschichte eingehen.

»Legen wir los«, verkündete ich selbstbewusst. Ich ließ keine Zweifel zu, ich konnte alles schaffen, das wusste ich.

»Malia, hast du den Verstand verloren? Du wirst sterben, wenn wir das nicht hinbekommen.« Der Master hatte mich erneut am Oberarm gepackt und zu sich gedreht.

»Das ist mir bewusst. Ich kenne die Risiken einer Elitemagierin. Die kannte ich schon immer, und trotzdem habe ich mich für diese Ausbildungen entscheiden.«

»Aber jetzt hast du erneut die Wahl, und ich sage es dir frei heraus: Du wirst es ohne Rico nicht schaffen!«

Ich stieß seine Hand weg und trat einen Schritt näher auf ihn zu. »Ihr habt mir gar nichts zu erklären. Seit unserem ersten Aufeinandertreffen schikaniert Ihr mich. Ihr habt es selbst gehört. Ich bin die einzige Hoffnung, die dem Zirkel bleibt. Nicht Ihr und auch niemand anders. Ich ganz allein! Vielleicht ist das ja Euer Problem, eine frisch Ausgebildete könnte etwas schaffen, zu dem Ihr nicht in der Lage seid.«

»Darum geht es dir? Um Anerkennung? Du willst eine Heldin sein? Dir klebt die Eierschale noch hinter den Ohren. Du hast keine Ahnung, was auf dich zukommt.«

»Master Toma! Ich werde Euch bei Eurem Kreis melden. Dieses Verhalten ist nicht angemessen. Ihr seid ein Master.«

»Tut, was Ihr nicht lassen könnt.« Der Master biss die Zähne zusammen und wandte schnaubend den Blick ab.

»Miss Limmer, treten Sie bitte vor.« Einer der Vermummten ging auf die Sanduhr zu. Ein weiteres riesiges Korn fiel gerade herab und stieß den Haufen auseinander. Jetzt war der Moment gekommen. Ich wurde als Elitemagierin aufgenommen. Die Ader in meinem Hals pulsierte.

»Legen Sie eine Hand auf das Glas«, befahl der Wächter.

Ich wischte meine schweißnassen Finger an meiner Jeanshose ab und legte sie vorsichtig auf den Bauch des Relikts. Es war die richtige Entscheidung, das wusste ich.

Malia, tu es nicht.

Ich blendete die Worte des Masters aus. Er kannte mich nicht, er hatte keine Ahnung von mir und meinem Können. Ich würde es schaffen.

»Sprich mir die Worte nach.« Der Vermummte legte ebenfalls die Hand auf das Glas. Ein gelbes Licht erschien. Der Korpus begann zu zittern.

»Ich, Malia Limmer, werde meinen Beitrag zum Erhalt der Magier auf Erden leisten, indem ich dem Zirkel meine Treue und Verbundenheit schwöre. Ich kenne das Regelwerk und kann es einwandfrei anwenden. Ich schade weder Magiern noch magischen Wesen oder Menschen. Mit meiner Magie richte ich keinen Schaden an, sondern helfe.«

Ich wiederholte die Worte, die ich bereits vor Wochen auswendig gelernt hatte. Das Licht, das von der Hand des Magiers ausging, färbte sich in ein grelles Grün. Meine Finger kribbelten. Ich fühlte mich stärker und mächtiger. Als würde dieser Schwur mich nähren.

Eine weitere Hand legte sich auf das Glas. Es war die eines Kreismagiers. Ich erkannte den Ärmelaufschlag. Rotes Licht floss zu dem Grünen und schlängelten sich auf meine Hand zu. Eine Welle von Mut und Glückseligkeit fing mich ein. Die Emotionen überrannten mich. Ich wusste, dass es die richtige Entscheidung war. Die Magie in mir rebellierte. Sie wollte raus und das im Ganzen.

Eines der Kettchen um meinen Knöchel wurde warm und immer wärmer, ein zweites tat es dem ersten gleich. Ich biss die Zähne zusammen, als sie sich weiter erhitzten. Vielleicht glühten sie mittlerweile alle, ich konnte es nicht ausmachen. Der Geruch von verbranntem Fleisch stieg mir in die Nase. Jemand rief etwas, doch ich konnte es nicht hören. Der Schmerz vernebelte meinen Verstand. Als würde mir jemand eine glühendes Stück Eisen an den Knöchel drücken.

Ich stöhnte auf, wollte mich von der Sanduhr zurückziehen, die Fußkettchen entfernen, doch es ging nicht. Eine unsichtbare Macht hielt mich gefangen.

Der Schmerz zog sich durch mein Bein über den Oberschenkel, bis hin zum Rücken. Gerade als ich aufschrie, fielen einige Ketten ab und die geballte Ladung Magie stürzte auf mich ein.

Witchstagram

Nach Luft schnappend sank ich auf die Knie. Jede Faser meines Körpers wurde von Zuckungen durchflutet. Der Druck in meinem Kopf war kaum auszuhalten.

Es war das gleiche Gefühl wie am Vortag. Die Welle der Magie drohte, mich zu ersticken. Doch dieses Mal würde ich standhaft bleiben. Ich kämpfte gegen die Ohnmacht an.

»Du schaffst es, Malia.«

Ich kannte diese Stimme. Sie gehörte zu dem Kreismagier, der mich nach der Prüfung in ihr Haus gebracht hatte. Doch warum war er so laut? Seine Stimme hallte wie ein Echo nach.

Ich versuchte, mich zu konzentrieren, gegen den Schmerz zu atmen, doch es wurde schlimmer. Flammen rannen durch meine Adern, ich hatte das Gefühl, innerlich zu brennen, es war aussichtslos, ich würde dem Ganzen nicht standhalten.

Ich wollte dem Kreismagier antworten, ihm sagen, dass er den Magiedämmer wieder anlegen sollte, doch mehr als ein Wimmern kam mir nicht über die Lippen. Ich war doch noch nicht bereit für diese Kraft. Im Stillen gab ich Master Toma recht. Ich hatte mich selbst überschätzt.

Schatten streiften die nackte Haut an meinen Oberarmen. Mir war zuvor nicht aufgefallen, wie kalt sie waren. Master Toma war in meiner Nähe. Ich musste zugeben, dass mich das auf eine gewisse Art beruhigte.

»Ruft Eure Schatten zurück«, zischte eine Frauenstimme.
Ich schaute zum Master auf. Er stand ein Stück von mir
entfernt und ignorierte die Aufforderung.

Die Schatten wirbelten um mich herum. Zum ersten Mal
nahmen sie vor meinen Augen Gestalt an. Sie hatten Arme,
Finger, sogar Ohren. Bei einem von ihnen erkannte ich eine
Nasenspitze. Wie kleine Lebewesen.

Langsam glaubte ich, den Verstand zu verlieren, selbst Ge-
rüche nahm ich intensiver wahr. Alles veränderte sich. Halt,
nein, *ich* veränderte mich.

Die Erkenntnis traf mich, als ich die Magie der Anwesenden im Raum erkannte. Ich versuchte zu verstehen, wie das
möglich war. Noch nie zuvor hatte ich solch eine Gabe besessen, und plötzlich konnte ich sie fühlen, ja sogar sehen.
All meine Sinne schienen sich wie von Zauberhand zu ver-
bessern. Und nicht nur das, meine Macht entfaltete sich mit
jedem Atemzug weiter.

»Eure Schatten«, ermahnte die Frauenstimme erneut.

Sie huschten aufgeregt um mich herum, als wollten sie,
dass ich ihnen meine Aufmerksamkeit schenkte. Das hatten
sie nie getan. Ich streckte meine zitternden Finger nach einem
von ihnen aus.

»Nicht anfassen!«, brüllte der Schulleiter, doch es war
zu spät.

Ein kleiner Kopf mit spitzen Ohren, es hätte der Schatten eines Luchs sein können, schmiegte sich gegen meine
Handfläche. Zumindest sah es danach aus. Kälte durchströ-
me mich. Der Schatten hatte keinen Körper, nichts, das man
hätte berühren können, und doch hatte ich das Gefühl, er
konnte mich spüren.

»Das sind Seelenfresser!« Die Stimme meines Schulleiters
überschlug sich beinah.

Die ganze Zeit über hatte er sich nicht zu Wort gemeldet
und nun das Bedürfnis, eingreifen zu müssen. Es war lächer-
lich und so was von unnötig, denn die kleinen Wesen wollten
mir nichts antun. Ganz im Gegenteil, ich hatte das Gefühl,
dass sie mir auf eine unerklärliche Art sogar Erleichterung

verschafft hatten. Der Druck in meinem Kopf löste sich und auch das Atmen wurde wieder leichter.

»Sie sind harmloser als ihr«, murmelte der Master und trat einen Schritt auf mich zu. Er ging in die Knie und musterte mich eingehend. Mein Blick war getrübt und die Kraft, um aufzustehen, fehlte mir gänzlich.

»Master Toma! Zieht diese Bestien zurück, sonst werden wir -«

»Was werdet ihr? Wollt ihr Euch wirklich mit mir anlegen?« Der Master stellte sich auf und seine Schatten zogen sich zurück. Ich hatte keine Angst vor ihnen, doch den Kreismagiern schienen sie nicht geheuer zu sein. Sie nannten sie Seelenfresser, ich hatte noch nie von Wesen gehört, die eine Seele fressen konnten.

»Ihr habt einen großen Fehler begangen und das wisst Ihr.« Ich folgte seinem Blick. Er schaute zu der Sanduhr auf. »Ihr habt der Kleinen das Totenhemd angezogen.«

Seine Worte trieben mir einen Schauer über den Rücken. Meine neu gewonnene Macht fühlte sich großartig an, doch die Prophezeiung des Masters hinterließ einen bitteren Beigeschmack auf meiner Zunge. Ich würde unseren Zirkel retten, auch wenn er nicht an mich glaubte. Die anderen taten es und ich würde sie nicht enttäuschen.

Ein ganzes Jahr lang hatte ich mir die Sanduhrenvereidigung vorgestellt. Es hätte der Startschuss meiner großen Karriere sein sollen. Ich hatte mir ausgemalt, wie ich mit mindestens drei anderen, frisch ausgebildeten Elitemagiern in einer lichtdurchfluteten Halle stehen würde. Die Sanduhr direkt vor uns. In meiner Fantasie war sie nicht ganz so groß gewesen und prunkvoller hatte ich sie mir auch vorgestellt, doch das war nicht die größte Enttäuschung an diesem Tag. Statt dem erwarteten Fest, der feierlichen Zeremonie und der ehrenvollen Übergabe unserer Urkunden, saß ich jetzt vor meinem Teller Eintopf, mitten im Speisesaal, und schob ein Stück Kartoffel von rechts nach links. Mein Hunger war da, doch die Enttäuschung über den Ausgang dieses Tages ließ mich nichts runterbekommen.

Seufzend ließ ich den Löffel in die Brühe fallen und griff nach dem zerknitterten Stück Papier, das auf dem Tisch lag.

Der Speisesaal sollte eigentlich gefüllt sein mit tanzenden und feiernden Menschen. Doch außer mir saßen hier nur drei andere Schüler, die ebenfalls verspätet zum Essen erschienen waren, und zwei, die an irgendetwas arbeiteten. Zumindest nahm ich das aufgrund der Bücher und Papiere, die um sie verteilt lagen, an.

Man hatte mir eine bedeutungsvolle Aufgabe gegeben. Informationen, die ich erst einmal verdauen musste, und dann entließen sie mich mit den Worten, ich sollte etwas essen gehen, meine neu gewonnene Magie nicht benutzen und unter keinen Umständen mit jemandem über Rico und sein Verschwinden sprechen. Offiziell war dieser nämlich auf einer Mission.

Das Papier zwischen meinen Fingern raschelte. Ich hatte die Hände unbewusst zur Faust geballt. Das alles war so nicht richtig! Die Kreismagier hatten mir die Urkunde mit den Worten übergeben, dass ich mich beeilen sollte, wenn ich noch etwas zu essen bekommen wollte. Keine Feier, kein Buffet, keine Ansprache, wie stolz man über meinen Erfolg in so jungen Jahren war. Nicht einmal ein neues Zimmer hatte man mir zugesprochen. Bis auf weiteres musste ich in meinem Zimmer wohnen bleiben. Das war nicht fair! Eben noch zur Retterin des Zirkels ernannt, und dann vor die Tür gesetzt, weil sie besprechen mussten, wie sie mich und meine Magie trainieren wollten, ohne dass es Aufsehen erregte. Vor nicht ganz einer Stunde war ich mir vorgekommen wie Gott in Frankreich, jetzt fühlte ich mich so wertlos wie dieses Stück Papier zwischen meinen Fingern.

Ich richtete den Blick auf die beiden Lernenden. Sie würden den Stoff niemals anwenden, wenn ich den Zirkel nicht rettete. Der Kreis ließ den Alltag einfach weiterlaufen. Kaum einer wusste von der drohenden Gefahr und vielleicht würde sie es bis zum Untergang auch nicht erfahren. Eben noch hatte ich gehofft, als Heldin gefeiert zu werden, und jetzt, wo ich hilflos und allein hier saß, wuchs die Angst, dem Ganzen nicht gewachsen zu sein, mit jeder verstreichenden Minute.

»Na, wen haben wir denn da?«

Ich drehte mich um und schaute direkt in die zusammengekniffenen Augen von Samuel.

»Was kann ich für dich tun, Sam?«, fragte ich genervt. Der spitze Unterton seinerseits war mir natürlich nicht entgangen.

Jona stand neben ihm und musterte das zerknautschte Papier in meinen Händen. »Es ist also doch wahr. Du hast als Einzige die Prüfung bestanden?«

»Überrascht dich das?« Ich wollte nicht so überheblich klingen, doch Jona wusste genau, wie sehr ich für die Prüfung gebüffelt hatte.

»Mich überrascht, dass alle außer dir durchgefallen sind.« Samuel baute sich mit vor der Brust verschränkten Armen vor mir auf. Ich selbst wusste den Grund nicht, konnte jedoch nur vermuten, dass sie niemanden an den Zirkel binden wollten, bis dieser Schaden, den Rico verursacht hatte, behoben war.

»Es wird seine Gründe haben«, murmelte ich, stand von dem Stuhl auf und wollte mich an den beiden vorbeidrücken. Die Wahrheit konnte ich ihnen ja schlecht sagen.

Jona ging einen Schritt zur Seite, doch Samuel hob den Arm und versperrte mir den Weg. »Von wem wurdest du geprüft?«

»Ich wüsste nicht, was dich das zu interessieren hat«, fauchte ich. Erneut versuchte ich, mich an den beiden vorbeizudrücken, doch Samuel, der mich um mindesten einen Kopf überragte, hielt mich fest.

»Sam, lass sie gehen«, mischte sich nun Jona ein.

»Ich will doch nur wissen, ob es stimmt, was man sich erzählt.« Samuel schaute mich herausfordernd an.

»Und das wäre?«

Er pustete sich eine ins Gesicht gefallene blonde Haarsträhne zurück. »Wie ist es, mit einem Dämon zu schlafen? Ich habe gehört, sie sind wie wilde Tiere im Bett.«

»*Was?*« Mir entgleisten die Gesichtszüge.

»Streite es nicht ab. Sirra hat dich aus seinem Schlafzimmer schleichen sehen. Am Abend der Prüfung.« Samuel stieß anstößig seine Hüfte nach vorn und wieder zurück. »Habt ihr deinen Erfolg gefeiert?«

Ich spürte, wie mir das Blut in die Wangen schoss. »Das ist Unsinn!«

Sam griff in seine Hosentasche und holte sein Handy hervor. Fünf Sekunden später hielt er mir ein Foto unter die Nase, das Master Toma aus meinem Zimmer kommend zeigte. »Und warum ist der Master heute Morgen in deinem Zimmer gewesen?«

Das war ein riesiges Missverständnis. Ich wusste genau, wie das aussehen musste, doch die Hintergründe der beiden genannten Situationen waren vollkommen andere als eine romantische Affäre.

»Das ist nicht, wonach es aussieht!« Mein Magen zog sich schmerzhaft zusammen.

»Malia, ich hätte niemals gedacht, dass du dich so erniedrigst.« Jonas Blick nach zu urteilen, hatte er dieses Foto eben das erste Mal gesehen.

»Das habe ich nicht! Ich weiß, wie das aussieht, aber ihr müsst mir glauben, das hat sich ganz anders abgespielt. Als ich bei dem Master im Bett aufgewacht bi-«

»In seinem Bett?«

Mist. Ich wusste sofort, dass ich jetzt auch das letzte bisschen Glaubwürdigkeit verloren hatte. Jona bedachte mich mit einem angeekelten Gesichtsausdruck und Samuel lachte laut auf.

»Jetzt lasst mich doch mal ausreden!« Ich stapfte mit dem Fuß auf den Boden. Vermutlich sah ich aus wie ein wütendes Kind, doch es war mir egal. Die beiden unterstellten mir Dinge, die nicht stimmten.

»Lass es gut sein, Malia. Ich habe meinem Vater das Bild bereits geschickt. Er wendet sich an einen Anwalt und lässt den Fall überprüfen. Alle außer dir sind durch die Prüfung gefallen, da braucht man kein Genie sein, um die Zusammenhänge zu finden.«

»Das ist doch Unsinn. Jona, du glaubst diesen Mist doch wohl nicht?«

»Ich würde dir gern glauben, doch *dein* Master war es, der alle außer dich hat durchfallen lassen.«

»Ich weiß nicht, was bei den Prüfungen vorgefallen ist, aber ich habe meine auf ehrliche Art und Weise bestanden.«

»Nach dir war ich an der Reihe. Ich habe deine Worte am Ende der Prüfung mitbekommen. Als ich die Halle betreten habe, warst du gerade dabei, ihm ein Kompliment nach dem anderen zu machen. *Mir als unbedeutende Neu-Elitemagierin …*«

»Nein, so war das nicht! Mir wurden die Worte in den Mund gelegt.« Die brennend heißen Tränen ließen sich nicht mehr zurückhalten. Natürlich glaubten die beiden mir kein einziges Wort, aber das alles hatte sich vollkommen anders abgespielt, als sie es hier darstellten.

»Also, für mich ist die Sache eindeutig.« Sam musterte mich abschätzig.

»Von dir hätte ich so was nie gedacht. Ich habe jeglichen Respekt vor dir verloren.« Jonas Worte trafen mich noch härter. Dass ausgerechnet er diesen Unsinn glaubte, war allerhand. Wir waren Trainingspartner. Immer wieder hatte er mich um Nachhilfe gebeten, weil er wusste, wie gut ich war.

»Das alles hat sich nie -«

»Du kannst deinem Lover sagen, dass er sich warm anziehen soll. Der Anwalt meines Vaters ist ein harter Brocken.«

»Dann wird er ja sicher bald herausfinden, dass ihr falsch liegt mit euren Anschuldigungen.« Ich drückte mich zwischen den beiden jungen Männern hindurch und verließ den Speisesaal des Schülerhauses. Schnell stapfte ich die Treppe hoch, auf direktem Weg in mein Zimmer. Die filigranen Kettchen um mein Fußgelenk rieben mir dabei über den Knöchel. Sie hatten zu meiner großen Überraschung keine Veränderung davongetragen. So hatte ich mir den Abend nicht vorgestellt.

Erschöpft ließ ich mich auf meinem Bett nieder. Meine zerknüllte Urkunde warf ich Richtung Nachttisch. Ob sie darauf gelandet war oder nicht, war mir egal.

Warum lag mein Leben plötzlich in einem Scherbenhaufen? Das Einzige, was ich jemals gewollt hatte, war Anerkennung für mein Können, und jetzt wurde ich mit all den Informationen, die man mir vor die Füße geworfen hatte, allein gelassen. Ich trug eine erdrückend starke Magie in mir, die ausbrechen wollte, und man dichtete mir ein Verhältnis mit einem Master an. Eine Prüfung, die nur durch dieses angebliche Verhältnis bestanden worden war, und meine glamouröse Abschiedsfeier, die ich redlich verdient hatte, war mir auch verwehrt worden.

Ich musste die Gerüchte von mir weisen! Vielleicht war diese Masterin noch irgendwo hier auf dem Gelände. Gleich morgen früh würde ich sie aufsuchen. Sie musste bestätigen, dass ich eben nicht aus freien Stücken in Master Tomas Bett gelandet war.

Meine Gedanken drehten sich wie ein Karussell. Ablenkung musste her! Ich angelte mein Handy vom Nachttisch und zog das Ladekabel ab. Nachdem ich es wieder eingeschaltet hatte, ignorierte ich die Nachrichten und wischte mich von einer App zur nächsten. Eigentlich war ich nicht in den sozialen Medien aktiv. Weder in den menschlichen wie *Facebook* und *Instagram* noch in denen der Magiebegabten. Einen Account hatte ich zwar auf den gängigsten Plattformen, beschäftigte mich jedoch recht wenig damit.

Ich öffnete *Witchstagram* und scrollte durch meinen überschaubaren Feed. Die App war ähnlich wie die des menschlichen *Instagram* aufgebaut, war allerdings nur für magische Wesen zugänglich. Ich hatte vierunddreißig Follower und genau sechs Posts, die mich mit irgendwelchen Auszeichnungen zeigten. Ich gab den Namen Livio Toma in die Suchleiste ein.

Keine zwei Sekunden später erschien sein Profil. Das überraschte mich tatsächlich. Obwohl Sirra kurz vor der Prüfung erwähnt hatte, dass er ein *Witchstagram*-Star war, hatte ich es mir nicht wirklich vorstellen können. Umgehend ließ ich mich auf seine Seite weiterleiten.

Mir blieb die Spucke im Hals stecken. Fast achthunderttausend Follower?! Ich war mir nicht sicher, ob mir gleich die Augen aus den Höhlen sprangen. Ich vergrößerte sein Profilbild, um sicherzugehen, nicht auf einer anderen Seite gelandet zu sein. Er war es. Was bitte machte ihn so interessant? Ich scrollte durch seinen Feed.

Das letzte Foto war von gestern. Es zeigte den Master in seiner perfekt sitzenden Robe, mitten in der Wüste. Er hatte eine Sonnenbrille auf der Nase und stand Rücken an Rücken mit der Masterin vom Feuerzirkel. Beide grinsten breit in die Kamera. Unter dem Foto stand: *Elitemagierprüfung, wir haben uns etwas ganz Besonderes ausgedacht. #frechgrins*

Frechgrins?! Wie alt war er? Ich musste mich aufsetzen, weil ich das Gefühl hatte, gleich zu ersticken. Ich las die Kommentare.

Von dir würde ich mich auch gern mal prüfen lassen.
Nimm die Prüflinge nicht so hart ran.
#sabber ich will von dir geprüft werden.

Was zum Geier war das denn bitte? War ich hier bei Versteckte Kamera? Prüfend suchte ich mit den Augen jede Ecke meines Zimmers ab. Das konnte doch alles nur ein schlechter Scherz sein. Er war ein Master! So etwas erwartete man von einem Sechzehnjährigen, aber doch nicht von einem jahrhundertealten Magier.

Ich ging zurück auf seine Startseite und überflog die Fotos. Willkürlich tippte ich auf das nächste. Es zeigte ihn, wie er Pasta verspeiste. Untertitel: *Delizia Culinaria.*

Auf dem Foto daneben löste er ein Kreuzworträtsel. Natürlich in Denkerpose mit dem Kuli an der Lippe liegend. Untertitel: *Menschenbeschäftigung, gar nicht mal so einfach.*

Ich scrollte weiter. Ein anderes Foto zeigte ihn in einer Bibliothek. Er lehnte an einem Regal und hatte ein aufgeschlagenes Buch in der Hand. Untertitel: *Ein bisschen weiterbilden.*

Ich stieß zischend die Luft aus. Wer war dieser Mann? Warum präsentierte er sich so in der Öffentlichkeit? Jetzt war ich vollkommen verwirrt. Jedes Foto war gestellt und zeigte ihn von seiner besten Seite. Selbst ich musste zugeben, dass sein Lächeln einen gewissen Charme versprühte, doch das da war nicht sein wahres Ich. Online wirkte er nett und gebildet, genau das Gegenteil von dem, was er im echten Leben war.

Das nächste Foto zeigte ihn oberkörperfrei bei einem Kampftraining. Jeder Muskel war definiert. Sein schwarzes Haar hing ihm nass in die Stirn. Er war konzentriert. Seine erhobenen Fäuste versprachen Schmerz und Leid. Himmel, war das sexy! Sofort verbat ich mir diesen Gedanken. Was war in mich gefahren? *Er ist nicht der Mann auf den Fotos*, rief ich mir in Erinnerung und wischte zum nächsten Bild.

Der Master mit drei Katzenbabys. Eines krallte sich an seiner Schulter fest, eines saß ihm auf dem Kopf und das Dritte stand auf seinem angewinkeltem Arm und schleckte an seiner Nase. Er lachte übers ganze Gesicht. Diesmal wirkte es nicht gestellt, sondern ehrlich. Ich wollte gerade den Untertitel lesen, als ich aus Versehen auf das Foto tippte. Der Herzaugensmiley, der für dieses Bild festgelegt war, blinkte auf. *Nein!* Schockiert starrte ich auf mein Handy. Ich hatte sein Bild gelikt. Im Gegensatz zu anderen Plattformen konnte man das hier nicht rückgängig machen. Nun wusste er, dass ich mir sein Profil angeschaut hatte.

Ich warf das Handy auf mein Kissen. *Scheiße, Scheiße, Scheiße!*

Jetzt bloß keine Panik. Ich wollte nur schauen, wer er war. Ich hatte ihm nicht nachspioniert und außerdem war sein Profil öffentlich.

Ping. Mein Handy meldet sich.

Nein! Ich stand auf und entfernte mich von meinem Bett. *Bestimmt ist das nur meine Mutter.* Sie wollte sicher wissen, wie die Prüfung gelaufen war. Ich hatte ihr gestern nicht mehr geschrieben.

Ping. Erneut erklang der Nachrichtenton meines Handys. *Bestimmt ist es Mama!*

Ich ging auf das Bett zu und zog das Handy an mich ran.

Eine neue Freundschaftsanfrage. *Livio Toma möchte mit dir befreundet sein.*

Mir wich jegliche Farbe aus dem Gesicht. Dafür brauchte ich keinen Spiegel, das wusste ich auch so.

Erst jetzt sah ich die Nachricht.

Wer hat sich denn da auf mein Profil verirrt?

Mir wurde heiß und kalt zugleich. Wie hatte ich nur so doof sein können und sein Bild gelikt?

Okay, jetzt musste ich etwas Gutes antworten.

War ein Versehen. Gute Nacht. Ich zögerte mit dem Abschicken. Eine gefühlte Ewigkeit stierte ich auf den Bildschirm und überlegte, ob mir nicht etwas Besseres einfiel.

Drei Punkte erscheinen. Mist, er schrieb.

Ich kann sehen, wenn du schreibst.

Natürlich konnte er das. Ich schickte meine getippten Worte ab. Umgehend erschienen die drei wabernden Punkte. Konnte er es nicht einfach gut sein lassen?

Schon klar.

Vollpfosten. Ich legte mein Handy auf den Nachttisch. Er wollte mich reizen, doch ich war schlau genug, nicht darauf reinzufallen. Sollte er denken, was er wollte. Das taten doch alle hier.

Ich legte mich auf mein Bett und zog mir die Decke über den Kopf. Für heute hatte ich wirklich genug erlebt.

Ping.

Genervt stieß ich die Luft aus. Wenn das jetzt die ganze Nacht so weiterging, würde ich ausflippen.

Laura

Müde rieb ich mir den Schlafsand aus den Augen. Die Sonne war noch nicht aufgegangen, doch sich jetzt noch einmal hinzulegen, lohnte sich nicht.

Mein erster Gedanke galt der Sanduhr und meiner Vereidigung. Das erste Mal fragte ich mich, ob es nicht doch sinnvoll gewesen wäre, mir ein oder zwei Tage Bedenkzeit zu nehmen. Die Tatsache, dass mich die Kreismagier nach der Vereidigung so lieblos weggeschickt hatten, stieß mir bitter auf.

Missmutig schnaubte ich und schob die Gedanken beiseite. Mit verschleiertem Blick schielte ich zu meinem Handy, das ich auf den Nachttisch verfrachtet hatte.

Meinen Eltern hatte ich noch immer keine Nachricht geschickt, wie meine Prüfung verlaufen war. Ich musste sie dringend anrufen.

Als ich meinen Handybildschirm aktivierte, ploppten sofort drei Nachrichten auf.

Schlaf gut, Stinktier.

Guten Morgen, vergiss nicht, deinen Pumakäfig zu lüften.

Hi Malia, wie ist die Prüfung gelaufen?

Die beiden ersten Nachrichten waren von Master Toma die letzte von meiner Freundin aus Deutschland. Laura war im Grunde meine einzige Freundin. Bevor ich vor acht Jahren hierhergekommen war, waren wir unzertrennlich gewesen. Sie war ebenfalls eine Magierin, allerdings mit durchschnittlichen Fähigkeiten.

Wir sahen uns nur, wenn ich meine Eltern besuchte oder wir einen Videocall machten, und das war in letzter Zeit nicht oft der Fall gewesen. Meine Vorbereitungen auf die Prüfung hatten viel Zeit in Anspruch genommen.

Die Nachrichten vom Master ignorierte ich geflissentlich. Aber die Sehnsucht nach einer vertrauten Stimme wuchs mit jeder Sekunde. Ich wählte die Nummer meiner Freundin.

»Hey, Malia!« Laura ging sofort ran. Ihre warme Stimme trieb mir Gänsehaut auf die Unterarme und dann passierte das Unvermeidbare: Der Stress, die Enttäuschung und sämtliche Last der letzten beiden Tage brachen aus mir heraus. Ich berichtete meiner Freundin jedes noch so kleine Detail der letzten achtundvierzig Stunden. Angefangen bei meiner Prüfung, endend mit der Entdeckung des Profils des Masters.

»O nein, meine Süße! Das ist ja schrecklich. Wie heißt denn dieser Master?«

Schniefend nannte ich seinen Namen.

»Master Livio Toma?!«, fragte sie entsetzt.

»Genau der. Kennst du ihn?«

»Wer nicht?«

Ich hatte vergessen, dass der Master ein *Witchstagram*-Star war. »Er ist nicht so, wie er vorgibt zu sein.«

»Das ist unglaublich. Du wurdest von dem heißesten Master aller Zeiten geprüft und jetzt schreibt er auch noch privat mit dir.« Lauras Stimme wurde von Wort zu Wort höher, bis sie ein aufgeregtes Quieken von sich gab. Ich hielt mir das Handy kurzzeitig vom Ohr weg.

»Hast du den Verstand verloren? Ich weiß nicht, was an diesem unverschämten, arroganten Typ toll sein soll. Wenn ich es richtig verstanden habe, soll ich mit ihm zusammen auf eine Mission gehen.«

»Ich komme sofort zu dir. Ich bin mir sicher, dass du eine Freundin an deiner Seite gebrauchen kannst.«

»Wie kommst du denn jetzt auf diese Idee?« Grundsätzlich konnte sie innerhalb weniger Stunden hierherreisen. Portalmagie war wirklich praktisch, doch der Zirkel war kein Urlaubsort.

»Weil du eine Freundin brauchst.«

Ein kurzes Schweigen entstand. Ich hätte wirklich gern jemanden zum Reden hier, das konnte ich unmöglich abstreiten.

»Mach dich nicht verrückt. Ich werde in meine neue Rolle reinwachsen. Es war einfach alles ein bisschen viel die letzten Tage, und dann dieser Master ...«

»Ich bin schon sehr nah dran, ihm zu entfolgen! Letztes Jahr hat er schon mal etwas gepostet, was se-«

»Warte. Du folgst ihm schon länger?«

»Tz, na klar! An meiner Schule wird er vergöttert. Er sieht unverschämt gut aus, ist ein Master und noch dazu der einzige Magier-Halbdämon, den es gibt.«

Mir klappte der Mund auf. Ich wusste, dass meine Freundin weitaus weniger begeistert klingen wollte, als sie es tat, doch ihre Bewunderung hörte ich dennoch deutlich heraus.

»Er ist arrogant, überheblich und selbstverliebt.«

Die Sache mit seiner Herkunft war mir suspekt. Mein Lehrer hatte vor der Prüfung schon von Magie dämonischen Ursprunges gesprochen, doch dass der Master ein Halbdämon sein sollte? Ich konnte mir nicht erklären, wie das biologisch überhaupt möglich war. Menschen und Dämonenmagie vertrug sich nicht. Zu seiner ausgeprägten Selbstsicherheit würde es jedoch passen.

»Ja, das weiß ich jetzt auch. Aber glaub mir, das kann er gut überspielen. Die letzten drei Jahre dachte ich, er wäre der perfekte Mann.«

Hatte sie gerade drei Jahre gesagt? »Er ist alles, aber nicht perfekt!«, schnauzte ich aufgebracht.

»Beruhig dich. Ich glaube dir. Umso besser wäre es, wenn ich mir selbst ein Bild mache. Ich rede mit meinen Eltern. Sicherlich stimmen sie einem Besuch zu.«

»Laura, du hast mich noch nie besucht. Der Aufwand wäre viel zu groß und außerdem ist gerade der denkbar schlechteste Zeitpunkt. Hier gibt es einige Unruhen und vielleicht ist der Zirkel in Gefahr. Mir wäre es wirklich lieber, du würdest zu Hause bleiben.«

»Gefahr? Papperlapapp, du brauchst mich bei dir, das weiß ich. Ich muss jetzt leider zur Schule, aber ich melde mich heute Abend wieder bei dir. Lass dich nicht ärgern, meine Süße.«

Bevor ich weiterhin versuchen konnte, es ihr auszureden, hatte sie bereits aufgelegt. Was war das denn bitte gewesen? Laura hatte mich noch nie besuchen wollen. Ihre Sorge in allen Ehren, aber dass sie deshalb hierherkommen wollte, war seltsam.

Ich holte ein Taschentuch aus meiner Schublade und putzte mir geräuschvoll die Nase. Eigentlich wollte ich meine Eltern anrufen, doch so verheult, wie ich klang, würde sich meine Mutter nur Sorgen machen. Ich tippte schnell ein paar Worte in eine Nachricht, dass es mir gut ging, ich bestanden hatte und sie am Abend anrufen würde. Mit einem Kusssmiley schickte ich das Ganze umgehend los und legte das Handy zur Seite.

Ich schnappte mir eine halbwegs saubere Jeans, zog ein frisches T-Shirt aus meinem Wäschekorb und machte mich mit meiner Kulturtasche und einem Handtuch auf in das Gemeinschaftsbad der Mädchen.

Zwanzig Minuten später betrat ich frisch geduscht den Speisesaal. Wie erwartet, war ich zu dieser frühen Stunde eine der wenigen, die sich hier einfanden.

Nachdem ich mein Frühstück geholt hatte, setzte ich mich an einen freien Platz und begann zu essen. Neuer Tag, neues Glück, dachte ich mir, während ich die Tageszeitung vom Nachbartisch stibitzte. Es war die der Magierwelt, stellte ich freudig fest.

Ich überflog die Artikel. An einem blieb ich hängen. *Keine Lösung in Sicht,* lautete die Überschrift. *Die Dämonentore sind weiterhin unpassierbar. Wir arbeiten mit Hochdruck an der Reparatur der Portale, die die Welten miteinander verbinden.*

Ich las den Artikel aufmerksam durch. Es wurde mit keiner Silbe erwähnt, dass ein Mitglied unseres Zirkels die Schuld daran trug. Mir wurde flau im Magen. Ich sollte in der Lage sein, diese Portale wieder zu öffnen? Langsam aber sicher bereitete mir diese Erwartung Bauchschmerzen. Die mächtigsten Magier bekamen sie nicht geöffnet, wie sollte es mir Anfängerin gelingen? Das erste Mal in meinem Leben empfand ich mein Können als nicht ausreichend und das fühlte sich nicht gut an.

»Malia, du wirst im Kreis erwartet.« Die Stimme von Mister Klimmrich holte mich aus meinen Gedanken. Ich spülte das letzte Stück Brötchen mit meinem Orangensaft hinunter und huschte dem Lehrer für Verwandlungskünste hinterher.

»Ach, irgendwie fehlt mir die Einführung der Elitemagier dieses Jahr«, sagte er. »Es ist so untypisch ganz ohne Feier, Zeugnisübergabe und Vereidigungszeremonie. Schade, dass du darauf bestanden hast, sie nur im Kreis zu vollziehen.«

»Was?« Ich blieb auf der Stelle stehen. Das erzählte man den Zirkelmitgliedern? War es möglich, dass selbst sie nicht wussten, dass die Sanduhr stillstand? »Ich habe nicht -«

»Malia! Hast du meine Nachricht denn nicht bekommen?«

Auch das noch! Direkt an der Eingangstür zum Schülerhaus stand Master Toma.

Ich griff an meine Gesäßtasche, um festzustellen, dass ich mein Handy auf dem Zimmer vergessen hatte.

»Ich übergebe dich an Livio, er wird den gleichen Weg einschlagen wie du.« Mit diesen Worten verabschiedete sich mein ehemaliger Lehrer und ließ mich mit dem Master allein. *Ganz toll!*

»Du hast nicht auf meine Nachricht reagiert.«

Jetzt platzte mir der Kragen. »Hört mir mal genau zu! Ich möchte ganz klare Grenzen abstecken, an die Ihr Euch zu halten habt. Ich möchte weder von Euch in meinem Zimmer besucht werden noch private Nachrichten erhalten oder mit ausgedachten Spitznamen angesprochen werden.« Ich hatte mich während meiner Aufzählung wieder in Bewegung gesetzt und das Gebäude verlassen. Nun stiefelte ich über den menschenüberfüllten Platz. Master Toma folgte mir.

»Falls du es nicht verstanden hast, du wirst mich auf die Mission zur Rettung eures kümmerlichen Zirkels begleiten. Wir sollten daher zusammen und nicht gegeneinander arbeiten.«

Zusammenarbeiten? Das bedeutete für mich auf Augenhöhe. Wenn wir seiner Meinung nach Gleichgestellte waren, dann konnte ich jetzt getrost auf sämtliche Höflichkeitsformen verzichten.

»Du beleidigst mich ständig als Kind und redest mich klein. Und bist der Meinung, dass es ein Fehler ist, mich mit an Bord zu holen. Ich will gar nicht mit dir zusammenarbeiten.«

»Du hast keinerlei Erfahrung in der Welt da draußen, ich wollte dir helfen.«

»Indem du mich beleidigst?«

»In dem ich dir … das spielt jetzt auch keine Rolle mehr. Du hast dich gegen meinen Rat dem Zirkel angeschlossen, jetzt lebe mit deiner Entscheidung, und vor allem lebe mit mir als dein Mentor.«

Hatte er sich heute Nacht den Kopf angestoßen? Ich war ausgebildete Elitemagierin, ich brauchte keinen Mentor mehr. Wenn wir zusammenarbeiten mussten, schön, dann würden wir das tun, aber ganz sicher würde ich ihn nicht als Berater betrachten. »Lass mich in Ruhe und geh ein paar Selfies machen, für deinen Fanclub.« Aus dem Augenwinkel nahm ich wahr, wie er sich theatralisch die Hand auf die Brust drückte.

»Das war gemein.«

Wütend drehte ich mich zu ihm um. Wir standen bereits vor dem Haus des Kreises. Die Menschenmassen verliefen sich hier in verschiedene Richtungen, weshalb niemand auf uns achtete.

»Hör auf, dich ständig über mich lustig zu machen. Wenn du dich für etwas Besseres hältst, fein. Aber lass mich einfach meine Arbeit machen. Denn wie du ja weißt, hängt mein Leben an diesem Zirkel.«

»Hättest du auf mich gehört …«

»Warum hast du mich eigentlich bestehen lassen? Warum hat diese Prüfung überhaupt stattgefunden?« Die Fragen waren gerechtfertigt und brannten mir ohnehin auf der Seele.

»Glaub mir, ich hätte euch alle durchfallen lassen, wenn es möglich gewesen wäre.« Mit diesen Worten stiefelte er mit wallender Robe an mir vorbei, direkt in das Hauptquartier des Kreises.

Ich musste ihm folgen, da ich nicht einmal wusste, wo sich der Versammlungssaal des Kreises überhaupt befand. Alles sah anders aus als bei meinem gestrigen Besuch hier und ich erinnerte mich, von solch einem Zauber schon einmal gelesen zu haben. Aus Sicherheitsgründen änderten sich Positionen, von Fluren und Zimmern, je nach Belieben des Hauses.

Ich hatte Mühe, dem Master zu folgen. Wir eilten durch den dunkeln Flur, in dem man nur unsere Schritte von den Wänden widerhallen hörte. Bei jeder Tür, auf die wir zugingen, hob er die Arme und ließ sie durch Magieeinfluss aufschwingen. Hin und wieder stapften wir eine Treppe hoch oder bogen in einen verwinkelten Flur. Das Haus war das reinste Labyrinth. Ich hatte schon lange die Orientierung verloren, als wir endlich den Saal erreichten, zu dem wir wollten.

Ich erkannte es an den vielen verschlungenen Mustern, die die Türen verzierten. Am liebsten hätte ich mir eine kurze Pause gegönnt, um einmal kräftig durchzuatmen. Der Master war schnell und offensichtlich fitter als ich.

»Soll ich ein Sauerstoffzelt heraufbeschwören?« Master Toma hatte kurz vor der Tür innegehalten und musterte mich von oben herab. Keuchend stand ich vor ihm, die Hände auf die Oberschenkel gestützt, und versuchte, dennoch so leise wie möglich zu atmen.

»Wenn ich eins brauche, dann zaubere ich mir selbst eins herbei«, konterte ich, hob meine Hände und bereute meine geplante Magiedemonstration sofort. Mit einem lauten Knall flogen die Türen aus den Angeln und geradewegs in den Raum hinein. Es folgte eine Explosion. Als Nächstes spürte ich, dass mich jemand zu Boden riss.

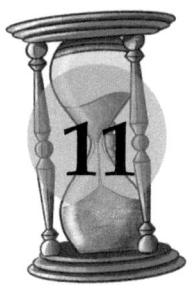

Die neue Magie

Von ganz weit her drangen Stimmen. Ich verstand nicht, was sie sagten. Das Dröhnen in meinem Kopf übertönte alles. *Was ist geschehen?*

Wer auch immer auf mir lag, rührte sich und gab meinen Blick frei. Ich sah schemenhafte Bewegungen. Vermutlich lief jemand auf mich zu. Oder von mir weg? Dies zu bestimmen, war mir unmöglich.

Staub wirbelte auf und ich musste husten. Jemand zog an mir und ehe ich begriff, wer es war, lag mein Oberkörper erhöht. Sofort schloss ich die Augen, in der Hoffnung, mein Blick würde sich beim Öffnen wieder klären.

Das Stimmengewirr löste sich langsam auf und ich spürte Magie, die auf mich einfloss. Ein warmer Strom, der jede Ader ergriff und mir von innen heraus Geborgenheit schenkte. Alles fühlte sich mit einem Mal leicht an.

»Malia.« Ich hörte die Stimme deutlich und doch wollte ich meine Augen nicht öffnen. Mir gefiel es hier, so schwerelos im Nichts zu treiben. Ich hatte keine Ahnung, was los war, und es war auch vollkommen egal.

»Livio, Ihr habt sie doch ni-«

»Doch, das habe ich.« Master Toma wirkte gereizt, ich verstand nicht, warum. Wir schwebten und das war wundervoll.

95

»Malia! Sieh mich an.« Jemand tätschelte meine Wange. Er wollte, dass ich die Augen öffnete, allerdings war ich noch nicht bereit. Nur noch ein kleines bisschen wollte ich mich diesem Gefühl der Schwerelosigkeit hingeben.

Die Wärme, die mich durchströmte, zog sich zurück. Ich wollte sie halten, greifen. Stieß ein wimmerndes »Bleib« hervor, doch sie verschwand.

»Diese Art der Magie ist hier nicht gestattet!« Ich hatte keine Ahnung, wer das gesagt hatte, doch ich vernahm Stöhnen, Husten und Kälte, als sich auch das letzte bisschen Wärme zurückzog.

Der Kopfschmerz war sofort da und mit ihm die Erinnerung an die explodierende Tür. Der Geruch einer kalten Winternacht umschloss mich stärker denn je. Das konnte nur eins bedeuten.

Sofort riss ich die Augen auf. Mein Blick hatte sich zu meinem Bedauern wieder geklärt, denn das Erste, was ich sah, waren Master Tomas dunkelblaue Augen. Ich lag in seiner Armbeuge gebettet.

»Was soll denn das jetzt?«, stammelte ich und rollte mich aus seinen Armen. Mit einem dumpfen Aufschlag landete ich mit dem Gesicht voran auf dem staubigen Boden.

»Miss Limmer!« Wer auch immer da zu mir sprach, schien ziemlich wütend zu sein. Die Erklärung lag auf der Hand, und doch wollte ich es nicht glauben. Meine Magie hatte diese Explosion hervorgerufen. Ich kämpfte mich auf die Beine und klopfte den Staub von meiner Kleidung. Wie durch ein Wunder hatte ich kaum einen Schaden davongetragen. Was ich von dem Raum, der vor mir lag, nicht behaupten konnte. Mir klappte der Mund auf. Erst jetzt begriff ich, was hier geschehen war. Ich hatte das erste Mal meine neuen Kräfte genutzt und sie nicht kontrollieren können.

Das Ausmaß des Schadens war erheblich. Nicht nur, dass ich die komplette Tür aus den Angeln gerissen hatte, nein, ich hatte auch den dahinterliegenden Raum in Schutt und Asche gelegt. Bretter und Balken hatten die Möbel zerschlagen. Zerrissene Gardinenfetzen hingen vor einer bräunlich melierten Fensterfront.

»Ich …« Mir fehlten die Worte.

»Du hast den Versammlungsraum zerstört!« Ein bärtiger Kreismagier trat in die Mitte des Chaos und funkelte mich aus zorngeweiteten Augen an. Meine Unterlippe begann zu zittern. Das hatte ich nicht gewollt!

»Ich will nichts hören! Ihr meintet, der Grünschnabel wäre bereit für seine Macht, jetzt lebt mit der tickenden Zeitbombe.« Der Master stellte sich neben mir auf und schnippte sich ein Stück Holz von der Schulter.

Wenn ich nicht so aufgeregt gewesen wäre, hätte ich seine Worte als Beleidigung aufgefasst. Mir war noch immer schwummrig, doch ich versuchte, einfach nur still dazustehen und keinen weiteren Ärger zu verursachen. Meine Magie war noch viel stärker, als ich vermutet hatte. Ich starrte auf meine kribbelnden Fingerspitzen. Das Gefühl dieser gigantischen Macht war beängstigend.

Immer mehr Magier kamen unter Trümmern und hinter umgeworfenen Möbeln hervor. Einige keuchten, andere husteten oder stöhnten schwerfällig. *Was habe ich nur angerichtet?*

»Master Toma hat recht, sie ist eine Gefahr für sich und andere.« Mindestens acht Augenpaare waren auf mich gerichtet und durchlöcherten mich mit ihren Blicken.

»Ihr wollt doch nicht allen Ernstes Malia die Schuld für dieses Chaos geben?« Verteidigte mich der Master gerade? Ich konnte kaum einen klaren Gedanken fassen. All dieser Schaden war durch meine Hände entstanden.

»Das war keine Absicht«, stammelte ich. Meine Kehle war staubtrocken. Ich wollte am liebsten sofort verschwinden. Wieso war meine Magie so kraftvoll aus mir herausgebrochen? Ich hatte alles so gewirkt wie immer.

»Wie konnte das überhaupt passieren?« Ein dunkelhaariges Kreismitglied trat vor und machte eine ausladende Handbewegung.

Ein anderer Kreismagier versuchte, angekokelte Papiere zu sortieren, und wieder ein anderer machte sich gerade daran, mit Magie Tische und Stühle zu reparieren.

»Ich kann helfen«, bot ich an und trat einen Schritt vor. Das war wohl das Mindeste, was ich anbieten sollte.

»Nein! Ich überlege gerade, dir einen weiteren Magiebanner anzulegen. Auf alle Fälle wirst du Nachhilfe bekommen, bevor du noch den ganzen Zirkel in Gefahr bringst.« Das Kreismitglied presste die Lippen zu einem dünnen Strich zusammen.

Diese Aussage traf mich härter als erwartet. Sie hatten mich ohne jegliche Erklärung oder Einweisung mit den Worten entlassen, ich solle meine Magie nicht nutzen. Ich war Magierin und hatte bis zu meiner Vereidigung ständig Magie gewirkt – dass sich dieser Automatismus jetzt eingestellt hatte, war beinahe vorprogrammiert.

»Sie soll unsere Rettung sein? Eher unser Untergang«, murmelte eine Magierin und begann ebenfalls mit Reparaturzaubern.

Ein lautes Stöhnen erregte sämtliche Aufmerksamkeit. Unter den großen Trümmern der Eingangstür kam eine Hand hervor.

Master Toma ließ mit einer schnellen Bewegung den Schutt zur Seite fliegen und offenbarte, von wem die Laute kamen.

Ich fiel in eine Schockstarre. Der Master rannte auf die Verletzte zu. Zuerst sah ich den vollkommen verdrehten Arm. Als Livio sie jedoch auf die Beine stellen wollte, wurde mir schlagartig schlecht. Etwas ragte aus ihrem Oberschenkel.

»Sie muss sofort ins Krankenhaus«, stieß ein Magier hervor und half dem Master, sie auf eine heraufbeschworene Trage zu legen.

»Am besten wäre, du verschwindest jetzt«, fauchte mich eine mir unbekannte Frau an.

Ich spürte, wie mir heiße Tränen in die Augen stiegen. Das alles hatte ich nie gewollt. Vor allen Dingen hatte ich niemals jemanden verletzen wollen. Als sich die ersten Tränen lösten, fing ich den Blick von Master Toma auf. Dieses Mal würde er mich nicht weinen sehen. Die Bestätigung über seine Einschätzung, was mich und meine Magie betraf, wollte ich nicht noch mit meinen Tränen untermalen, die er vermutlich meinem Alter zuschreiben würde.

Ich rannte los, so schnell mich meine Beine trugen. Dass ich diesen verwinkelten Weg nach draußen jemals finden würde, bezweifelte ich. Doch diesen Raum und das Unglück, das ich heraufbeschworen hatte, hinter mir zu lassen, war schon einmal ein Anfang.

Das Haus hatte mir den Weg in die Freiheit erleichtert und einen Flur später stand ich im Freien. Leider schien meine Explosion größere Spuren hinterlassen zu haben, als mir klar gewesen war. In sonnengelb gekleidete Magier stürmten gerade das Gebäude, das ich fluchtartig verließ. Der gewohnte Trubel auf dem Zirkelhof schien wie eingefroren zu sein. Alle Blicke waren auf das Kreisquartier oder mich gerichtet. Die getuschelten Worte unter den Magiern verstand ich nicht, doch die Blicke, mit denen sie mich straften, sprachen Bände.

»Malia.« Mister Laurenz huschte auf mich zu. »Was ist passiert?«

Auf eine Antwort wartete er vergeblich, mein tränenüberströmtes Gesicht schien ihm fürs Erste zu reichen. Er legte mir schützend einen Arm um die Schulter und führte mich durch die gaffende Menschenmenge. Ich wollte weg, und das am liebsten so schnell wie möglich.

Durch den Versuch, meine aufgequollenen Augen vor den neugierigen Blicken der anderen zu schützen, hatte ich nicht darauf geachtet, wohin wir gegangen waren. Doch der vertraute Geruch von Experimenten verriet mir, dass wir in einem der Labore waren.

Ein surrendes Geräusch ließ mich aufschauen. Ich war schon in einigen Laboren unseres Zirkels gewesen, doch hier, im größten von allen, war ich das erste Mal. Hier musste an einem gewaltigen Projekt gearbeitet werden, daran bestand kein Zweifel. Ich konnte die Magie spüren, fast schon hören. Als würde sie mich rufen. Schlagartig versiegten meine Tränen.

»So, hier unten wird uns so schnell keiner finden.«

Ich hörte Mister Laurenz nur mit halbem Ohr zu. Langsam fuhr ich mit den Fingern über die großen Marmorplatten. Dies war wohl der magischste Ort, an dem ich jemals gewesen war. Beschriftete Metallkisten mit dicken Ketten reihten sich neben Glasvorrichtungen, die zum Großteil mit Hauern, Klauen oder sogar menschengroßen Flügeln bestückt waren. Eine kleine Fee flatterte nervös in einem Käfig auf und ab.

Sofort wurde mir klar, dass es sich hier um eines der berüchtigten Versuchslabore handelte. Hier wäre der letzte Ort, an dem ich arbeiten wollte, und der einzige Job innerhalb des Zirkels, den ich abgelehnt hätte. Auch wenn ich wusste, dass viele Magier diese doch sehr fragwürdigen Forschungsarbeiten befürworteten, wusste ich auch um die Petitionen, die sich gegen Versuche an magischen Wesen aussprachen und die ich selbst schon unterschrieben hatte.

»Warum haben Sie mich hergebracht?« Ich drehte mich zu meinem Lehrer um. Er stand mit auf dem Rücken verschränkten Armen vor mir und musterte mich eindringlich.

»Ich wollte dich von dort oben wegbringen und wusste, dass hier um diese Uhrzeit niemand ist. Was ist denn im Kreismagie-Quartier vorgefallen?«

Ich fasste mir nachdenklich an die Schläfe. Dieser Magiefluss hier unten dröhnte mir im Kopf und ich hatte das Gefühl, dass es mit jeder Sekunde, die wir hier verweilten, schlimmer wurde. »Ich habe den Versammlungsraum gesprengt«, gab ich kleinlaut zu.

Zu meiner Überraschung lachte Mister Laurenz.

»Ich habe eine Magierin verletzt«, sagte ich mit bebenden Lippen.

»Entschuldige, ich wollte mich nicht über dich lustig machen. Es ist nur, weil ich ihnen genau das prophezeit habe. Deine Magie ist wirklich sehr stark, sie hätten dich niemals ohne Aufsicht lassen dürfen. Stell dir mal vor, du hättest einen Albtraum gehabt und deine Magie wäre losgebrochen.«

Darüber hatte ich mir noch gar keine Gedanken gemacht. Mister Laurenz hatte vollkommen recht. Man lernte zwar in jungen Jahren schon, die Magie schlafen zu legen, doch mit meinen neuen Fähigkeiten war ich überhaupt nicht vertraut. Mir lief es eiskalt den Rücken hinab.

»Jetzt schau nicht so erschrocken. Wir bekommen das hin. Ich kann dir helfen, deine Magie zu beherrschen.«

»Das würden Sie tun?« Aufgeregt trat ich einen Schritt auf ihn zu. Es war das erste Mal, dass mir jemand seine Hilfe anbot.

»Natürlich werde ich dir helfen. Was willst du denn auch anderes machen, als lernen, mit ihr umzugehen?« Er grinste mich wohlwollend an und mir fielen fünf Steine gleichzeitig vom Herzen.

»Wann können wir beginnen?« Das Surren in meinen Ohren nahm weiter zu und ich rieb mir die Schläfen. Was auch immer das für eine Macht war, sie war wirklich einnehmend.

»Ist alles gut bei dir? Wir sollten dich vielleicht erst einmal von einem Arzt durchchecken lassen.«

Vermutlich nahm mein ehemaliger Lehrer diese Magieströme schon gar nicht mehr wahr. Ich wusste, dass auch meine Empfindungen wieder schwächer wurden, wenn ich mich erst einmal an meine Magie gewöhnt hatte, doch bis dahin musste ich wohl noch etwas ausharren.

»Mir geht es gut«, log ich. Denn allmählich hatte ich wirklich Mühe, mich zu konzentrieren, doch ich wollte unser Gespräch weiterführen. Mister Laurenz vertraute ich blind. Er hatte mir immer zugehört und sich Zeit für meine Fragen genommen, hatte mich nie belächelt oder sich über mich lustig gemacht.

Mit dem Zeigefinger rückte er sich die Brille auf der Nase zurecht und nickte dann. »Wenn du keine anderen Verpflichtungen hast, können wir direkt zur Arena«, schlug er vor und ich willigte ein. Hauptsache, wir verließen so schnell wie möglich diesen Raum. So interessant ich Labore auch fand, hier in diesem war etwas verdammt Großes am Werk, das konnte ich spüren.

Wasserschlacht

In der Arena angekommen, atmete ich erst einmal tief durch. Mister Laurenz hatte es geschafft, mich ohne größeres Aufsehen hierherzubringen.

»So, dann wollen wir mal.« Mit einer eleganten Handbewegung erschuf er einen Parcours mit Strohpuppen, beweglichen Hindernissen und allerhand anderen Dingen, die man zum Üben für Anfänger gebrauchen konnte.

Ich verkniff mir eine abwertende Bemerkung. Vermutlich lag eben genau darin der Wendepunkt. Ich musste meine Magie wie etwas vollkommen Neues betrachten.

»Wie man Magie wirkt, brauche ich dir nicht erklären, das weißt du. Das Entscheidende jetzt ist ein Gefühl für die Dosierung zu bekommen.«

Mein Lehrer stellte sich in Kampfposition. Sein konzentrierter Gesichtsausdruck ließ mich schmunzeln. Das erste Mal sah ich ihn nicht als Lehrer, sondern als Mentor.

»Mit etwas Übung kannst du die Wirkung deiner Magie erhöhen und verringern, als würdest du ein Seil schwingen. Mal schneller und dann wieder langsamer.«

Ich nickte. Der Vergleich gefiel mir und war wirklich hilfreich. Als ich den Magiebanner um das Handgelenk getragen hatte, musste ich die Magie aufrufen, jetzt mit denen um den Knöchel war sie einfach greifbar. Das war ein gewaltiger Unterschied.

»Wie das Schwingen eines Seils«, wiederholte ich und beobachtete Mister Laurenz, wie er ein Rinnsal Wasser heraufbeschwor, das schnell zu einem dicken Strahl wurde.

»Komm zu mir.« Er winkte mich näher ran. Wir schauten auf eine große Zielscheibe. »Du warst schon immer sehr gut im Umgang mit Pfeil und Bogen. Das ist unser heutiges Ziel.«

»Und was soll ich machen?«

Mister Laurenz stand direkt hinter mir. »Wasser. Beschwöre es herauf«, sagte er.

Gut, das war eine meiner leichtesten Übungen. Ich richtete die Hände nach vorn und verstand sofort, warum Mister Laurenz hinter mir stand. Heftiger als geplant schoss ein riesiger Wasserstrahl aus meinen Händen und schleuderte mich gegen meinen ehemaligen Lehrer.

Er flüsterte einen Gegenzauber und das Wasser versiegte. »Zu viel.«

Das hätte er nicht erwähnen brauchen, das hatte ich selbst gemerkt und spürte es anhand meiner nassen Kleidung auch im Nachhinein noch.

Der zweite und dritte Versuch waren ebenfalls nicht gerade von Erfolg gekrönt, doch der Lehrer blieb gelassen und scherzte selbst dann noch, als ich ihn beim siebten Versuch mit einer Wasserkugel abschoss.

»Ich würde jetzt sagen, zaubere mich trocken, doch ich vermute, dass ich dann keine Kleidung mehr anhabe, wenn du mit mir fertig bist.«

»Es tut mir leid«, stammelte ich und wollte einen Schritt auf den Lehrer zugehen. Leider rutschten meine Flip-Flops auf dem nassen Boden weg und ich schlitterte auf Mister Laurenz zu. Nach Halt suchend riss ich den Lehrer mit mir zu Boden.

Mit einem Platsch lagen wir übereinander in der beachtlichen Pfütze, die ich zuvor verursacht hatte.

»Ach du lieber Himmel! Das wollte ich nicht.« Mein ehemaliger Lehrer lag quer über mir. Für einen kurzen Augenblick vermutete ich, dass er ohnmächtig war.

»Mister Laurenz?«

Er stützte sich auf den Händen ab, zog sich die Brille von der Nase und schaute mich aus geweiteten Augen an.

»So schnell, wie du einen umhaust, kann man gar nicht reagieren«, sagte er und verfiel in schallendes Gelächter.

»Es tut mir wirklich leid Mister Lau-«

»Nenn mich bitte Darian, ich bin nicht mehr dein Lehrer.« Er übte einen Trocknungszauber aus und binnen Sekunden waren nicht nur unsere Klamotten wieder trocken, sondern auch der Boden.

»Kann ich es irgendwie wiedergutmachen?«

Er winkte ab und zeigte auf den Aufzug. »Nein, es ist vollkommen normal, dass die ersten Zauber nicht auf Anhieb gelingen. Ich denke, für heute sollten wir es dabei belassen. Wenn du möchtest, können wir morgen noch mal zusammen trainieren.«

»Du würdest noch mal mit mir üben?« Die Begeisterung in meiner Stimme konnte ich nicht zurückhalten. Denn auch wenn wir nur wenige Stunden miteinander hier unten verbracht hatten, hatte ich das Gefühl, meine Magie schon jetzt besser zu kennen.

»Na klar. Wir müssen dich doch fit für deinen Auftrag machen.«

»Du weißt davon?« Kurz vor dem Aufzug blieb ich stehen und hielt mein Gegenüber am Arm fest.

»Ich weiß von der Vereidigung und der Dringlichkeit, deine Macht freizusetzen. Ich nehme an, dass es mit den Dämonentoren zu tun hat.«

Er wusste es nicht genau, sondern zählte verschiedenen Gerüchte zusammen. Zu gern hätte ich jemanden gehabt, mit dem ich mich austauschen konnte. Doch wenn er nicht wusste, dass die Sanduhr stillstand, hatte dies sicher einen Grund.

»Ja, so ungefähr.« Mit einem aufgesetzten Lächeln stieg ich in den Aufzug. Dieses Training hatte mir wirklich viel Spaß gemacht. Bei Darian fühlte ich mich wohl. Er hatte Geduld und Verständnis, was mir im Augenblick nur er entgegenbrachte.

»Malia, wenn ich irgendwas für dich tun kann, teil es mir mit. Ich weiß, das alles ist im Augenblick sehr viel, doch ich möchte, dass du weißt, dass du jederzeit zu mir kommen kannst.« Er tätschelte mir die Schulter und seine Hand verharrte dort ein wenig länger, als es nötig gewesen wäre. Ein Schauer lief mir über den Rücken, während sich unsere Blicke trafen.

„Danke.“ Ich nickte und er ließ mich zögernd los. Schweigend fuhren wir mit dem Aufzug nach oben.

Obwohl es schon Abend war, kam uns eine warme Wüstenbrise entgegen. Darian bot mir seinen Arm an, um mittels Spiralreise zum Zirkelhof zu kommen. »Ich würde das gern übernehmen, bevor wir im Nichts verschwinden«, scherzte er und zwinkerte mir zu. Ich fragte mich, ob er schon immer so ein süßes Lächeln gehabt hatte, während ich mich bei ihm unterhakte.

Innerhalb weniger Sekunden trafen wir im Zirkelhof ein. Es waren kaum noch Menschen unterwegs.

»Morgen Abend, selbe Zeit, selber Ort?« Darian beschwor einen Zettel und eine Feder aus dem Nichts herauf. Er begann, etwas aufzuschreiben, während ich ihm mit einem »Gern« antwortete.

Als er mir den Zettel gab, war ich kurz überrascht. »Meine Nummer, falls etwas ist oder wenn du einfach jemanden zum Reden brauchst.«

»Das ist wirklich nett. Danke.« Das Kribbeln in meinem Bauch verwirrte mich. Wir hatten schon etliche Male miteinander trainiert, uns ausgetauscht und allein unterhalten, doch heute war es anders. Vertrauter, würde ich beinahe behaupten. Schnell ermahnte ich mich im Stillen. Er war mein ehemaliger Lehrer, ich durfte mich nicht in ihn verlieben.

»Dann sehen wir uns morgen. Schlaf gut.« Mit einem Winken verabschiedete er sich und ging davon.

Ich steckte den Zettel in meine Hosentasche und huschte in das Schülerschlafhaus. Was war nur los mit mir? Ich hatte gerade wirklich genug um die Ohren und musste mich in erster Linie um meine neue Magie kümmern. Beim Aufstieg sah ich schon im Augenwinkel jemanden am Ende der Treppe stehen.

»Erst der Master, jetzt der Lehrer? Oder lief das schon die ganze Zeit parallel?«

»Sirra.«

Meine ehemalige Mitschülerin hielt ihr Handy in die Höhe. Ich erkannte einen Schnappschuss, der aus dem Flurfenster im zweiten Stock aufgenommen sein musste, das zum Zirkelhof zeigte. Zu sehen war Darian, wie er mir lächelnd den Zettel zusteckte.

»Ich habe mich gefragt, wieso du als Einzige die Prüfung bestanden hast. Mittlerweile ist mir so einiges klar.«

»Darian hilft mir mit meinen neuen Kräften.« Vermutlich hatte es überhaupt keinen Sinn, mich zu erklären, und doch wollte ich die Sache richtigstellen.

»Darian? Soso. Ich kenne niemanden, der ihn beim Vornamen nennt.«

»Malia.« Die Stimme von Master Toma unterbrach die begonnene Diskussion. Ich wusste nicht, ob ich mich über sein Auftauchen freuen oder ärgern sollte. Er war aus dem Flur gekommen, in dem mein Zimmer lag. »Kann ich dich kurz sprechen?«

»Da will ich doch die Zweisamkeit nicht stören«, entgegnete Sirra und schenkte mir einen überheblichen Blick.

»Miss Geller, an Ihrer Stelle würde ich meine wertvolle Zeit mit Lernen verbringen, statt irgendwelchen Gerüchten nachzugehen. Ihre Leistungen bei der Prüfung waren nicht gerade glanzvoll.«

Wäre das Licht im Treppenhaus nicht so schummrig, hätte man sicherlich Sirras rote Wangen gesehen.

»Vielleicht reicht es schon, meine Haare blond zu färben und bis zur Schulter wachsen zu lassen.« Sie schenkte dem Master ein übertriebenes Wimpernklimpern. Ich hatte keine Ahnung, woher Sirra den Mut nahm, so mit einem Master zu sprechen. Sie hatte noch ein ganzes Schuljahr vor sich und ja, auch ich fand den Master nicht gerade toll, allerdings hatte ich diesen kleinen, ungemein praktischen Vorteil: Ich hatte meine Prüfung bestanden.

»Sie dürfen dann Ihre Sachen packen.« Master Toma blieb erstaunlich ruhig, wie ich fand.

»Das habt Ihr nicht zu entscheiden.« Sirra verschränkte die Arme vor der Brust, was den Master jedoch nicht im Geringsten zu interessieren schien. Er machte eine seltsame Handbewegung. Einer seiner Schatten erschien und schlängelte sich die Treppe hinunter. »Sie haben ja keine Ahnung.« Mit einem Kopfnicken zeigte mir der Master an, dass ich ihm folgen sollte. Er achtete nicht weiter auf Sirra und verschwand in dem Gang, in dem mein Zimmer lag. Vor meiner Tür blieb er stehen und sah mich auffordernd an.

»Das ist mein Privatbereich, darüber haben wir schon geredet«, murmelte ich. Freiwillig wollte ich ihn nicht noch einmal in mein Zimmer lassen.

Er stieß genervt die Luft aus. »Wir reisen morgen früh ab.«

»Wohin?« Jetzt war ich überrascht. Musste ich nicht erst von den Kreismagiern ordentlich eingeführt werden? Die letzten beiden Tage waren turbulent gewesen, daher verstand ich das Chaos, allerdings mussten sie mich doch leiten.

»Du musst lernen, mit deiner Magie umzugehen, und ich habe mich bereiterklärt, dir zu helfen.«

»Nein! Ich habe Darian. Er trainiert mich«, gab ich flapsig zurück. Auf keinen Fall würde ich mich von Master Toma unterrichten lassen. Er mochte mich nicht und war wie die anderen ebenfalls der Meinung, dass ich eine Gefahr für mein Umfeld war.

»Der Junge, der sich vorhin mit dir im Wasser gewälzt hat?«

In Windeseile öffnete ich meine Zimmertür und schob den Master hindurch. »Hast du den Verstand verloren? Es kursieren schon genug Gerüchte über mich, da ist es nicht gerade hilfreich, wenn du so etwas über den Flur brüllst. Und woher weißt du von dem *Unfall*?« Ich betonte das letzte Wort besonders stark.

»Wenn sich zwei Magier lachend im Wasser rekeln, sieht mir das nicht nach einem Unfall aus. Er ist Lehrer, denkst du nicht, dass er deinen Sturz hätte abfangen können?«

»Hör auf mit solchen Unterstellungen. Darian ist der Einzige, der mir helfen will. Keiner von euch Super-Magiern hat sich auch nur eine Sekunde die Mühe gemacht, mich mal an die Hand zu nehmen und mit meiner neuen Magie vertraut zu machen.«

»Weil ich mich in erster Linie um den Auftrag kümmern musste. Ich hatte Vorkehrungen für unsere Reise zu treffen. Hast du eine Ahnung, was alles passieren kann, wenn du schläfst?«

»Darüber habe ich mir erst Gedanken gemacht, als Darian mich darauf hingewiesen hat.«

»Warum, denkst du, bist du noch immer hier im Schülerschlafhaus untergebracht?« Der Master lehnte sich an meinen Schreibtisch und sah sich in meinem chaotischen Zimmer um.

Erst jetzt erkannte ich den Zusammenhang. Hier drin konnte keine Magie gewirkt werden.

»Schön, du hast es verstanden. Ab jetzt stehst du unter meiner Obhut. Pack die Koffer, wir werden verreisen.«

»Warum? Hier ist doch der perfekte Ort, um mich in meiner Magie zu unterrichten.«

»Es gibt tausend Gründe, um von hier zu verschwinden. Aber einer der wichtigsten ist, dass ich dich in meinem Zirkel besser unterrichten kann.« Er stieß sich vom Schreibtisch ab und fegte dabei einen Stapel Papiere herunter.

Das Schnalzen meiner Zunge konnte ich nicht unterdrücken. Aber er hatte gerade gesagt, dass wir zu seinem Zirkel reisen würden. Das war das erste Mal, dass ich einen anderen Zirkel besuchen würde. Der Wasserzirkel lag irgendwo im Norden, ich fragte mich, ob der Master direkt von dort stammte. Spätestens beim Verlassen des Zirkels würden wir uns vermutlich auf Englisch unterhalten müssen. Ich kam aus Deutschland und sprach demnach auch deutsch. Ein Zauber hier im Zirkel ermöglichte, dass jeder in seiner Sprache sprechen konnte und das Gesagte bei dem Gegenüber in seiner Sprache ankam. Das war ziemlich praktisch, solange man sich auf dem Grund und Boden des Zirkels befand.

»Und bitte nimm nur das Nötigste mit!« Mit diesen Worten lief Livio zur Tür.

Ich sammelte derweil die verstreuten Papiere zusammen. »Wann soll ich bei den Portalen sein?«

Die Antwort blieb er mir schuldig. Ich schaute auf die offen stehende Tür. Meine Gedanken hingen noch immer an dem anderen Zirkel. Ich wusste kaum etwas über ihn. Man erzählte sich, dass die Ausbildung der Elitemagier dort härter war, passend zu ihrem Temperament. Wenn ich mir Master Toma im Vergleich zu unseren Mastern anschaute, war er eindeutig impulsiver, aber das konnte auch einfach eine Charaktereigenschaft sein.

Ich schnappte mir meinen Koffer und packte die nötigsten Sachen für mindesten zwei Wochen. Klamotten, Duschzeug, Handtücher, Sonnencreme … Himmel, ich hatte keine Ahnung, was ich überhaupt einpacken sollte. Brauchte man dort überhaupt Sonnencreme?

Ping.

Mein Handy blinkte. Ich hatte ganz vergessen, meine Nachrichten zu überprüfen. Elf ungelesene ploppten auf, als ich den Bildschirm entsperrte.

Meine Mama hatte mir eine Nachricht mit Glückwünschen hinterlassen, und dass sie sich auf unser Telefonat am Abend freute.

Außerdem hatte ich drei Nachrichten von Laura. In der ersten stand, dass sie es geschafft hatte, sich zwei Wochen von ihrem Unterricht freistellen zu lassen, in der zweiten, dass sie die Tickets für die Portalreise bereits gebucht hatte und übermorgen hier eintreffen würde, und in der dritten, dass sie noch zwei Freundinnen mitbringen würde, um meine bestandene Prüfung gebührend zu feiern.

»Was?!« Mir blieb die Spucke weg. Waren jetzt wirklich ausnahmslos alle übergeschnappt? Bevor ich mir die anderen sechs Nachrichten anschaute, drückte ich auf die Anruftaste, um meine Freundin davon abzuhalten, hierherzukommen. Man konnte nicht einfach in einem Zirkel Urlaub machen, was dachte sie sich eigentlich?

»Hi, hier ist Laura, im Augenb-« Mailbox! Das konnte doch nicht wahr sein. *Nein, nein, nein.*

Genervt tippte ich auf meinem Handy herum, um ihr zu schreiben, dass ich morgen schon auf Mission gehen würde. Die Nachricht war raus, allerdings bei ihr noch nicht angekommen, das zeigte mir der eine von den üblichen zwei Haken.

Ich sah mir die anderen Nachrichten an. Vier neue Nachrichten in unserem Lerngruppenchat. Ich las sie nicht einmal, sondern trat direkt aus dem Chatroom aus.

Zwei Nachrichten waren von Master Toma. Die erste noch von heute Morgen, als er mir geschrieben hatte, dass wir zum Kreis kommen sollten, und die andere von vor drei Stunden mit der Frage:

Wo bist du?

Die letzte Nachricht war von einer unbekannten Nummer.

Hallo Malia. Darian hier. Ich habe deine Nummer von Samuel bekommen und hoffe, dass es in Ordnung ist. Morgen früh gab es eine Änderung im Stundenplan, weswegen ich dir anbieten wollte, morgens schon mit dir zu trainieren.

Wärme breitete sich in mir aus.

Master Toma war eben bei mir, leider beginnt unsere Reise bereits morgen.

Ich fand es wirklich schade, nicht weiter mit Darian trainieren zu können. Drei Punkte erschienen auf dem Bildschirm. Ich war gespannt, was er mir antworten würde.

Das ist wirklich bedauerlich. Ich dachte, ich könnte mir die Dusche am Morgen sparen.

Die Nachricht endete mit einem lachenden Zwinker-Smiley. Natürlich verstand ich die Anspielung auf den Unfall sofort.

Ich hätte Seife mitgebracht, tippte ich und hielt einen Augenblick inne, bevor ich es abschickte. Ging das noch als Spaß durch? Nicht dass er dachte, ich würde mit ihm flirten. Ich drückte auf *Senden*, immerhin hatte er mit dem Scherzen angefangen.

Als Antwort bekam ich prompt ein Emoji, das einen Mann in einer Badewanne zeigte. Er hatte den Spaß also verstanden. Erleichtert legte ich das Handy zur Seite und packte meinen Koffer weiter. Zu guter Letzt landeten Ladekabel, einige persönliche Gegenstände, Geldbeutel und Reisepass in meinem Rucksack, mehr fiel mir im Augenblick nicht ein. Außerdem war ich eine Magierin, zur Not würde ich mir etwas heraufbeschwören.

Paris

In den Fluren des Schülerhauses war niemand unterwegs gewesen. Hier draußen sah die Sache leider anders. Mühsam drückte ich mich durch die Menschenmenge in Richtung Portale.

Es gab noch genau zwei von ihnen. Eines führte zu Menschenstädten und eines zu Magierstädten. Ich hielt in dem Gewühl Ausschau nach Master Toma, konnte ihn jedoch nirgends entdecken.

Der Andrang an den Pforten war wie jeden Tag enorm. Die Einzugsgebiete um den Zirkel waren recht groß und von überallher kamen die Magier und Wesen, um ihre Geschäfte hier zu verrichten.

Ein Magier rief gerade einen Stadtnamen auf. In einer meiner Abschlussprüfungen hatte ich einen Aufsatz über das Spiral- und Portalreisen schreiben müssen und wusste genau, wie die Magier in dem drohenden Chaos den Überblick behielten.

Den Zirkel konnte man sich wie einen Busbahnhof vorstellen. Oder eine Endhaltestelle. Von hier aus reisten Magiebegabte, die sich auf Spiral- und Portalreisen spezialisiert hatten, mit anderen Magiern zu großen Städten. Wie Bus- und Bahnfahrer oder Piloten Personen transponierten, taten es eben diese speziell ausgebildeten Magier mit denen, die an einen anderen Ort wollten. Beinahe jeder Magier konnte Spiralen erschaffen und mit ihnen kleine Distanzen überwinden, doch weite Strecken und das Protalreisen waren nur mit einem gut geschulten Magier möglich.

Gerade rief einer von ihnen Palermo auf. Die Menschen versammelten sich um den Magier. Da wollten wohl einige nach Italien. Ich musterte den Zirkelmagier interessiert. Die Distanz betrug um die neunhundert Kilometer, das war eine verdammt weite Strecke für einen Magier mit Mitreisenden. Viele brachen erst einmal nach Tunis oder Algier auf, wenn man Richtung Europa reisen wollte, und von dort aus weiter.

»Da bist du ja.« Master Toma erschien neben mir.

»Du hast mir keine Uhrzeit genannt. Ich weiß nicht einmal unsere Reiseroute, daher habe ich auch noch keine Tickets besorgt.« Ich schrie den Master fast schon an, so laut war es hier.

»Wir brauchen keine Tickets«, entgegnete er und schob mich auf die Portale zu. Die Blicke der Umherstehenden entgingen mir natürlich nicht. Einige zogen den Master mit den Augen aus, andere tuschelten hinter vorgehaltener Hand. Vermutlich waren auch ihm nicht alle gut gesinnt.

»Die nächste Reise -«

»Geht nach Paris«, unterbrach der Master den Magier, der gerade einen Aufruf starten wollte. Mit staunendem Gemurmel teilte sich die Menschenmasse und bildeten einen Kreis um mich und Livio. Wunderbar, jetzt hatten auch wirklich alle mitbekommen, dass der *Witchstagram*-Star unterwegs war.

»Master Toma, das sind über zweitausend Kilometer«, japste ein Magier und ein anderer murmelte etwas von zweitausendvierhundert. Gerade als ich mit gerunzelter Stirn skeptisch zu ihm aufschaute, packte er mich am Oberarm und zog mich auf eines der Portale zu.

»Bist du wahnsinnig?« Niemand, der bei klarem Verstand war, reiste über so eine weite Distanz. Ich wollte mich gerade aus seinem Griff befreien, als sich uns ein Mann in den Weg stellte. An seiner Uniform, die die Farben unseres Zirkels trugen, erkannte ich, dass er zu unseren Portalreisemagiern gehörte.

»Master, das ist eine sehr weite Strecke.« Der Mann zog die Augenbrauen zusammen. Wir standen mittlerweile so nah an dem Portal, dass das Surren deutlich zu hören war.

»Soso, wäre mir fast nicht aufgefallen.«

»Bei allem Respekt, wenn etwas schiefgeht, zerstört ihr das Portal.«

Ich wusste sofort, auf was der Magier anspielte. Vor nicht ganz einem Jahr hatte Rico eines zerstört, da hatte ich das erste Mal von dem begabten Magier gehört, der momentan angeblich auf einer wichtigen Mission war. Er hatte mehr Glück als Verstand besessen, sagten einige, andere waren der Meinung, er hatte genau gewusst, was er tat. Fakt war, dass das Portal ihn schwer verletzt wieder ausgespuckt hatte. Dabei war es so stark beschädigt worden, dass man es schließen musste.

Mein Blick huschte zu der Stelle, wo das frühere Portal gestanden hatte. Jetzt erinnerte nur noch die mit Schnörkeln verzierte Steinplatte, auf dem es errichtet gewesen war, an seine Existenz. Um ein neues Portal zu bauen, brauchte es eine Menge Zeit und mindesten fünfzehn spezieller Portalmagier, die einige Wochen nur an diesem einen Portal arbeiteten. Unser Zirkel besaß genau fünf Portalmagier und davon war vielleicht einer in der Lage, solch ein hohes Maß an Magie zu wirken. Und eben dieser stand vor uns.

Die Nasenflügel des Masters blähten sich bedrohlich auf. »Geht mir aus dem Weg.«

Einige Sekunden lieferten sich die beiden ein Blickduell, dann trat der Mann mit zusammengepressten Lippen zur Seite. Warum hatte Livio einen so großen Einfluss auf die Magier?

Der Master wollte sich gerade auf die Plattform begeben, als ein aufgebracht schnaufender Mann samt einer in Tränen aufgelösten Frau durch das andere Portal stolperte.

Der Mann blieb augenblicklich stehen und hob einen Finger Richtung Master Toma. »Ihr habt das Leben meiner

Tochter zerstört! Glaubt mir, das wird Konsequenzen haben.«

»Das wird es, da bin ich mir sicher«, gab Livio grinsend zurück und schubste mich mitsamt meinem Gepäck auf die Plattform. Keiner der Umstehenden sagte etwas, alle starrten zu den beiden Männern.

Ich spürte einen Hauch von Dunkelheit an mir vorbeiziehen. »Dieser Master ist eine Bereicherung der Magierwelt. Ohne ihn wäre …« Der Mann verstummte und ich wusste sofort, das Livio ihm die Worte in den Mund gelegt hatte, genau wie bei mir nach der Prüfung.

Von meinen Gedanken eingenommen, hatte ich nicht einmal mitbekommen, dass wir geradewegs durch die wabernde Portalwand getreten waren.

Der Master drückte mich fest an sich. Erst jetzt bemerkte ich die Reisetasche, die ihm quer über den Rücken hing.

»Bleib dicht bei mir«, sagte er noch. Selbst wenn ich es anders gewollt hätte, wäre dies unmöglich gewesen. Als uns die Dunkelheit verschluckte, wurde ich so fest gegen ihn gepresst, dass ich meine Nase an seinem Schlüsselbein platt drückte.

**

Ich konnte nicht abschätzen, wie lange wir unterwegs waren. Minuten, Stunden, man hätte mir alles erzählen können, ich hätte es geglaubt. Als sich das Surren, Zerren und Drehen endlich beruhigt hatte, wagte ich es, meine Augen zu öffnen.

»*You can let go, little spidermonkey.*«

Sofort trat ich zwei Schritte zurück und bevor ich mich umsehen konnte, warf ich meinen Koffer auf den Boden. »Warum führst du dich eigentlich immer wie der letzte Mistkerl auf? Das waren die Eltern von Sirra, habe ich recht?« Ich zählte eins und eins zusammen. Livio hatte ihr gestern angedroht, dass sie den Zirkel verlassen musste. Sicherlich hatte der Schatten, den er losgeschickt hatte, die Nachricht an eines der Oberhäupter überbracht. In meiner Aufregung vergaß ich unsere Sprachdifferenzen vollkommen. Vermutlich hatte er kein Wort verstanden.

»Das waren sie, und er kann froh sein, dass ich ihm nette Worte auf die Zunge gelegt habe, andernfalls würde man ihm das Fehlverhalten gegenüber einem Master auch noch zur Last legen«, antwortete er zu meiner Überraschung in perfektem Deutsch.

»Wer sollte das denn tun? Jeder, der bei klarem Verstand ist, kann den Mann verstehen. Du hast seine Tochter aus dem Zirkel geworfen. Sirra wollte nichts sehnlicher, als eine Elitemagierin zu werden.«

»Warum nimmst du das Mädchen in Schutz? Sie kann dich nicht mal leiden.«

»Das ist vollkommen egal. Hier geht es nicht um Streitereien, sondern um ihre Zukunft.«

»Und um deine, um meine und die deines geliebten Lehrers. Ich habe ein Verfahren am Hals wegen Gerüchten, die sie verbreitet. Auch das Bild von Mister Laurenz und dir ist bereits im Netz unterwegs.« Der Master holte sein Handy hervor und hielt mir eine Schlagzeile mit einer Überschrift entgegen, die ich nicht lesen konnte. Englisch wäre ja noch gegangen, doch ich erkannte nicht einmal, welche Sprache da eingestellt war. Irritiert schaute ich den Master an.

»Sprichst du nur deutsch?« Er schien wirklich überrascht. Ich zuckte mit den Schultern und murmelte noch die Worte »Und Englisch« hinterher. Er stellte kurzerhand die Sprache um und hielt es mir erneut unter die Nase. Gebannt las ich die Überschrift: *Hat Malia Limmer sich den Titel der Elitemagierin nur erschlafen?*

Ich nahm ihm das Handy aus der Hand und überflog den Text, der mit den Schnappschüssen gespickt war, die ich bereits kannte. Im Grunde stand genau das darin, was meine Mitschüler mir schon vorgehalten hatten. Was allerdings neu war, waren die Gerüchte um Mistern Laurenz' und mein Verhältnis.

»Mister Laurenz ist suspendiert, bis diese Sache geklärt ist«, fügte Livio hinzu.

Ich kaute nachdenklich auf meiner Lippe. Er hatte mir angeboten, am Morgen zu trainieren, weil sich etwas im Lehrplan geändert hatte, doch dass er wegen mir suspendiert wurde, hatte er nicht gesagt. Das war schrecklich und machte mich unsagbar wütend.

Sofort zog ich mein Handy aus der Hosentasche und tippte eine Nachricht an ihn.

Darian, es tut mir wirklich leid, dass du wegen mir diesen Ärger hast. Ich versuche, das Missverständnis so schnell wie möglich aufzuklären.

»Ach, Malia, entspannt dich doch mal ein bisschen. Wir sind in der Stadt der Liebe und du machst ein Gesicht wie drei Tage Regenwetter.«

Ich spürte, wie mir das Blut in die Wangen schoss. »Wie kannst du das alles so entspannt sehen?«

»Ich habe mir nichts vorzuwerfen. Die Wahrheit kommt immer ans Licht und glaub mir, ich habe Sirra einen sehr großen Gefallen getan. Denn wenn ihre ans Licht kommt, ist ihre ganze Familie ruiniert.«

Mir blieb die Spucke weg. Das konnte er doch nicht ernst meinen. »Warum?«

»Ihr Vater hat große Summen an den Zirkel gespendet, sie hätte nicht mal die Aufnahmeprüfung bestanden. Sie ist eine vollkommen durchschnittliche Magierin. Was nichts Schlechtes ist, aber sie würde als Elitemagierin versagen und dann würde man sie erneut testen und die Unterlagen überprüfen.«

Ich wusste nicht, was ich dazu sagen sollte. Konnte man ihren Rauswurf trotz dieser Anschuldigungen als nette Handlung abtun? Ich hatte da meine Zweifel.

Nach meinem Koffer greifend schaute ich mich in dem Raum um, in dem wir gelandet waren. Zu meiner Verwirrung standen wir in einem Keller. Um genau zu sein, in einem Weinkeller. Überall stapelten sich Massen an Wein und Champagner in hohen Regalen. Ich drehte mich einmal um mich selbst.

»Wo ist das Portal?«, fragte ich verwirrt, während der Master bereits eine der ordentlich aufgereihten Flaschen aus dem Regal zog und das Etikett studierte.

»Ich habe uns direkt weitergebracht«, murmelte er konzentriert und ließ das Etikett nicht aus den Augen.

»Und wo ist weitergebracht?«, fragte ich genervt und versuchte, noch immer einen Anhaltspunkt auszumachen.

»Im *Moulin Rouge*«, antworte er knapp und steckte drei Flaschen in seine Reisetasche.

»Du hast mich in ein Bordell gebracht?« Mir wurde schlecht.

»Was redest du nur immer wieder für einen Unsinn? Das *Moulin Rouge* ist ein Cabaret.«

Beinahe fielen mir die Augen aus dem Kopf, so schockiert war ich. Was auch immer ein Cabaret war, ich hatte schon ganz seltsame Dinge über dieses Etablissement gehört. Warum waren wir hier?

»Eine Form des Musiktheaters«, erklärte er ungefragt und steckte eine weitere Flasche in seine Tasche.

»Was tun wir hier?«

»Jetzt nichts mehr. Ich habe alles, was wir brauchen«, sagte er und bot mir seinen Arm an.

»Ich gehe nirgends mit dir hin!«, fauchte ich aufgebracht. Wer wusste, wohin er mich als Nächstes brachte? Ich hätte gar nicht erst mit ihm kommen dürfen. Sofort bereute ich meine Entscheidung. Er hatte etwas von seinem Zirkel gesagt und nichts von Frankreich.

»Gut, dann sieh zu, wie du hier wieder rauskommst. Ach ja, und falls du deine Magie nutzt, als kleine Warnung so am Rande: Dieses Etablissement steht seit 1889, die Menschen hier wären sicherlich nicht so erfreut, wenn du es in die Luft sprengst.«

Mit diesem Satz war er tatsächlich verschwunden. Die Spirale, die er heraufbeschworen hatte, verschluckte ihn schneller, als mir lieb war.

Genervt ließ ich meinen Blick durch den Raum schweifen. Hier musste es einen Ausgang geben, dessen war ich mir sicher. Nur wo?

Stimmengewirr erklang. Jemand war auf dem Weg in den Keller. Zu mir! Panisch schaute ich mich nach einem Hinterausgang um. Oder war es besser, wenn ich mich verstecken würde? Ich biss mir auf die Unterlippe, während ich nach einem Ausweg suchte.

»Vielleicht möchtest du doch mit mir kommen?« Aus einer flimmernden Oberfläche streckte sich mir eine Hand entgegen. Ich überlegte nicht lange, griff mach meinem Gepäck und ließ mich von dem Master durch die Spirale ziehen.

Kurze Zeit später fand ich mich auf einem schmalen Balkon eines mehrstöckigen Wohnhauses wieder. Ich starrte direkt auf den Eiffelturm.

»Und nun noch einmal offiziell: Willkommen in Paris.«

Jetzt platzte mir doch wirklich gleich der Kragen. Wir wollten zu seinem Zirkel! Ich stürmte mit ausgestrecktem Zeigefinger auf den Master zu. Er versuchte nicht einmal, zurückzuweichen, als ich ihm den Finger in die Brust bohrte.

»Ich habe die Nase gestrichen voll! Was wird hier gespielt?« Mein Puls raste und ich hatte Antworten verdient. Jetzt!

»Langsam. Ich werde dir alles erklären, was du wissen musst, aber nimm um Himmels Willen deinen Finger von meiner Brust. Deine Magie ist noch immer ungezähmt.«

Mit skeptischem Blick musterte ich die Stelle, an der mein Finger sich in den Stoff seines Shirts bohrte. »Angst?« Der Gedanke gefiel mir.

Als sich die rechte Seite seines Mundwinkels hob, ahnte ich bereits Böses. Er packte mein Handgelenk und drehte mich so schnell und schwungvoll zu sich, dass ich mit dem Rücken gegen seinen Oberkörper prallte.

»Ich habe vor nichts und niemandem Angst«, flüsterte er mir ins Ohr. Gerade, als ich ihn zurechtweisen wollte, drückte er mich auf einen der beiden Stühle, die in der Nähe standen.

»Du hörst mir jetzt genau zu.« Livio zauberte zwei Sektgläser auf den Tisch. Wie versteinert blieb ich sitzen und ließ ihn nicht aus den Augen. Was sollte das denn jetzt werden? Der Master griff in seine Tasche und holte eine der Flaschen heraus, die er aus dem *Moulin Rouge* mitgehen lassen hatte.

Mit einem lauten *Plopp* öffnete er den Korken und schenkte den Champagner in die beiden Gläser ein.

»Ich trinke keinen Alkohol«, erklärte ich ihm und lehnte mich mit verschränkten Armen zurück.

»Um ein Portal zu öffnen, braucht es verdammt viel Magie, Wissen und Kraft.« Er hatte meine Aussage ignoriert. Schön, sollte mir recht sein, aber Nachhilfe brauchte er mir nicht zu geben, ich wusste einiges über Portalmagie.

»Ich weiß, wie schwer es ist, ein Portal zu öffnen. Ich weiß auch, dass es dazu mehr als nur einen Magier braucht.«

»Das ist falsch.«

Ich zog die Augenbrauen zusammen.

Er nahm einen Schluck von dem Getränk. »Es gibt Magier, die etwas … «, er schien nach den richtigen Worten zu suchen, »begabter sind als andere.«

»Und?« So langsam wurde ich ungeduldig. »Jeder, der zum Elitemagier ausgebildet wird, hat besondere Begabungen«, erinnerte ich den Master. Er zog eine Augenbraue in die Höhe, trank sein Glas leer und fischte dann etwas aus seiner Reisetasche. Mit einem dumpfen Aufschlag landete eine gut gefüllte Akte vor mir auf dem Tisch, gleich darauf flog eine zweite daneben.

»Was ist das?«

Der Master schlug die erste Akte auf und blätterte einige Sekunden darin herum, bis er das Gesuchte wohl gefunden hatte.

»Vor drei Jahren hast du das Spiralreisen optimiert. Du hast drei Mastern eures Zirkels erklärt, wie du den Zauber für dich angepasst hast. Nur einer von ihnen konnte ihn so anwenden wie du.«

Warum erzählte er mir das? Ich wollte viel eher wissen, warum wir hier in Paris waren und nicht in seinem Zirkel wie angekündigt.

»Ja, das Thema Spiralreisen interess-«

»Vor zwei Jahren hast du einen flüchtigen Dämon mit einem Ortungszauber aufgespürt.« Er schaute von der Akte auf und mir direkt ins Gesicht.

»Das kann ja wohl jeder.« Ich zuckte mit den Schultern.

»Euren Elitemagiern ist es nicht gelungen.«

»Weil sie den falschen Ansatz hatten, das habe ich ihnen damals erklärt.« Genervt rollte ich mit den Augen. Diese Magier hatten sich aber auch dumm angestellt.

»Vor fünf Jahren hast du ein Erdbeben verhindert. Vor vier Jahren hast du Master unterrichtet, wie sie einen Kometen umlenken können, ohne ihn zu zerstören. Letztes Jahr hast du es als nicht Ausgebildete geschafft, zwei Menschen mit durch eine Spirale zu nehmen.« Er sah wieder von den Papieren hoch und schlug die zweite Akte auf. Schlagartig wurde mir bewusst, dass auch diese mit Informationen über mich gefüllt sein musste.

Meine flache Hand landete auf der aufgeschlagenen Seite. »Das ist privat.« Sicherlich konnten einige Menschen diese Akten einsehen, wenn sie wollten. Lehrer, Master, der Kreis, nichtsdestotrotz wollte ich nicht, dass *er* darin herumschnüffelte.

»Ich hole mir immer Informationen über meine Kollegen ein.«

»Und mich würde jetzt wirklich mal interessieren, warum du mir diese Dinge aufzählst. Ich war dabei und kenne die Fakten.«

Wieder verzog er seine Lippen zu einem triumphierenden Lächeln. »Es gibt genau eine einzige andere Person, die jemals so aus der Masse hervorgestochen ist wie du.«

Er musste das Fragezeichen in meinem Blick erkennen. Mit einer sanften Wischbewegung verschwanden meine Akten und drei andere kamen zum Vorschein.

Der Master füllte sich sein Glas erneut. Als Nächstes schob er mir eine der Akten zu. Ich musste nicht erraten, um wessen Unterlagen es sich hierbei handelte.

»Und warum sind wir jetzt hier?«

»Ich möchte, dass du Rico kennenlernst. Du bist vermutlich eine der wenigen, die ihn und seine Gedanken versteht. Einige seiner erfundenen Zaubersprüche sind hier festgehalten, andere nur schemenhaft erklärt. Er ist ein brillanter Magier, doch seine Aufzeichnungen sind nicht immer verständlich.«

»Und du denkst, ich verstehe ihn?« Vorsichtig zog ich die erste dicke Akte zu mir heran.

»Mehr noch. Ich hoffe, dass du einen Spruch findest, der die Dämonentore wieder öffnet. Und dafür brauchst du einen Rückzugsort. Den wirst du allerdings in keinem der Zirkel finden.«

14

Hochbegabt

Diese Akten lasen sich spannender als jeder Roman. Auch wenn ich sie bisher nur grob überflogen hatte und jetzt schon wusste, dass es einige Tage dauern würde, bis ich sie vollständig gelesen hätte, verstand ich den Magier in vielen Handlungen und Denkweisen auf Anhieb.

Rico hatte bereits in Kindertagen Zauber optimiert, Gefahren für Mensch und Magier aus dem Weg geschafft und sogar in der Dämonenwelt als Vermittler fungiert, weil er deren Sprache erlernt hatte. Zwei der Akten waren mit allerhand Informationen über ihn und sein früheres Leben gefüllt. Die dritte jedoch bestand aus seinen Versuchen, in die Vergangenheit zu reisen. Er schien wie besessen von dieser Idee gewesen zu sein. Laut diesen Berichten war der fünfte Versuch der letzte gewesen. Das Portal, mit dem er verschwunden war, hatte er in unserem größten Labor heraufbeschworen. Ich war nur ein einziges Mal dort gewesen und das am gestrigen Tag. Mich hatte das Surren dort unten fast in den Wahnsinn getrieben. Ob das mit dem Portal zusammenhängen konnte?

»Du warst dort und hast es gespürt, habe ich recht?«

Ich wusste, dass Livio von dem Portal sprach. Obwohl die Sonne schien und es wirklich warm war, begann ich zu frösteln. Ich kannte Geschichten über Magier wie Rico, und Livio glaubte, ich war einer von ihnen.

Diese Magier hoben sich bedeutend mehr von der Masse ab als andere. Sie hatten ein anderes Gespür für Magie, eine andere Wahrnehmung. Fast alle entschieden sich früher oder später, dem Kreis beizutreten, weil sich ein Teil ihrer Macht dann eindämmte. Vielleicht war es der Schutz vor dem Verrücktwerden, denn die, die es nicht taten, landeten irgendwann in Heilanstalten oder noch schlimmer, wurden im Beelze festgehalten.

»Ich bin keiner von denen.« Dies war nicht die Frage gewesen, doch ich musste diese Vermutungen direkt aus dem Weg räumen. Ich verstand, was der Zirkel in mir sah, doch sie irrten sich. Rico war vollkommen anders. Er war brillant und unglaublich, aber viel begabter als ich. Ich war klug und besaß vielleicht ein bisschen mehr Macht als andere in meinem Alter, doch ich konnte keine komplexen Zauber verrichten.

»Ich bin überzeugt davon, dass sich dein Zirkel in einem Punkt irrt. Aber in dem mit deiner besonderen Begabung ganz sicher nicht.« Livio trank einen Schluck und betrachtete mein volles Glas.

»Was ist mit dir?« Mir fiel die Reise hierher wieder ein. Er konnte Distanzen überwinden, die nicht einmal ein ausgebildeter Reisemagier schaffte. Er konnte die Seelenschatten befehligen und wenn ich mich nicht gänzlich täuschte, dann stand seine Magie auch über dem üblichen Magierkönnen.

»Ich bin ich.« Er lehnte sich zurück und streckte sein blasses Gesicht in die Sonne.

»Wo ist deine Akte? Wenn wir zusammenarbeiten und du ein Recht hast, meine einzusehen, dann sollte ich auch deine einsehen dürfen.« Ich war mir sicher, dass er nicht mehr als nötig über sich preisgeben würde.

»Was willst du wissen?« Er sah mich nicht einmal an und die Worte sagte er so betont gelangweilt, dass ich klar raushörte, dass er garantiert nicht mit mir über sein Privatleben sprechen würde.

»Was macht dich so besonders? Du bist ein *Witchstagram*-Star, die meisten kuschen, wenn du den Raum betrittst, und bei einigen bin ich mir sicher, dass sie sogar Angst vor dir haben.«

Er genoss die Worte ganz offensichtlich. Sein Grinsen reichte von einem Ohr zum anderen. »Ich dachte am Anfang, dass du mir etwas vorspielst, aber du hast wirklich keine Ahnung, wer ich bin.« Livio richtete sich in seinem Stuhl auf und griff nach meinem Glas. In einem Zug war es geleert. Er lehnte sich über den Tisch hinweg zu mir.

»Ich bin der Sohn des Herrschers Jaro der Dämonenwelt sowie einer der mächtigsten Hexen aller Zeiten. Der einzige meiner Art. Ich habe sowohl die Kräfte meines Vaters als auch die meiner Mutter geerbt.«

Nicht nur ein Mischwesen, sondern auch noch der Sohn von Jaro. Wenn das alles so stimmte, trug er gefährliche Mächte in sich. Was mich wieder zu der Frage brachte, warum er das Weltenportal dann nicht allein erschaffen konnte oder in der Menschenwelt lebte und nicht bei seinem Vater. Ihm das zu glauben fiel mir schwer.

»Ach so, ja klar«, entgegnete ich trocken. Schwungvoll stand ich auf und warf dabei den Stuhl um. »Du bist wahrscheinlich einfach nur steinalt und dadurch so mächtig. Wenn du denkst, ich würde mich von dir an der Nase herumführen lassen, hast du dich geirrt.«

Ich hatte keine Ahnung, wie lange ich über den Akten gesessen hatte, doch ich musste dringend auf Toilette und etwas essen. Ich stiefelte an dem Master vorbei. Ehe ich die Balkontür erreichen konnte, fingen mich dunkle Schatten ein. Mir wurde kalt und schwindelig.

»*Du wirst mir jetzt genau zuhören!*« Livio sprach in Gedanken zu mir. Ich konnte mich nicht mehr bewegen. Was war das für eine Magie, die er anwendete? Ich wollte mich wehren, um Hilfe schreien, doch es ging nicht. Das erdrückende Gefühl, ihm hilflos ausgeliefert zu sein, machte sich in mir breit.

»*Wir müssen diesen Magier zurückholen, sonst bleibt die Sanduhr stehen und euer Zirkel verschwindet im ewigen Sand. Für Spielchen haben wir keine Zeit!*«

Ich wollte antworten, aber meine Kehle war wie zugeschnürt. Mein Geist war wach, doch mein Körper gehorchte mir nicht. Ich konnte mein angsterfülltes Herz im Hals schlagen spüren. Die dunklen Schatten zerrten an meiner Seele. Es war eine Demonstration seiner Macht, dessen war ich mir sicher.

»Rico ist in der Dämonenwelt. Als er sein Portal erschaffen hat, sind die Pforten in sich zusammengestürzt. Mein Vater ist gefangen in seiner Welt, seit Monaten. Und sie brauchen unsere Welt, um zu überleben. Wenn wir kein Portal erschaffen, das die Dämonen durch eine magische Barriere zurückhält, wird er eins erschaffen, um seine Welt zu retten.« Seine Stimme drang an mein Ohr, er war hinter mich getreten. »Wenn das passiert, werden die Dämonen wie Fliegen in unsere Welt einfallen. Sie werden alles töten, was ihnen in den Weg kommt. Ohne magische Barriere kann selbst mein Vater sie nicht aufhalten. Und weißt du, von was Dämonen sich nähren?«

Natürlich wusste ich das. Jedes Magierkind wusste es. Adrenalin waren es, das sie brauchten, um zu überleben.

Ich spürte, wie er scharf die Luft einsog, als würde er dieses Gefühl der Angst, das ich hatte, genießen. Gänsehaut huschte mir über den Nacken. Wie viel Dämon steckte wirklich in ihm? Hatte er eine Art Urtrieb, den er kontrollieren musste? Die wildesten Fantasien spukten mir durch den Kopf.

Die Schatten zogen sich zurück und meine Atmung funktionierte wieder normal. Kaum, dass ich mich wieder bewegen konnte, drehte ich mich um und wollte ihm eine schallende Ohrfeige verpassen. Doch er war schneller und fing mein Handgelenk im Flug ab.

»Wenn du das noch ein einziges Mal machst, werde ich dich im Schlaf ersticken! Hast du das verstanden?«

Unsere Nasenspitzen berührten sich fast, so nah standen wir uns gegenüber.

»Du bist ein kleiner, frecher Grünschnabel, der nicht zuhören will.« Sein kalter Atem traf auf meine Lippen. Ich zweifelte nicht mehr an seinen Worten, er musste ein Halbdämon sein.

Ich befreite mich aus seinem Griff. Und wieder schwor ich mir etwas in Bezug auf den Master: Meine Angst hatte er heute ein letztes Mal gespürt. Ich entfernte mich zwei Schritte von ihm. »Kann man denn keinen Kontakt zur Dämonenwelt aufbauen? Handy oder so?«

»Handys sind eine Menschenspielerei, so kommunizieren diese Wesen nicht.« Warum hörte sich dieser Satz in meinen Ohren so herablassend an? Verleugnete er seinesgleichen?

»Wie sind sie denn dann in Kontakt und posten ihre Selfies?« Er hatte meine Belustigung über seine privaten Aktivitäten deutlich rausgehört, das erkannte ich an seinem kampfeslustigen Blick.

Womit ich allerdings nicht gerechnet hatte, war, dass er sein Handy zückte, schräg über uns hielt und ein Foto schoss.

»Moment mal! Schon mal etwas von Datenschutz gehört?« Ich versuchte, ihm das Handy abzunehmen, während er schon wild darauf herumdrückte.

Pling.

Das hatte er gerade nicht wirklich getan! Ich zog mein Handy aus der Hosentasche und entsperrte hektisch das Display. *Du wurdest in einem Beitrag markiert.* Sofort tippte ich auf die Verlinkung.

»Hey, schon einhundert Likes in den ersten Sekunden, das ist rekordverdächtig. Und die ersten Nachrichten treffen auch schon ein.«

Was?! So schnell wurde ich nicht mal weitergeleitet, wie er schon Antworten eintippte. Dieses blöde Internet.

Am liebsten wäre ich im Erdboden versunken. Das Foto war einfach nur schauderhaft. Während der Master mit einem kecken Augenzwinkern in die Kamera lächelte, standen mir die Haare zu Berge und meine leicht geröteten Augen von der Übermüdung der letzten Tage waren auch deutlich zu sehen.

Meine neue Partnerin und ich auf unserer ersten Mission. Auf ins nächste Abenteuer, lautete der Untertitel dieses Fotos.

»Hashtag: Wir sind dann mal die Welt retten?!« Ich fragte mich immer öfter, wie alt Livio wirklich war.

»Willst du jetzt ewig auf dein Handy starren oder schmieden wir Pläne?«

»Was soll das? Ich kann dich dafür anzeigen!«

»Soll ich es löschen? Es wurde erst dreiundzwanzigmal geteilt.«

Dreiund… ich brachte nicht einmal den Gedanken zu Ende.

»Du benimmst dich wie ein Vollpfosten! Hat dir das schon mal jemand gesagt?«

»Mehr als einmal. Allerdings würde der Vollpfosten dich jetzt gern auf einen Kaffee einladen. Wir sollten uns wirklich langsam Gedanken darüber machen, wie wir die Welt retten können.« Theatralisch hob er die Hände und machte eine ausladende Geste in Richtung der Stadt.

»Auf wessen Balkon stehen wir eigentlich?« Ich kannte mich weder in Frankreich und erst recht nicht in Paris aus, doch ich wagte es zu bezweifeln, dass hier die Balkone standardmäßig mit hellem Marmor ausgestattet waren. Auch die Stühle und der Tisch, an dem wir gesessen hatten, wirkten für meinen Geschmack etwas zu teuer.

»Das ist meine alte Wohnung.« Sein Lächeln wirkte erzwungen.

»Du hast hier gelebt?« Ich war beeindruckt und jetzt auch noch neugierig. Eine Wohnung mitten in Paris mit Blick auf den Eiffelturm, das war ein Traum.

»Das ist schon eine Weile her.« Er winkte ab und öffnete mir die Tür. Neugierig, wie ich war, schlüpfte ich direkt hindurch und betrat einen frisch polierten grauen Steinboden. Der Geruch der Politur hing noch in der Luft, was den Besitzer dieser Wohnung wirklich zu stören schien, denn er hob die Hände und alle Fenster sprangen weit auf.

»Ich habe ihnen gesagt, dass sie lüften sollen«, brummte er, lief an mir vorbei und verschwand in einem der Zimmer.

Ich nutzte die Zeit, um mich in dem Raum umzusehen. Livio hatte einen wirklich exquisiten Geschmack. Die hellen Möbel des Wohn- und Essbereichs boten einen hübschen Kontrast zu dem bläulich marmorierten Boden. Alles war aufeinander abgestimmt. Sogar der Kronleuchter über dem Esstisch funkelte in den passenden Farben.

»Das Wohnzimmer mit Küche kennst du ja jetzt, komm, ich zeige dir den Rest.«

Livio hatte sich umgezogen. Seine Masterrobe war einer dunklen Stoffhose und hellem Oberteil mit V-Ausschnitt gewichen. Die Ärmel waren bis zu den Ellenbogen hochgekrempelt. Es war das erste Mal, dass ich ihn so verhältnismäßig lässig zu Gesicht bekam.

»Was? Zu leger?«

Ich hatte ihn viel zu lange angestarrt. »Was du als leger betitelst, ist für andere eine Abendgarderobe.« Dabei fiel mir direkt ein, dass ich nur Jeans und T-Shirt eingepackt hatte. Ich konnte nur hoffen, dass dieses Café, zu dem er wollte, auch für Touris geeignet war.

»Ich frag ja nur, nicht dass du dich für mich schämen musst.«

»Haha, ich lache später«, konterte ich.

Er lief auf eine Tür zu und stieß sie auf. »Das Arbeitszimmer«, erklärte er. Ein moderner Schreibtisch, viele Papiere und ein Flipchart, auf dem nichts notiert war.

Das nächste Zimmer war ein Bad, das mit Glitzerboden und im Boden eingelassener Badewanne direkt ins Auge fiel, und dann zeigte er mir mein Zimmer.

»Wie lange bleiben wir denn?«, fragte ich, nachdem er mir angeboten hatte, mich häuslich einzurichten.

»Im Grunde können wir jederzeit wieder gehen, allerdings …« Er schien nach Worten zu suchen.

»Was? Sag es freiheraus«, bat ich ihn, während ich mein neues Zimmer unter die Lupe nahm. Hier dominierten helle Farben den Raum. Das große Himmelbett lud direkt zu einem Nickerchen ein, doch ich musste mich wohl noch ein wenig gedulden.

»Die Kreismagier trauen dir und deiner Magie nicht. Daher sollten wir erst zurückgehen, wenn du sie wirklich beherrschst.«

Mir blieb die Spucke weg. Ich hatte einen riesigen Schaden angerichtet und einen Menschen verletzt, natürlich trauten sie mir nicht.

»Und du? Traust du mir auch nicht?« Ich setzte mich auf den Rand des Bettes und war überrascht, als sich der Master neben mir niederließ.

»Dir fehlt nur ein wenig die Übung, das ist alles.«

»Ich habe jemanden verletzt.«

»Sie ist vermutlich schon längst auf den Beinen. Und den Versammlungsraum haben sie sicherlich auch wieder aufgebaut. Das sind Magier. Wenn sie das nicht hinbekommen, ist der Zirkel sowieso verloren.« Er verzog sein Gesicht zu einer spöttischen Grimasse und entlockte mir ein kleines Lächeln.

»Dass sie dir so viel deiner Magie auf einmal überlassen haben, war ein großes Risiko. Ich gebe dir keine Schuld an dem, was passiert ist.«

»Als sie es das erste Mal versucht haben, hast du mich rausgeholt.« Es war keine Frage, sondern eine Feststellung.

»Ich war mir nicht sicher, ob du wirklich so viel aufnehmen kannst«, gab er zu. »Im schlimmsten Fall hätte sie dich umgebracht.«

»Bei meiner Vereidigung an der Sanduhr hast du nicht eingegriffen.«

»Als ich dir den Magiebanner angelegt habe, habe ich nur einen Teil gebannt, damit dein Körper sich schon mal mit einem Teil anfreunden kann. Ich wusste, dass du es schaffst.« Er lehnte sich auf dem Bett zurück.

Das Grummeln seines Magens war deutlich zu hören. »Ich glaube, wir sollten jetzt etwas essen gehen, und wenn es nur eine Kleinigkeit ist.«

Mir ging es ähnlich. Ich hatte wirklich Hunger und auf Toilette musste ich auch.

Ich holte meinen Koffer vom Balkon und stellte ihn im Gästezimmer ab. Meinen Rucksack packte ich mit einer dünnen Weste, meinem Geldbeutel und der letzten Akte von Rico, die sein Verschwinden und seine hervorgegangenen Arbeiten dokumentierte.

»Können wir später noch kurz bei einem Schuhgeschäft vorbei?« Seit der Prüfung besaß ich nur noch die Flip-Flops an meinen Füßen. Natürlich konnten Magier viele Dinge heraufbeschwören, doch diese Dinge mussten erst einmal existieren. Wenn ich mir neue weiße Sneakers herbeizauberte, würden sie in irgendeinem Geschäft in der Nähe verschwinden. Und Diebstahlsbekämpfung stand ganz oben auf der Liste der Elitemagier. Jede Magie hinterließ Spuren und Täter waren somit oft schnell überführt.

Der Master musterte meine Füße. »Schuhe kaufen mit einer Frau in Paris? Aber erst nach dem Essen.«

Portalreise

An einem kleinen, schnuckligen Café in der Nähe des Eiffelturms fanden wir einen Platz im Freien. Das Wetter war herrlich und wäre ich als Touristin hier, würde ich vermutlich nicht länger als nötig an diesem Ort verweilen, um so schnell wie möglich die Stadt zu erkunden.

Livio schien wirklich großen Hunger zu haben. Nachdem er ein süßes Teilchen verspeist hatte, das zu beiden Seiten über den Tellerrand ragte, hatte er sich noch einen großen Eisbecher bestellt, in dem er gerade herumstocherte.

Ricos Akte lag vor mir auf dem Tisch und ich las aufmerksam darin, während ich zwischendurch von meinem Croissant abbiss. Ich musste zugeben, es schmeckte wirklich genauso gut, wie man es sich erzählte.

»Das ist unglaublich. So viele Informationen und nichts Brauchbares.« Nichts, aber auch wirklich rein gar nichts, was dort drin stand, war hilfreich für unsere Mission.

»Was ihn betrifft, wissen wir nur, dass er von dem Gedanken besessen war, in der Zeit zurückzureisen. Dass er dies mit einem vorhandenen Portal versucht hat und es dabei vollkommen zerstört wurde, ist ja kein Geheimnis.« Livio sprach von dem zerstörten Portal in unserem Zirkel.

»Ja, aber interessant wäre zu wissen, welchen Spruch er benutzt hat.« Ich schaute mir die Berichte zu den anderen

Versuchen an. Zweimal hatte er versucht, Portale zu erschaffen, und dabei das Labor in die Luft gejagt, und ein anders Mal hatte er es mit Spiralmagie versucht, was den Versammlungsraum der Kreismagier sprengte. »Na, dann haben wir ja etwas gemeinsam«, murmelte ich und überflog die Aufzählung seiner persönlichen Gegenstände aus seinem Zimmer. Diese Berichte waren wirklich nicht aufschlussreich. »Hier steht nichts darüber, wie er das Portal erschaffen hat.«

Livio nickte. »Weil keiner weiß, wie er vorgegangen ist. Wenn wir den Zauberspruch finden, wäre schon mal viel gewonnen. Seit Monaten versuchen acht Experten nichts anderes als der Formel auf die Spur zu kommen, die ein Portal in die Dämonenwelt erschaffen, oder wieder öffnen kann.«

»Du bist doch Experte in Sachen Portalreise, du kannst weite Distanzen überwinden. Warum kannst du nicht einfach so ein Portal öffnen?«

»Ich habe es mehr als einmal versucht. Allein, zusammen mit anderen, es ist aussichtslos. Ich kann eines der Portale für genau fünf Sekunden öffnen und dann sollte dort kein Dämon stehen, der hier rüber will. Wir brauchen *seine* Formel, müssen *seine* Worte nutzen, doch es gibt keine Aufzeichnungen.«

Es gab einen Weg und ich war fest entschlossen, ihn zu finden. Magier, die neue Sprüche erfanden, hatten immer Aufzeichnungen, es galt nur, sie zu finden. Wenn Livio ein Dämonentor für ein paar Sekunden öffnen konnte, war es ein Anfang.

Ich nippte an meinem Cappuccino und versuchte, einen Plan zu erstellen. »Wenn du das Tor offen hast, kann man da -«

»*C'est le maître.*« Etwas abseits von unserem Tisch standen zwei junge Frauen und starrten zu Livio. Der Master löffelte den letzten Rest aus seinem Eisbecher und schien sie nicht einmal wahrgenommen haben. Ich verdrehte die Augen und widmete mich wieder meinen Unterlagen. Ich sprach kein Wort Französisch, dass sie den Master jedoch als *Witchstagram*-Star erkannt hatten, verstand ich auch so.

»*Pardon.*« Als hätte ich es geahnt. Eine der beiden war an unseren Tisch getreten, die andere hatte ihr Handy gezückt und hielt es in Richtung des Masters. »Würdet Ihr ein Foto mit mir machen?«

Überrascht schaute ich auf. Der Master musste einen Zauber gewirkt haben, denn ich verstand die Frau in akzentfreiem Deutsch.

Livio grinste übers ganze Gesicht. »Aber natürlich«, flötete er ebenfalls in meiner Muttersprache, und rutschte mit dem Stuhl zurück. Die eine Frau ging neben ihm in die Hocke und die andere schoss mehrere Bilder, dann folgte ein Wechsel mit ihrer Freundin und zu guter Letzt sollte ich ein Foto von allen drei zusammen machen.

»Danke, Master Toma. Wenn Ihr eine persönliche Stadtführung haben wollt, stehe ich gern zu Verfügung. Eure Gehilfin kann natürlich auch mitkommen.« Kichernd hob sie ihm einen Zettel entgegen. Höflich, wie er sich gab, bedankte er sich für das Angebot und nahm ihr den Zettel ab.

»Hoffentlich sehen wir uns bald wieder.« Mit einem letzten Augenzwinkern verabschiedeten sich die beiden.

Ich sah den kichernden Frauen hinterher. Zu meiner Erleichterung warf der Master den Zettel unangesehen auf den Tisch. Ich konnte nicht sagen, was ich erwartet hatte, doch irgendwie freute es mich, ihn in diesem Punkt richtig eingeschätzt zu haben.

»Ich hätte das mit der Gehilfin klarstellen sollen, es tut mir leid«, sagte er und bestellte die Rechnung.

»Siehst du mich nicht selbst als solche?« Vermutlich suchte ich nur die Bestätigung, dass er mehr in mir sah, anders konnte ich mir meine Reaktion selbst nicht erklären.

»Hör zu, Malia. Wir hatten ein paar Startschwierigkeiten, ich war nicht ganz fair, das gebe ich zu, aber ich sehe dich nicht als Handlangerin oder Ähnliches. Deshalb habe ich auch diesen Übersetzungszauber angewandt. Ich möchte nicht, dass du dich ausgeschlossen fühlst, egal, in welcher Situation. Wir stehen auf einer Ebene, unabhängig von unserem Können oder Alter. Ich werde dich wie meine anderen Kollegen behandeln.«

Jetzt wusste ich nicht mehr, was ich sagen sollte. Hatte er diese Worte gerade wirklich zu mir gesagt? Der Mann, der mich bei jeder erdenklichen Möglichkeit bloßstellte und beleidigte? Ich wartete auf das Lachen, den Widerruf, doch der kam nicht. Er meinte es wohl wirklich ernst.

»Ich will deine Akte sehen. Du sagtest, du willst die Leute kennen, mit denen du zusammenarbeitest. Ich möchte das auch. Vor einer Minute hat ein vollkommen fremder Livio zu mir gesprochen. Das irritiert mich.« Ich wusste, dass ich viel verlangte, aber er musste es verstehen. Meine Akte hatte er auch gelesen, ich fand das nur fair.

Der Kellner kam an den Tisch und Livio bezahlte die Rechnung. Auf meine Forderung reagierte er nicht.

Zu meiner Verwunderung liefen wir nicht direkt wieder zu seiner Wohnung, sondern Richtung Eiffelturm.

»Was machen wir hier?« Zwischen all den Touristen kam ich mir fehl am Platz vor. Wir waren nicht hier, um eine Sightseeing-Tour zu machen, sondern um einen Auftrag auszuführen. Meine Magie war noch immer nicht kontrollierbar; das Kribbeln in den Fingern ließ mich zudem wissen, dass sie gewirkt werden wollte.

Wir durchquerten gerade einen Park, den der Master mir mit Champ de Mars vorstellte.

»Du bist das erste Mal in Paris.« Das wusste er aus meinen Akten, darin waren meine Aufenthaltsorte von Geburt bis jetzt dokumentiert.

»Ja.« Wir liefen auf den Turm zu. Neben dem Weg war eine weitläufige Wiese zu sehen, auf der einige Menschen lagen, sich sonnten und einfach nur die Aussicht genossen.

Hier war ein denkbar schlechter Ort, um mit mir tickender Zeitbombe spazieren zu gehen. Das Kribbeln zog sich mittlerweile über die Unterarme bis zu den Ellenbogen.

»Ich zeige dir -«

»O bitte! Wir haben keine Zeit, um eine Stadtführung zu machen.«

Der Master blieb stehen und zog die Augenbrauen zusammen. »Das Portal. Für den Fall, dass du es nutzen musst, wenn ich nicht da bin. Du solltest wissen, wo es ist.«

Ich biss mir auf die Unterlippe. Wie oft hatte ich meine Schulkameraden dafür gehasst, wenn sie voreilige Schlüsse gezogen hatten? Und jetzt tat ich es schon selbst. Das musste aufhören.

»Es tut mir leid. Ich wollte nicht …« Der Master winkte ab. »Ich verstehe deine Anspannung, Malia. Die Last auf deinen Schultern ist enorm. Aber wenn wir beide vernünftig zusammenarbeiten sollen, dann musst du deine überhebliche Art ablegen. So bist du in Wahrheit nicht, da bin ich mir sicher.«

»Sagst ausgerechnet du?« Ich musste zugeben, dass ich mich ertappt fühlte, allerdings vermutete ich, dass sich der Master ebenfalls hinter einer Maske versteckte.

»*Maître* Livio Toma.«

Neugierig drehte ich mich um und erblickte drei kichernde junge Frauen, die von der Wiese aus auf uns zu stiefelten. Grinsend trat ich zur Seite und machte den Frauen Platz, um sich ihrem Star an den Hals zu werfen. »Bitte, deine Bühne«, murmelte ich und drehte mich von dem kichernden Haufen weg.

Der Master hatte gesagt, dass das Portal hier war, doch wo sollte man solch einen magischen Übergang verstecken? Bei den Menschenmassen, die sich hier tummelten, war es beinahe unmöglich, unentdeckt zu bleiben, wenn Magier in einem Portal verschwanden, egal, wie gut es getarnt war. Mein Blick wanderte zu den akkurat gestutzten Bäumen, die in Reih und Glied standen, auch hier waren überall Menschen. Wo konnte man ein Portal an einem solch belebten Ort verstecken?

Das Gegacker in meinem Rücken nahm zu, daher vermutete ich, dass die Selfies geknipst waren und der Master sich mit netten Worten verabschiedete.

»Du kommst nicht drauf.« Es war keine Frage, sondern eine Feststellung. Der Master huschte an mir vorbei und lief abseits des Weges auf einen hohen Baum mit dickem Stamm zu. Er musste nichts weiter sagen, denn gerade traten drei Menschen hinter dem Stamm hervor.

»Der Baum ist das Portal?«, fragte ich etwas lauter als beabsichtigt. Aber das war Unsinn, fiel mir direkt im nächsten Augenblick auf. Wo Portale waren, war immer viel los. Sie waren die Reisemöglichkeit für Magier.

»Nein, ich zeig es dir.« Der Master griff nach meiner Hand und berührte den Stamm. Ähnlich wie der Aufzug in der Wüste, der zur Arena führte, zog uns eine kleine Plattform in die Tiefe.

»Das ist raffiniert.« Mir war sofort klar, dass es sich hier um einen Verschleierungszauber handelte, denn ich hatte die drei eben aus dem Nichts kommen sehen.

»Auch unsere Vorfahren wussten, wie man sich vor dem menschlichen Auge versteckt hält. Der Zauber ist uralt.«

»Wie alt bist du eigentlich?«

Livio drehte sich zu mir, während die Plattform zum Stehen kam.

»Ich rede von uralter Magie und du schließt dabei auf mich? Das kränkt mich.« Theatralisch schlug er sich mit der flachen Hand auf die Brust.

»Was? Nein … Du bist mächtig. Deine Magie ist stark. Allein das Reisen mit einer Person über so weite Distanzen.« Ich brabbelte weiter, bis er mir seinen Zeigefinger auf die Lippen drückte.

»Wir sind da.«

Schon während der Fahrt in die Tiefe hatte ich das Stimmengewirr und den Lärm gehört. Hätte ich diesen Ort in einem Wort zusammenfassen müssen, hätte ich ihn als U-Bahnstation betitelt.

Wir waren unter der Erde, dessen war ich mir sicher. Geflieste Wände grenzten an eine Betondecke. Überall standen Bänke, auf denen Leute saßen und auf ihren Reisemagier warteten. Das Reisen mit Portalen verlief überall gleich. Ein Reisemagier erschien mit einer Gruppe Magiern und sammelte auf dem Bahnhof eine neue Gruppe zusammen, mit der er wieder zurückreisen würde. Hier tummelten sich weitaus weniger Magier als in unserem Zirkelhof bei den Portalen, aber dennoch genug, um den Überblick verlieren zu können.

»Munich, Germany«, rief ein in Blau gekleideter Elitemagier. Er gehörte dem Wasserzirkel an, wie seine Robe verriet.

»Das ist David, halt dich besser fern von ihm.«

»Warum? Er sieht nett aus«, antworte ich und der Master rollte die Augen.

»Hey, Livio!« Als hätte uns der Mann gehört, huschte er zwischen den Wartenden hindurch und steuerte genau auf uns zu.

»David.« Livios Stimme hatte einen abwehrenden Unterton angenommen.

»Ich dachte, du kommst nach der Prüfung wieder heim. Wir machen noch immer keine Fortschritte und könnten dich bei *der Sache* gut gebrauchen. Aber wie es scheint, machst du Urlaub.« Er musterte den Master von oben bis unten.

»So was in der Art.«

»Wir machen keinen Urlaub«, mischte ich mich ein. Erst jetzt schien mich dieser David überhaupt wahrzunehmen. »Malia Limmer, Elitema-«

»Soll das ein Scherz sein?« Der Mann hatte mich nicht einmal ausreden lassen. Stattdessen deutete er mit dem Daumen auf mich. Er war beinahe so groß wie der Master und überragte mich somit um einen Kopf.

»Ich weiß nicht, was du meinst«, entgegnete der Master. Er hatte den Blick stur auf David gerichtet, der sich mit der Hand über den blonden Bartschatten fuhr.

Einige Sekunden lieferten sich die beiden schweigend ein Blickduell. Unwillkürlich fragte ich mich, ob sie sich auch ohne Worte verständigen konnten.

»Ähm … ich kann euch auch einfach allein lassen.« Da sie mich beide noch immer ignorierten, ging ich davon aus, dass ich recht hatte und sie sich ohne Worte austauschten.

Ich drückte mich hinter dem Master vorbei und lief durch die Menschentrauben, die sich lautstark unterhielten. Immer wieder riefen Reisemagier Reisende auf, um sie durch das Portal an andere Orte zu bringen. Es gab nur ein Portal, weswegen sich alle hier tummelten.

Die surrende Scheibe glich den beiden, die auf unserem Zirkelgelände standen. Ihre schimmernde Oberfläche fand keine Ruhe. Ständig reisten Magier an und wieder ab.

Wie gebannt starrte ich auf die wabernde Oberfläche. Solch einen Durchgang sollte ich erschaffen. Mir war schleierhaft, wie. Mit Zaubersprüchen dieser Art hatte ich praktisch nicht wirklich viel Erfahrung, was das Ganze noch interessanter machte.

Je näher ich dem Portal kam, umso vertrauter kam es mir vor. Ich war noch nie allein über so weite Distanzen gereist, doch tief in meinem Inneren wusste ich, dass ich es schaffen würde. Das Kribbeln in meinen Armen wurde immer stärker. Die Magie rief nach mir.

Im Prinzip war es nicht so anders als Spiralreisen, man musste nur mehr Magie anwenden und sich konzentrieren. *Die ganze Aufmerksamkeit auf den Zielort legen,* zitierte ich meine eigenen Worte aus einem alten Aufsatz über Portalreisen.

Wäre es unvernünftig, jetzt in dieses Portal zu gehen? Ja.

Aber ich konnte es in der Theorie. Was sollte also schiefgehen? Ich spürte die Funken zwischen meinen Fingern. Wenn ich jetzt eine kleine Reise unternahm, dann würde sich meine Magie entladen und ich konnte mich wieder besser auf Rico konzentrieren. Er war das erste Mal mit zwölf durch ein Portal gereist, so stand es in einer seiner Akten.

Ich wusste, wie es ging und der Reiz, meine neue Magie hier auszuprobieren, war groß. Sie forderte, gewirkt zu werden. Hier in dem Portal könnte ich sie testen, niemand würde zu Schaden kommen. Wenn ich den richtigen Moment abpasste und keiner in der Nähe war … ich überlegte nicht weiter.

»Halt, was mach-« Keine Ahnung, wer mich hatte aufhalten wollen, die Dunkelheit zog mich zu sich.

Der Wasserzirkel

Noch bevor die Reise richtig losging, wusste ich, dass ich einen bösen Fehler begangen hatte. Ich wirbelte in einem Strudel aus unendlicher Dunkelheit. *Der Wüstenzirkel! Wüstenzirkel! Wüstenzirkel!*

Ich versuchte, mit aller Macht an den Zirkel zu denken, doch das reichte nicht. Angst übermannte mich. Es gab keinen Ausweg, wenn meine Magie jetzt nicht gleich griff, war ich verloren. Die Unendlichkeit würde mich nicht mehr freigeben.

Ich will zu meinem Zirkel! Am liebsten hätte ich laut geschrien. Doch hier im Nichts war dies unmöglich.

Etwas streifte meinen Oberarm. Nein, jemand zog daran. Ich griff nach der Hand und hielt mich fest. Wer auch immer es war, er rettete mich.

Innerhalb weniger Sekunden erschien ein helles Licht. Mein Retter hatte mich fest an sich gezogen, als wir die wabernde Oberfläche durchschlugen. Ungebremst schlitterten wir über nassen Steinboden. Überraschte Schreie wurden durch starke Regengüsse gedämpft. Wo waren wir gelandet? Die Wüste war es auf keinen Fall.

Mein Gesicht lag an meines Retters Brust, ich wusste, wer mir zur Hilfe gekommen war, und wagte es nicht, den Kopf zu heben. Der vertraute Geruch von kalter Winternacht stieg mir in die Nase. Wie dumm ich doch war! Niemand spazierte einfach so in ein Portal und genau das würde mir Livio gleich brüllend um die Ohren hauen. Ich wollte ihm dabei nicht in die Augen sehen. Denn er hatte recht.

Die Brust, an der mein Kopf lag, hob und senkte sich schnell. Er war sauer und das zurecht. Sein Arm löste sich von meinem Oberkörper, jetzt würde er gleich explodieren.

»Master Toma, seid Ihr verletzt?« Ich kannte die Stimme nicht. Ob wir irgendwo in Deutschland waren oder der Master seinen Übersetzungszauber gewirkt hatte, wusste ich nicht. Aber Livio schien uns an einen für ihn bekannten Ort gebracht zu haben.

Ich lag noch immer eng an seiner Brust und wagte es nicht, ihn anzuschauen oder überhaupt einen Ton von mir zu geben. Gerade als er sich von mir lösen wollte, zog ich ihn zurück. Zögernd hielt er in der Bewegung inne. Ich brauchte noch einen Moment, um meine Gedanken zu sortieren. Still hoffte ich, er würde ihn mir geben.

»Kann ich etwas für Euch tun?« Wieder versuchte der Mann, mit Livio ins Gespräch zu kommen. Sein Arm legte sich wieder um meinen Oberkörper und wir wurden erneut durch die Spirale gezogen.

Kein Regen mehr. Wärme umfing mich. Livio schob mich von sich, er hatte noch immer kein Wort gesagt. Die Augen zu schließen half jetzt auch nicht mehr, außerdem wollte ich sehen, wo ich gelandet war.

Der Master strich sich das nasse Haar aus der Stirn. Die dunklen Schatten unter seinen Augen verrieten nichts Gutes.

»Ich muss mich entschuldigen. Und ähm, dir danken«, begann ich stotternd den Versuch, die unangenehme Stille zu unterbrechen.

Er schwieg noch immer. Sein Blick glich jedoch dem eines Wolfs, der sein Opfer jeden Moment in Stücke reißen würde.

»Ich habe einen Fehler gemacht«, gab ich zu, »aber es ist ja zum Glück noch mal alles gut gegangen.« Nervös verdrehte ich meine Finger ineinander.

Der Master reagierte wieder nicht. Mein Unbehagen wuchs stetig. Einige Sekunden vergingen, in denen man lediglich das Knistern von brennenden Holzscheiten in einem Kamin hörte.

Möglichst unauffällig ließ ich den Blick durch den Raum wandern. Es war ein Arbeitszimmer. Ein massiver Holzschreibtisch stand vor einem hohen Fenster. Drei antik wirkende Ohrensessel verliehen dem Raum Wohnlichkeit. Erst jetzt bemerkte ich, dass ich den blauen Teppich zu meinen Füßen durchnässte.

Ich musste mich trocken zaubern. Das konnte ich seit ich ein kleines Kind war, da sollte ja wirklich nicht viel schiefgehen dürfen. Ich konzentrierte mich und dachte an die Lehrstunde bei Darian. Als meine Kleidung langsam leichter wurde, atmete ich beruhigt aus. Ich hatte es geschafft! Doch die Freude währte nicht lange. Sie wurde nicht nur trocken, sondern löste sich auf.

Panisch versuchte ich, meine Gedanken zu lenken. Es half nichts. Stück für Stück verschwanden alle Stoffe. »Nein, nein, nein!«

Verzweifelt verdeckte ich meine nackte Haut vor den Blicken des Masters. Wie viel konnte denn heute noch schiefgehen?

»Verflucht, Malia!« Livio zeigte mit dem Finger auf mich und schon steckte ich in einem viel zu engen Kleid. Wem auch immer es bis eben gehört hatte, ich hoffte, die Frau war jetzt nicht nackt. Was mich jedoch viel mehr beschäftigte, war, dass meine Magie mir überhaupt nicht gehorchte. Kein Stück!

»Was ist los mit mir?« Ich konnte die heiß aufsteigenden Tränen nicht mehr unterdrücken. Verlegen drehte ich mich von ihm weg. So sollte er mich nicht mehr sehen, das hatte ich mir geschworen.

»Du musst deine Magie erst kennenlernen. Sie hat sich verändert.« Seine Worte beruhigten mich nicht. Ich legte den Kopf in den Nacken und atmete tief durch. Blinzeln half bekanntlich, um die Tränen zu vertreiben.

»Das war ein Kinderzauber. Jeder, der nicht vollkommen neben der Spur ist, beherrscht ihn.« Schniefend zog ich die Nase hoch.

»Niemand hat dich auf diese Art der Magie vorbereitet. Ich kann es nur wiederholen. Du musst lernen, sie zu kontrollieren. Auch wenn ich dir für deine unfassbar dumme Aktion am liebsten direkt den Kopf abreißen würde, kann ich verstehen, dass du die neue Magie gern ausprobieren willst.«

Noch immer stand ich mit dem Rücken zu ihm und wagte es nicht, ihn anzusehen. Ein Wechselbad der Gefühle überrannte mich. Ich war wirklich überrascht über den ausbleibenden Ärger. Für solch eine Aktion waren anderen schon ihre Kräfte genommen worden. Meine unüberlegte Handlung hätte mich nicht nur in der Ewigkeit verschwinden lassen, sondern auch das Portal vernichten können.

»Ich wollte sie nicht testen, sie musste raus«, erklärte ich und zog die Nase erneut hoch. Ich wollte ein Taschentuch aus meinem Rucksack holen, um meine Nase zu putzen. Erst jetzt fiel mir auf, dass ich ihn nicht mehr bei mir hatte. Er musste mir während der Portalreise abhandengekommen sein. Mir stieg die Hitze ins Gesicht. Darin waren die Akten von Rico, mein Handy und all meine Papiere. »Mein Rucksack!« Jetzt drehte ich mich doch um.

»Langsam. Als Allererstes kümmern wir uns jetzt um deine Magie.«

Wie konnte er nur so entspannt bleiben? Die Akten waren das Einzige, was uns vielleicht einigermaßen weiterhelfen konnte. Ich versuchte, das Kleid etwas zurechtzurücken.

»Kann … kann ich eine Hose haben?« Dieses kleine Stück Stoff verdeckte nicht mehr als nötig. Dass der Master mich eben noch vollkommen nackt gesehen hatte, ignorierte ich.

Er musterte mich von oben bis unten. »Das Kleid war das Erste, was mir in den Sinn gekommen ist. Es steht dir gut.«

Ich wischte mir die letzten Tränen von den Wangen. »Ich bin nicht in der Stimmung für miese Scherze. Wem gehört das überhaupt?«

Livio stieß sich vor der Wand ab, an der gelehnt hatte. »Ich bin auch nicht zum Scherzen aufgelegt. Und da uns die Zeit im Nacken hockt, musst du lernen, deine Magie zu beherrschen und sie vor allen Dingen jetzt einmal richtig entladen, bevor du meine Wohnung in alle Einzelteile zerlegst.« Er schlurfte mit den Händen in der Hosentasche auf die Zimmertür zu.

Erst jetzt fiel mir auf, dass sein Haar trocken war und er einen dunklen Anzug trug. Er öffnete die Türe und machte eine ausladende Handbewegung.

»Wohin gehen wir?« Wieder zog ich an dem Saum des Kleides, das mir gerade bis zur Mitte der Oberschenkel reichte.

»Zum Trainingsraum.« Ich wusste nicht einmal, wo wir gelandet waren, doch als ich mit dem Master durch die düsteren Flure schlich, kam mir sofort ein Gedanke.

»Sind wir im Wasserzirkel?« Große Gemälde zierten die Wände des Gangs. Sie erinnerten mich stark an die im Flur zu unserem Schulleiterbüro.

»Ja.«

Ich huschte zu einem der hohen Fenster und sah hinaus. Es regnete noch immer in Strömen, was die Sicht stark einschränkte. Von meinem Standort aus sah ich nur Häuserdächer und eine schmale Straße. Anders als bei uns schien es hier keinen großen Zirkelhof zu geben, der den Mittelpunkt bildete.

»Suchst du nach etwas Bestimmtem?«

»Wo genau sind wir?« Ich wusste, dass der Wasserzirkel irgendwo Richtung Norwegen oder Dänemark lag.

»Am Meer«, antwortete Livio und gab mir mit einem Kopfnicken zu verstehen, dass wir weiterlaufen sollten. Er wollte es mir nicht verraten, und dass er im Augenblick keine Lust auf Small Talk mit mir hatte, verstand ich ebenfalls.

Wir folgten einer Treppe ein Stockwerk nach oben. Die letzte Stufe endete an einer Tür. Livio öffnete sie.

»Malia, Livio, ihr seid schon hier?«

Ich traute meinen Augen nicht. Die Masterin Debora Diaz trainierte gerade mit einem weiteren Master des Wasserzirkels. Das letzte Mal hatte ich sie bei Master Toma im

Schlafzimmer gesehen, als er mich nach meinem ersten Magieschub dort hingebracht hatte.

»Was macht Ihr hier?«, fragte ich verwundert. Sie gehörte zum Vulkanzirkel, es war nicht üblich, dass sich die Master in anderen Zirkeln aufhielten.

»Du hast es ihr noch nicht gesagt?« Diese Frage ging direkt an Livio. Der Master, der mit ihr trainiert hatte, musterte mich skeptisch.

»Debora wird uns bei der Mission begleiten.«

Ich zog die Augenbrauen hoch. »Schön, sehr gut«, stieß ich hervor, um meine Überraschung zu verbergen. Ich konnte es mir selbst nicht erklären, doch in ihrer Anwesenheit kam ich mir immer klein und unbedeutend vor.

Mit eleganten Bewegungen zeichnete die Masterin glühende Schweife in die Luft. »Mein Spezialgebiet ist das Feuer.«

»Ihr seid eine Elementmagierin?« Beinahe hätte ich mich verschluckt. Elementmagier waren wirklich selten und nicht unbedingt zu beneiden. Ihre Magie konzentrierte sich auf ein Element, alles drum herum war weniger gut ausgeprägt.

»Die Dämonenwelt ist anders als unsere. Sie ist in fünf Gebiete unterteilt. Feuer, Wasser, Erde, Wind und -«

»Metall?«, unterbrach ich den Master mit meiner Vermutung. Es ging um Elemente, reimte ich mir zusammen.

»Elektrizität.«

Und schon war meine Vorsehung entkräftet. Ich hatte mich noch nie wirklich mit der Dämonenwelt beschäftigt, daher war ich um jede Information dankbar. *Ob Livio dort groß geworden ist?* Ich traute mich nicht, die Frage offen zu stellen, im Grunde ging es mich nichts an.

»Was ich jedoch sagen wollte: Wir müssen auf alles vorbereitet sein, denn dort herrschen andere Gesetze. Man wird uns nicht mit offenen Armen empfangen.«

»Gehen wir zu dritt?« Mein Blick glitt zu dem Mann, der sich mir bisher weder vorgestellt noch sonst ein Wort gesprochen hatte.

»Master Van Hoogen begleitet uns ebenfalls.«

»Sagt mir nichts.« Ich zuckte mit den Schultern.

»Er hat dich von deinem Stinktiergesicht befreit«, erinnerte mich Livio.

Ich spürte, wie mir die Hitze in die Wangen stieg. »Das war ein Unfall!«

Der Mann gegenüber der Masterin räusperte sich in einem unterdrückten Lachen.

»Schön. Was machen wir hier jetzt?« Ich hatte keine Lust, wieder als Lachnummer abgestempelt zu werden.

Livio durchstreifte katzenartig den Raum. Auf seinen Wink hin folgte ich ihm. Außer Stich- und Schlagwaffen jeglicher Art entdeckte ich verschiedene Rüstungen, in denen Puppen steckten. Dass dies ein Trainingsraum war, erkannte ich sofort, allerdings kam er mir viel zu klein vor.

Hinter uns ertönte lautes Tosen. Die Masterin hatte das Training wieder aufgenommen und attackierte ihren Trainingspartner mit Feuerbällen. Fasziniert schaute ich zu, wie dieser sie mit Wasserstrahlen abwehrte. Zischen und Tosen waren bald die einzigen Geräusche, die zu hören waren. Aufkommender Nebel versperrte mir die Sicht.

»So bereitet sich ein Master auf einen Auftrag vor. Los, lass uns deine Magie in den Griff bekommen.«

Euphorie flammte in mir auf. Genau so etwas wollte ich auch können. Ich spürte die Magie, die hier wirkte, bis in jede noch so kleine Faser meines Körpers. Mit Vorfreude und gebührendem Respekt trat ich Livio gegenüber. Wir hatten in der Prüfung schon einmal gegeneinander gekämpft, jetzt war es an der Zeit, ihm zu zeigen, dass ich noch viel mehr konnte.

»Ich bin bereit!« Ich beugte leicht die Knie und hob die Hände. Sobald er das Startzeichen gab, würde ich ihn angreifen. Meine Sinne waren geschärft.

Mit einem lauten Seufzer hob Livio die Augenbrauen beinahe bis zum Haaransatz. Was hatte ich jetzt wieder falsch gemacht?

»Zauber dir einen Trainingsanzug«, befahl er.

»Einen Trainingsanzug«, wiederholte ich den Auftrag und er nickte bestätigend. Enttäuscht ließ ich die Schultern sinken. Neben uns fand ein spektakuläres Training statt und ich sollte lernen, mich einzukleiden. Na, prima.

Isalie

»Malia, bist du wach?«

Gähnend rieb ich mir die Augen. Nach dem Training im Wasserzirkel waren wir mitten in der Nacht wieder nach Paris gereist. Ich war vollkommen erschöpft gewesen, doch das Üben mit meiner Magie und der Verbrauch der angestauten Kräfte hatte mir wirklich gutgetan. Meine Finger kribbelten nicht mehr und im Allgemeinen verspürte ich eine gewisse Leichtigkeit.

»Malia …«

»Ich zieh mich an«, murmelte ich in mein Kissen. Natürlich war dies gelogen. Ich wollte nicht aufstehen. Das Training gestern hatte mich an meine Grenzen gebracht. Es hatte Stunden gedauert, bis ich ein Gefühl für die Stärke meiner Magie entwickelt hatte. Zuerst sollte ich Zauber wirken, die man Kindern lehrte. Einen Apfel teilen, Papierflieger heraufbeschwören, ein Glas Wasser allein durch die Kraft der Gedanken füllen. Als ich diese beherrschte, ging es weiter mit anspruchsvolleren Dingen. Das Training mit Livio war vollkommen anders als mit Darian.

»Das sieht aber nicht so aus.«

In Blitzgeschwindigkeit saß ich in einem Knäuel aus Decken und Kissen. »Das ist mein Zimmer! Du verletzt schon wieder meine Privatsphäre.« Ich warf ein Kissen in seine Richtung, das er gekonnt auffing.

»Genau genommen ist es mein Zimmer. Mir gehört diese Wohnung.« Sein überhebliches Grinsen reichte über sein ganzes Gesicht.

»Was würdest du sagen, wenn ich einfach in dein Zimmer spaziere, wenn du schläfst?«

»Hm … vielleicht würde mir das ja gefallen«, schnurrte er.

»Was?«

»Was?« Wiederholte er meine Frage.

»Hast du einen Clown gefrühstückt oder was ist los?« Wie konnte man am frühen Morgen schon so gut gelaunt sein? Ich brauchte immer ein paar Minuten, um in die Gänge zu kommen. Vor allem aber bevorzugte ich Ruhe.

»Genau deshalb bin ich hier! Ich sterbe vor Hunger und warte schon seit einer gefühlten Ewigkeit auf dich.«

Er wartet auf mich? »Warum wartest du mit dem Frühstück auf mich?«

»Weil es schöner ist, wenn man zusammen frühstückt.«

Im Stillen gab ich ihm Recht, doch das hier war ein Auftrag, den zwei Fremde miteinander teilten, er musste nicht so tun, als würde er mich leiden können. Ich für meinen Teil musste allerdings zugeben, dass ich mich so langsam an seine Anwesenheit gewöhnte.

Ich stand auf, schnappte mir eine Jeans und ein Shirt und drückte mich an ihm vorbei, um ins Bad zu huschen.

»Ach, komm. Ich hab dich als Stinktier kennengelernt, musst du jetzt duschen?«

Ich streckte ihm die Zunge raus und verschwand im Bad.

»Beeil dich, ich verhungere!«

Mit noch nassem Haar trat ich in den Wohn- und Essbereich. Die Sonne durchflutete ihn und versprach einen warmen Tag. Im Wasserzirkel hatten gestern dunkle Wolken die Vorherrschaft eingenommen, daher freute ich mich über die sanfte Brise, die meine nackten Füße durch die offene Balkontür streifte.

»Kaffee?«, erklang die Stimme von Livio. Ich folgte ihr und trat auf den Balkon.

»Mit Milch, bitte.« Wie paralysiert starrte ich auf den gedeckten Tisch. Brötchen, Croissants, Marmelade, Käse, alles, was das Herz begehrte. Livio stellte die Kanne, aus der er gerade meine Tasse eingeschenkt hatte, auf dem Tisch ab. Ich setzte mich ihm gegenüber.

»Champagner?« Mit einem *Plopp* entkorkte der Master eine der Flaschen, die er aus dem *Moulin Rouge* mitgenommen hatte.

»Warum hast du die Flaschen aus dem Keller gestohlen?« Obwohl ich nicht zugestimmt hatte, schenkte er mir ein Glas ein und stellte es mir vor die Nase.

»Ich habe nichts gestohlen. Meine … Sagen wir einfach, ich habe eine Abmachung mit dem *Moulin Rouge*.« Er beobachtete die aufsteigenden Bläschen in seinem Glas, leerte es in einem Zug und reichte mir das Körbchen mit den Backwaren.

Eine Abmachung, soso. Ich angelte mir ein Brötchen, schnitt es auf und bestrich es mit Butter und Marmelade.

»Ich habe deine Eltern informiert, dass du bei mir bist und unter dem Schutz des Wasserzirkel stehst. Das verschafft uns ein paar Tage zum Üben.«

»Warum?« Meine Eltern wussten, dass ich bestanden hatte und dass man auf Mission gehen musste, wenn man für einen Zirkel arbeitete.

»Sie sind mit ein paar deiner Freundinnen im Wüstenzirkel, um dich zu besuchen.«

Himmel, das hatte ich ja vollkommen vergessen. Laura hatte sich angekündigt. Bestimmt waren meine Eltern als Überraschung mitgekommen.

»Wann reisen wir denn wieder zum Zirkel?«

»Ich denke, in drei Tagen haben wir die größten Hürden gemeistert.«

Ich trug noch immer drei Magiebanner um den Knöchel, vermutlich blieben die auch erst mal noch dort.

»Hältst du es solange noch mit mir aus?«

»Wenn ich erst einmal meine Magie unter Kontrolle habe, noch viel länger.« Ich zeigte lachend mit einer kreisenden Handbewegung auf ihn.

Er holte etwas Schwarzes aus seiner Hosentasche und legte es auf den Tisch.

»Mein Handy!« Sofort hob ich es auf und entsperrte den Bildschirm. Dreiundsechzig Nachrichten und zwei Verlinkungen auf *Witchstagram*. Der Akku war frisch geladen. Das musste er gewesen sein.

»Danke«, hauchte ich und legte es auf die Seite.

»Willst du deine Nachrichten nicht lesen?«, fragte er und biss genüsslich in eine Brötchenhälfte, die mit Käse belegt war.

»Wir frühstücken gemeinsam. Das Handy kann warten.«

Ein Schmunzeln kam ihm über die Lippen. »Ich habe dich verlinkt.«

»Das habe ich mir gedacht«, sagte ich schulterzuckend. Sonst kannte ich niemanden, der so aktiv auf *Witchstagram* postete, und verlinkt hatte mich bisher auch noch niemand außer ihm.

»Was steht heute auf dem Programm?«

»Zaubern, Magie wirken und Flüche üben.« Er prostet mir lächelnd zu und ich stieß genervt die Luft aus.

»Heute haben wir die größten Fortschritte erzielt. Ich bin wirklich stolz auf dich, mein kleines Stinktier.«

Ich trank mein Glas Wasser aus und räumte es in die Spülmaschine. Meine anfängliche Zurückhaltung hatte ich schnell abgelegt. Ich fühlte mich hier in der Wohnung des Masters beinahe heimisch.

Die letzten drei Tage hatten wir ununterbrochen trainiert. Es war immer der gleiche Tagesablauf gewesen. Nach einem ausgiebigen Frühstück reisten wir zum Wasserzirkel und verbrachten den Großteil des Tages mit Trainieren. Meine Neugier über den fremden Zirkel fraß mich fast auf, doch gesehen hatte ich außer dem Trainingsraum noch nicht viel. Am Abend reisten wir wieder nach Paris, aßen etwas und philosophierten über meine Fehler. Mit jedem Training wurde ich besser und ich musste zugeben, dass es Spaß machte, mit Livio zu trainieren. Er hatte eine Engelsgeduld und zeigte mir, wie ich meine Magie optimiert einsetzen konnte. Auch wenn wir uns vollkommen auf Portalmagie konzentrierten, gestaltete er es möglichst abwechslungsreich.

Was mir allerdings besonders gut gefiel, war die Tatsache, dass ich meinen neuen Mentor besser kennenlernte. Ich wusste, dass er gern gegrillten Käsetoast aß und dass er Paprika nicht ausstehen konnte. Auch seine Gewohnheiten lernte ich immer besser kennen. Zum Beispiel musste ich erst einmal das Wasser wieder warm drehen, wenn ich nach ihm duschen ging. Bevor er ein Hemd anzog, bügelte er es mit Hilfe von Magie noch einmal auf und wenn er sich unbeobachtet wähnte, redete er heimlich mit seinen Schatten. Wenn ich mich nicht täuschte, nannte er sie sogar bei Namen. Ich bildete mir auch ein, erkennen zu können, wenn er müde war. Er fuhr sich dann vermehrt mit dem Zeigefinger über die Augenbraue.

Ich drehte mich zu Livio um. Von meinem Blickwinkel aus hätte er als Männermodel einer Klatschzeitung durchgehen können. Barfuß lehnte er mit hochgekrempelten Ärmeln seiner Masteruniform an dem ausladenden Esstisch. Eine gelöste Haarsträhne hing ihm in die Stirn, während er von seinem Handy, das er lässig in der rechten Hand hielt, hochschaute und auf eine Reaktion meinerseits wartete. Himmel, war dieser Mann heiß.

»Ja, ich glaube, langsam habe ich den Dreh raus.« Ich lehnte mich gegen die Arbeitsplatte und schenkte ihm ein zufriedenes Lächeln.

Wir hatten gemeinsam ein Portal erschaffen. Zum Reisen hätte man es nicht nutzen können, doch es war erfolgreich stehen geblieben und das war wirklich großartig.

Er sagte nichts mehr, sondern studierte mich von oben bis unten, was mir ein wenig unangenehm war. Nach einigen Sekunden der Stille stieß ich mich ab und klatschte in die Hände.

»Zeit fürs Bett«, sagte ich und ging in Richtung meines Zimmers.

»Du solltest diese Aufgabe nicht erledigen müssen.«

Ich blieb stehen und erschrak, als sich eine Hand auf meine Schulter legte. Egal, wie warm es draußen war, Livio hatte immer kalte Hände, das spürte ich selbst durch den Stoff meines T-Shirts.

»Na ja, ich habe nicht wirklich eine Wahl. Und außerdem habe ich doch den besten Magier an meiner Seite, wenn es losgeht, oder?« Ich ließ den letzten Satz bewusst ironisch klingen. Die dramatische Stimmung, die gerade aufzukommen drohte, wollte ich erst gar nicht zulassen.

»Versuchst du, mich zu necken?« Der Master lief um mich herum, um mir direkt in die Augen sehen zu können.

»Ich versuche, deine Friedhofsstimmung zu untergraben.«

»Ich meine es ernst.«

»Ich auch.«

»Immer das letzte Wort.« Livios kühler Atem streifte meine Lippen. Er hatte seinen Kopf zu mir geneigt. Seine dunklen Augen wirkten bedrohlich und doch waren sie wunderschön. Schnell verbot ich mir diese Art von Gedanken, die in den letzten Tagen immer öfter aufkamen.

»Wenn wir in die Dämonenwelt reisen, musst du auf mich hören.«

»Ich gebe mir Mühe«, antwortete ich und hielt seinem Blick stand. Seine Augen suchten den Weg zu meinen Lippen und verharrten dort einen kurzen Augenblick.

Was sollte das denn werden? Mein Herz stolperte. Wieso waren wir uns so nah? Ich wagte es kaum zu atmen, mich zu bewegen oder auch nur zu zwinkern.

Sekunden der Unendlichkeit vergingen, bis er einen belustigenden Laut von sich gab und ein Stück zurückwich.

Mir wurde schwindelig.

Er setzte sich in Bewegung und ging direkt auf mein Zimmer zu. Sein Handy signalisierte eine Nachricht. Er öffnete sie und stieß laut seinen Atem aus.

»Ich muss morgen zu einem Treffen im Zirkel.«

»Okay«, gab ich gleichgültig zurück. Er verschwand öfter während des Trainings und überließ mich der Masterin oder einem anderen Master, wenn einer verfügbar war. Meist gingen diese Treffen nicht länger als eine Stunde. Warum er es mir dieses Mal ankündigte, verstand ich nicht. Wenn ich mich nicht komplett täuschte, war er heute Morgen auch bei einem wichtigen Treffen gewesen, daher auch die Uniform, die er immer noch trug.

An meiner Zimmertür verabschiedeten wir uns. Ich wollte mir Ricos Akten noch einmal genauer anschauen. Livio hatte nicht nur mein Handy, sondern den ganzen Rucksack wiedergefunden, was mich wirklich glücklich gemacht hatte.

»Schlaf gut, Malia.« Mit einem Winken verabschiedet er sich und schlurfte zu seinem Zimmer.

»Du auch.« Ich öffnete meine Tür und steuerte sofort mein Bett an. Meine Füße brannten noch immer von dem harten Training. Livio schonte mich nicht und aus den anfänglichen Kinderübungen waren mittlerweile richtige Portalerschaffungs- und Kampfsimulationen geworden. Noch immer gab es Momente, in denen meine Magie mir entglitt, doch Livio war schnell zur Stelle, um einzugreifen. Ich musste wirklich zugeben, dass ich gern Zeit mit ihm verbrachte und auch unsere kleinen Wortgefechte gefielen mir mittlerweile.

Mit der Eleganz eines fallenden Mehlsacks warf ich mich in die Kissen. Am liebsten hätte ich sofort die Augen zugemacht und mich in das Reich der Träume begeben, doch Ricos Akte lag wie ein Mahnmal direkt vor mir. Zudem musste ich an den intensiven Blick von Livio auf meine Lippen denken. Hatte er überlegt, mich zu küssen? Hätte ich das zugelassen? Mein Hirn war im Augenblick nicht in der Lage, klar zu denken. Ich musste mich ablenken und zog Ricos Akte zu mir heran.

Schon mehr als einmal hatte ich die Seiten studiert, doch ich wurde nicht schlau daraus. Dennoch hatte ich weiterhin die Hoffnung, einen Hinweis zu finden, und wenn es nur ein kleiner war.

Ping.

Ich griff nach meinem Handy, das auf dem Nachttisch lag.

Wir freuen uns so sehr auf morgen. Ich bin schon gespannt, was du uns zu berichten hast. Kussi, deine Laura.
  P.S.: Vergiss den heißen Master nicht.

Ich starrte auf das Zwinkersmiley, das meine Freundin angefügt hatte.

Ich hatte ihr in den letzten Tagen geschrieben, dass sich das Verhältnis zu Livio um hundertachtzig Grad verbessert hatte. Laura hatte mir immer wieder seltsame Fragen zu ihm und mir gestellt, was mich langsam aber sicher nervte.

Ja, er war ein Internetstar und genoss die Aufmerksamkeit, aber hinter diesen Schnappschüssen und gestellten Fotos steckte ein wirklich netter Mensch, der sich über ruhige Abende auf dem Balkon mit einem Glas Wein freute. Ich respektierte sein Privatleben, und dass sie am liebsten alles über ihn erfahren wollte, störte mich.

Ich antwortete mit einem kurzen *Ich freue mich auch auf morgen.*

Ping.

Diesmal war es Darian. Mein Herz machte einen Hüpfer. Ich mochte meinen alten Lehrer und musste zugeben, dass sich eine gewisse Freundschaftsbasis zwischen uns aufgebaut hatte. Er erkundigte sich jeden Tag über meine Fortschritte und mein Wohlergehen, gab mir hilfreiche Tipps, mit denen ich Livio schon das ein und andere Mal überraschen konnte, und freute sich mit mir über jeden kleinen Fortschritt. Seine Suspendierung war leider nicht aufgehoben worden, aber er hatte eine andere streng geheime Aufgabe übernommen, von der er mir bei unserem nächsten Wiedersehen berichten wollte. Die eine oder andere Flirt-Nachricht war zwischen diesen sachlichen auch dabei und zugegebenermaßen genoss ich sie wirklich. Darian hatte mir mitgeteilt, dass er mich im Zirkel vermisste und gehofft hatte, noch ein bisschen mit mir trainieren zu können.

Ich tippte meine heutigen Erfolge in die Nachricht und schrieb dazu, dass selbst Livio äußerst zufrieden mit mir war.

Prompt erschienen drei Punkte. Manchmal fragte ich mich, ob Darian auch wartete, bis ich antwortete und solange auf den Bildschirm starrte. Zumindest tat ich das oft.

Hauptsache, du bist mit dir und deiner Leistung zufrieden. Ich bin wirklich stolz auf dich. Dann lass ich dich jetzt mal schlafen, sodass du morgen ausgeruht und voller Tatendrang ein Training mit mir absolvieren kannst. Natürlich nur wenn du willst.

Darian wollte morgen mit mir trainieren? Ich grinste übers ganze Gesicht. *Ich freue mich schon, dir meine neue Magie präsentieren zu können*, schrieb ich zurück und ließ mich nach hinten in die Kissen fallen.

Die letzten vier Tage waren mir vorgekommen wie ein endloser Traum. Ich hatte endlich weitestgehend meine Magie unter Kontrolle. Meine Streitigkeiten mit dem Master gehörten ein für alle Mal der Vergangenheit an und meine beste Freundin sowie meine Eltern würde ich auch bald wiedersehen. Mein ganzes Leben schien in einem Wandel. Von der Außenseiterin zur angesehenen Elitemagierin.

Ping.

Ich sah auf mein Handy. Eine Verlinkung auf *Witchstagram*. *Livio, was hast du jetzt wieder gepostet?*

Ich klickte auf die Verlinkung und starrte auf das Foto einer fremden Frau. Sie war wunderschön. Schlank, schwarzes langes Haar, elegant. Ihr roter Lippenstift hob sich betont markant von der blassen Haut ab. Sie sah aus wie ein Model.

Wer hatte mich auf diesem Bild verlinkt? Der Untertitel warf nur noch mehr Fragen auf. *Wer ist die neue Isalie?*

Wer war Isalie? Erst jetzt erkannte ich, dass es kein einzelnes Foto war, sondern eine Reihe. Ich wischte nach links. Mir stockte der Atem. Umgehend setzte ich mich auf.

Auf dem zweiten Foto war die Frau mit Livio zu sehen. Er trug sie huckepack über einen weiten Sandstrand. Seine Hosenbeine waren hochgekrempelt, ebenso wie die Ärmel seines Hemdes. Sie trug ein leichtes Sommerkleid, soweit ich es erkennen konnte. Beide lachten aus vollem Herzen.

Ich hatte den Master schon oft lachen sehen, doch dieses war anders. Es wirkte losgelöst, ehrlich und einfach nur glücklich.

Neugierig wischte ich zu dem nächsten Foto. Zu meiner Ernüchterung zeigte es mich und den Master beim Frühstücken auf dem Balkon dieser Wohnung.

Livio schenkte mir gerade ein Glas Champagner ein. Er trug seine Masteruniform, was bedeutete, dass das Foto heute Morgen geschossen worden sein musste, da er sie zum ersten Mal seit langem angelegt hatte. Der Master sah wie immer gut aus. Ich hingegen hatte mir meinen Longbob zu einem unordentlichen Knoten zurückgebunden und biss gerade in meine Brötchenhälfte, wie ein Raubtier in seine Beute. Neben dem eleganten Master wirkte ich wie eine Bäuerin, anders konnte ich das nicht beschreiben.

Doch wer hatte mich auf diesem Foto markiert? Ich klickte auf das Profil und stellte ernüchtert fest, dass es einem Klatschblatt gehörte. *Ping, Ping, Ping …*

Was war denn jetzt los? Ich konnte gar nicht so schnell lesen, wie sich die Follower auf meinem Profil sammelten. Was sollte das denn jetzt? Glaubten diese Leute wirklich, ich wäre Livios neue Freundin? Seit der Master mich das erste Mal verlinkt hatte, waren einige Follower dazugekommen, doch so, wie sie sich jetzt vermehrten, war das noch nie der Fall gewesen.

Ich kannte mich mit den sozialen Medien nicht aus, doch ich konnte mir nicht vorstellen, dass dieser Beitrag für Livios Verfahren, das er wegen mir am Hals hatte, hilfreich war. Ich musste es ihm sagen.

Verlorene Liebe

Ich zögerte einige Sekunden, bis ich endlich den Mut fand, um an die Tür zu klopfen. Es war das erste Mal, dass ich seinem Schlafzimmer so nah war. Irgendwie fühlte es sich seltsam an, ihn in seinem privaten Umfeld zu stören.

»Komm rein, Malia«, rief er als Antwort auf mein Klopfen.

Ich öffnete zaghaft die Tür und zuckte zusammen. Man hätte meinen können, man lief in einen Kühlschrank. Hier drin war es im Gegensatz zu meinem Zimmer wirklich kalt. Doch die Temperatur war nicht das Einzige, was mir eine Gänsehaut auf den Körper trieb.

Die Frau auf dem Foto, auf dem ich verlinkt war, hing in mehrfacher Ausführung an jeder Wand dieses Raumes. Mal war Livio mit abgelichtet, mal war sie allein zu sehen.

Ich wollte etwas zu dem Beitrag sagen, doch es war unnötig, der Master hatte ihn bereits gesehen. Er stand vor seinem Fenster und schaute auf die von Straßenlicht erleuchtete Stadt hinaus. Sein Handy lag mit leuchtendem Bildschirm auf seinem Bett. Der Post, den ich eben gelesen hatte, war geöffnet.

»Sie können sie nicht ruhen lassen.« Er holte tief Luft und ich fragte mich, ob er gerade gegen aufkommende Tränen ankämpfte.

Mir war sofort klar, dass die Frau tot sein musste. Und aus den Fotos hier im Zimmer und dem Beitrag schlussfolgerte ich, dass die beiden ein Paar gewesen waren.

Ich hatte keine Ahnung, ob ich gehen oder etwas sagen sollte, oder wie man sich in solch einer Situation überhaupt verhielt, daher wartete ich einfach ab.

Livio drehte sich nicht um. Die Hände tief in den Hosentaschen vergraben, schaute er seelenruhig aus dem Fenster. Die Schatten, die ich schon seit Tagen nicht mehr gesehen hatte, lösten sich von ihm und schlängelten sich um meine Füße.

»Du bist die Zweite, zu der sie freiwillig gehen.«

Ich verstand nicht, was er damit sagen wollte. »Wie meinst du das?«

»Die Schatten. Sie sind sehr eigen, fast schon scheu. Es gibt nur zwei Gründe, warum diese sogenannten Seelenfresser auf einen zukommen. Entweder sie mögen dich oder sie mögen dich nicht und warten auf meinen Befehl, deine Seele zu fressen.«

»Und wie finde ich heraus, aus welchem Grund sie bei mir sind?« Ich beobachtete die dunklen Wesen. Auf mich hatten sie noch nie furchteinflößend gewirkt.

»Sie kommen freiwillig zu dir, ich sende sie nicht aus. Das bedeutet, dass sie dich mögen.«

Ich wusste nicht, ob mich das ehren sollte. Im Allgemeinen wusste ich nicht einmal, was die Aufgabe dieser kleinen Wesen war.

»Wie sind sie an dich gebunden?« Es war gut, dass wir ein Thema gefunden hatten, um die unangenehme Stille zu überbrücken, auch wenn ich befürchtete, dass die Sache mit Isalie noch nicht vom Tisch war.

»Schatten leben eigentlich in der Dämonenwelt und werden als Foltermethode eingesetzt. Diese hier waren jedoch ein Geschenk meines Vaters an Isalie. Sie sollten sie beschützen und vor Gefahren warnen.«

Und da war auch schon der Übergang zu dem Thema, das ich gern noch etwas herausgezögert hätte. »Livio, ich habe keine Ahnung, wer diese Frau ist, und auch nicht, wie nah ihr euch standet. Es geht mich nichts an, doch ich denke, wir sollten den Betreiber dieser Seite anschrieben und ihn bitten, den Beitrag zu löschen. Für dein Verfahren ist er sicher nicht von Vorteil.« Ich versuchte, vollkommen nüchtern und sachlich zu klingen.

»Ein Beitrag mehr oder weniger? Das tut nichts zur Sache.«

Ein Fernseher, den ich erst jetzt entdeckte, sprang an. Er war mit dem Internet verbunden und öffnete eine Schlagzeile nach der anderen. Fotos von mir und Livio fluteten das Internet. Ich setzte mich ungefragt auf das Doppelbett, das wie jenes im Zirkel ebenfalls mit Seidenlaken überzogen war. Ein Bericht nach dem anderen ploppte auf und ich wusste, dass Livio sie aufrief.

»Bisher habe ich es immer früh genug geschafft, die Verlinkung zu dir zu entfernen. Doch diesmal warst du schneller als ich.«

Ich spürte, wie die Matratze neben mir nachgab. »Warum hast du mir denn nichts gesagt? Ich nehme Stellung und kläre das«, stammelte ich. Ich konnte nur Bruchteile der Überschriften lesen und doch drehte sich alles um die Frage, ob Livio und ich ein Paar waren oder die Feststellung, dass wir ein Paar waren.

Mir war bewusst, dass ich das nicht richtigstellen konnte, doch alles, was da geschrieben stand, war an den Haaren herbeigezogen.

»Du kannst nichts gegen solche Nachrichten unternehmen. Sie verbreiten sich wie ein Lauffeuer. Irgendwann poste ich ein Foto mit einer anderen Kollegin und dann geht der Tratsch von vorn los. Frag Debora. Ihr Mann und ich sind zum Glück gute Freunde.«

Es ploppten mindestens zehn Beiträge auf, die Livio und die hübsche Masterin zeigten. Die Beitragsüberschriften ähnelten denen, die sie über uns verfasst hatten. Bevor ich etwas sagen konnte, ploppten noch mehr solcher Nachrichten auf, mit anderen Frauen. Fünf verschiedene zählte ich auf Anhieb.

»Du lässt aber auch wirklich nichts anbrennen.« Ich versuchte zu scherzen, doch Livio starrte wie gebannt auf den Bildschirm.

»Es gab keine nach ihr«, murmelte er und ich presste die Lippen aufeinander. Die Stimmung aufzulockern, hatte nicht funktioniert. Ich fragte mich, wann und wie sie gestorben war, doch diese Fragen offen zu stellen, kam mir in diesem Augenblick falsch vor.

»Entschuldige, ich wollte …« Was genau wollte ich? Nicht einmal eine vernünftige Entschuldigung brachte ich zustande. Die Kälte im Raum nahm zu, weswegen ich meine Hände unter meine Oberschenkel schob. Es mochte sich komisch anhören, aber wenn ich es nicht besser wüsste, würde ich sagen, sie ging von Livio selbst aus.

Wie aus einer Trance erwacht stand er auf und fuhr sich nachdenklich durchs Haar. »Geh schlafen. Wir haben morgen eine große Reise vor uns.«

So verletzlich hatte ich Livio noch nie gesehen. Ich wollte etwas Aufmunterndes sagen, doch ich wusste nicht, was. Nach einigen Sekunden des Schweigens stand ich auf und lief zur Zimmertür.

»Als ich dich das erste Mal gesehen habe, wusste ich nicht, wie ich dich einschätzen sollte. Nach meiner Prüfung habe ich dich nicht ausstehen können. Jetzt bin ich mir sicher, das erste Mal den echten Master Livio Toma zu sehen.«

»Ist das so?«

»Ich dachte wirklich, dass du keinerlei Gefühle in dir trägst. Auch wenn sich das jetzt komisch anhören mag. Ich bin froh, mich getäuscht zu haben.« Mit diesen Worten drehte ich mich um und lief in den Flur.

Am nächsten Morgen war ich erstaunlicherweise vor Livio fertig angezogen. Da er die letzten Male immer das Frühstück gemacht hatte, sah ich mich heute in der Verpflichtung, diese Aufgabe zu übernehmen.

Gut gelaunt warf ich die Kaffeemaschine an und summte dabei ein Lied. Mittlerweile kannte ich mich in der Wohnung so gut aus, als wäre es meine eigene. Wir hatten die letzten Tage immer auf dem Balkon gefrühstückt, also trug ich alles, was wir brauchten, hinaus. Als ich den Tisch gedeckt hatte, kamen mir die Fotos auf *Witchstagram* wieder in den Sinn.

Irgendwer hatte uns beim Frühstücken fotografiert. Neugierig nahm ich die Häuser der näheren Umgebung ins Visier. Es gab nicht viele Fenster, die infrage kamen, stellte ich fest. Heute schien sich jedoch kein Fotograf an besagten Stellen aufzuhalten, da ich allerdings trotzdem auf Nummer sicher gehen wollte, hob ich beide Mittelfinger in die Höhe und winkte den Fenstern der Reihen nach zu.

»Ach, Malia. Du musst noch so viel lernen.« Der Master trat auf den Balkon und ich ließ schnell meine Hände sinken. Er musste mich ja für vollkommen bescheuert halten.

Geschmeidig glitt er hinter mich griff nach meinen Händen, faltete jeden Finger außer den beiden Mittelfingern um und hob sie gezielt auf ein Fenster zu. »Halten«, befahl er und streckte seine ausgestreckten Mittelfinger neben meinen in dieselbe Richtung.

Ich spürte seinen Atem an meinem Hals entlangstreifen, so nah stand er hinter mir. »Das wird das perfekte Foto«, flüsterte er und ich konnte mir ein Lachen nicht mehr verkneifen.

»Es tut mir leid, manchmal kommt halt doch noch das trotzige Kind durch«, sagte ich, nachdem wir unsere Pose aufgegeben hatten.

»Du denkst immer noch, dass ich steinalt bin, habe ich recht?«

Natürlich dachte ich das. »Nicht älter als fünfhundert Jahre.« Vermutlich würde er sich jetzt geschmeichelt fühlen, zumindest hoffte ich das.

»Vielleicht verrate ich es dir irgendwann.« Warum wollte er nichts von sich preisgeben? Die letzten Tage waren wirklich gut gelaufen und hatten in mir die Hoffnung aufsteigen lassen, wir könnten eine freundschaftliche Basis schaffen.

Überrascht schaute er auf den gedeckten Tisch. »Du hast Frühstück gemacht?« Er zog eine Augenbraue in die Höhe.

»Die letzten Tage hast du es vorbereitet, ich dachte, es wäre nur fair, wenn ich es heute übernehmen würde.«

»Ach, du lieber Himmel. Du dachtest wirklich, ich habe das selbst übernommen? Ich habe Bedienstete, die solche

Aufgaben übernehmen. Du bist mein Gast, natürlich wirst du bestmöglich von mir versorgt, aber Frühstück habe ich nie für dich gemacht.«

»Oh. Gut, dann habe ich es eben jetzt für dich gemacht«, erklärte ich und deutete auf den Tisch. Ich hatte in dieser Wohnung niemanden gesehen außer Livio, daher überraschte mich seine Aussage ein wenig. Im Stillen schalt ich mich selbst eine Närrin. Wie war ich nur auf die Idee gekommen, dass mir ein Master Frühstück servierte?

Unangenehmes Schweigen machte sich breit und ich wollte die aufkommende Stille durchbrechen. »Wann kommen deine Bediensteten denn für gewöhnlich?«

Livio schenkte sich einen Kaffee ein und füllte auch meine Tasse. »Wann immer ich sie rufe«, antwortete er und schaute mich prüfend an. »Hast du deine Sachen gepackt?«

»Wie lange bleiben wir denn im Zirkel?« Ich überlegte, ein paar Sachen hierzulassen, da wir sicher bald wieder zurückkommen würden. Ich war noch immer nicht in vollem Besitz meiner Kräfte.

»Du bleibst, bis du den Spruch gefunden hast.«

Ich verschluckte mich beinahe an meinem Kaffee. Das hatte sich in meinen Ohren gerade so angehört, als würde ich allein gehen. »Kommst du denn nicht mit zum Zirkel?«

»Ich setze dich dort ab und dann sehen wir uns erst wieder auf La Palma«, erklärte er, als wäre dies schon ewig so besprochen gewesen.

»Wer sagt das?« La Palma war noch nie Thema gewesen.

»Die Zirkel.« Livio schmierte sich in aller Ruhe eine Brötchenhälfte, während er mir diese Informationen beiläufig erklärte.

Das musste ein Scherz sein. Den Blick fest auf den Master gerichtet, wartete ich auf ein Lachen, ein Schmunzeln oder irgendeine Andeutung, dass er mich auf den Arm nehmen wollte, doch da kam nichts. »Wann haben sie das besprochen? Und was bedeutet *die* Zirkel?«

»Das Treffen gestern, ich habe dir davon erzählt.«

»Ich wusste von einem Treffen, aber nicht mit wem und worum es dabei ging.«

Livio stieß genervt die Luft aus. »Euer Zirkel steht kurz vor dem Untergang. Wenn wir ihn nicht retten, geht er samt der Magie in eurem Gebiet unter. Was genau denkst du, ist in den umliegenden Zirkeln gerade das Hauptthema?«

Seinen spöttischen Unterton hörte ich deutlich heraus. »Ich verstehe den Ernst der Lage schon.«

»Warum überrascht es dich dann, dass wir die nächsten Schritte planen?« Livio lehnte sich auf dem Stuhl zurück und musterte mich erwartungsvoll.

»Entschuldige mal. Wenn ich es richtig verstanden habe, bin ich die Hauptakteurin in diesem Stück. Denkst du nicht, es wäre hilfreich, mich in die Planung miteinzubeziehen?« Dass ich einfach wie ein kleines Kind bei wichtigen Entscheidungen herausgehalten wurde, stank mir gewaltig.

»Malia, du musst dich auf deine Magie konzentrieren. Ich habe dem Zirkel versprochen, dich, so schnell es geht, mit ihr vertraut zu machen, und diesen Punkt haben wir erreicht. Jetzt liegt es an dir und deinem Zirkel, dich auf das Öffnen des ersten Tores vorzubereiten.«

Mir klappte der Mund auf. Die Enttäuschung, nicht bei der Planung der nächsten Schritte einbezogen zu werden, musste mir ins Gesicht geschrieben stehen, denn Livio setzte sich schlagartig auf. Bevor er etwas sagen konnte, schlug ich mit der flachen Hand auf den Tisch und warf dabei meine Kaffeetasse um.

»Du hast gesagt, wir sind Kollegen, wir arbeiten zusammen! Jetzt stellst du mich vor vollendete Tatsachen und erwähnst die Pläne, die du mit anderen ohne mich besprochen hast, so nebenbei. Was sagen denn Master Van Hoogen und Masterin Diaz über eure besprochenen Pläne? Oder wissen sie es noch nicht?«

»Der Waldzirkel und der Vulkanzirkel haben ihre Hilfe angeboten und werden durch die beiden Magier vertreten. Sie waren natürlich bei dem Gespräch anwesend«, erklärte Livio ruhig.

»Natürlich!« Ich versuchte erst gar nicht, meinen Sarkasmus zu unterdrücken. »Wer vertritt denn den Wüstenzirkel?«

»Es waren sechs Kreismagier und vier Master eures Zirkels da. Eben die, die das weitere Training mit dir übernehmen.«

Ich wurde vollkommen übergangen. Wie ein Gegenstand, den man weiterreichte, um ihn nach Herzenslust zu formen, und der auf Knopfdruck funktionieren sollte. »Warum werde ich nicht gefragt, ob ich das möchte?«

»Malia, du bist Elitemagierin. Du bekommst eine Aufgabe und hast diese zu erfüllen. Das hast du der Sanduhr geschworen.«

»Ich kann mich an keine Silbe erinnern, die mir mein Mitspracherecht entzogen hat.« Mit diesen Worten stürmte ich in mein Zimmer und packte mit tränenverschleiertem Blick meine Sachen. Ich würde ganz sicher nicht mit fremden Magiern trainieren. Für einen Augenblick hatte ich wirklich geglaubt, dass Livio mich als Partnerin sah und mich bei den Plänen miteinbezog, doch ich hatte mich gründlich in ihm getäuscht. Er sah noch immer das kleine Kind in mir, als das er mich zu gern betitelte, doch jetzt würde ich ihm beweisen, dass er sich täuschte.

Freundschaft

Zum ersten Mal, seit ich meine neue Magie besaß, würde ich sie allein nutzen. Fest entschlossen schnappte ich mir meinen Rucksack, umfasste den Griff meines Koffers und konzentrierte mich auf das Portal unter dem Eiffelturm.

Die Spirale öffnete sich schlagartig und verschluckte mich ebenso schnell. Wie sehr ich das Gefühl vermisst hatte, in die Spirale gezogen zu werden. Etliche schnelle Drehungen später kamen mein Gepäck und ich unbeschadet am Wunschort an.

Erleichtert atmete ich auf. Ich hatte gewusst, dass ich es schaffen konnte. Neugierige Blicke streiften mich kurz, doch keiner schien wirklich Interesse an mir zu haben. Vielleicht war es nicht üblich, hier mit Spiralmagie anzukommen, doch das war mir egal.

Ich huschte durch die Menschentraube, die auf ihre Reisemagier warteten. Mein Ziel lag ganz klar vor mir. Sie wollten alle, dass ich ein Portal erschuf, dann musst ich erst einmal in der Lage sein, durch eines zu reisen.

Ich drückte mich an Elitemagiern vorbei und verschwendete keine Sekunde. Dieses Mal würde ich es schaffen! *Ich kann es schaffen! Ich weiß, wie es geht.*

All mein Wissen der letzten Tage rief ich mir in Erinnerung. Natürlich hatten der Master und ich immer wieder über Portalreisen geredet und die Grundzauber geübt, darin lag schließlich meine Aufgabe. Livio hatte mir erklärt, was ich beim ersten Mal falsch gemacht hatte, das würde mir nicht noch mal passieren.

Unbeirrt trat ich auf die Plattform und konzentrierte mich auf das Surren der wabernden Oberfläche.

»*Arrête fille!!*« Ein Elitemagier trat mir in den Weg, ich hob die Hand. So schnell konnte er nicht reagieren, wie ich ihn aus dem Weg gefegt hatte. Dieses Machtgefühl war einfach berauschend. Das Kribbeln in meinem Fingern wurde zu einem Zucken. Das Verlangen nach mehr Magie, größeren Zaubern und ihre Wirkung wuchs mit jedem Atemzug. Wohin der Mann geflogen war, wusste ich nicht, denn ich trat ohne weiteres Zögern durch die schimmernde Oberfläche.

»Malia!«

Ich hörte Livios Rufe, hatte die Finger seiner Magie an meinem Oberarm kratzen gespürt, doch ich war schneller als er. Die Dunkelheit hatte mich verschluckt, noch bevor er mich aufhalten konnte.

Konzentrier dich auf dein Ziel! Ich drückte meinen Koffer an mich und sammelte meine Gedanken. Den Wüstenzirkel fest vor Augen, rief ich mir das dort stehende Portal ins Gedächtnis. Dort wollte ich ankommen und das würde ich. In einem Wirbel aus bunten Farben nahm meine Reise an Fahrt auf. Ich war auf dem richtigen Weg! Ich hatte es geschafft. Genau so hatte der Master es beschrieben; wenn die Dunkelheit verschwand und man den Farbtunnel erreicht hatte, war der Rest ein Kinderspiel.

Ich behielt das Ziel fest vor Augen und konnte mein Glück kaum fassen, als ich das helle Licht auf mich zurasen sah. Nur noch ein kleines Stück!

Viel zu schnell flog ich aus dem Portal und schlug unsanft auf sandigem Boden auf.

Das Erste, was ich spürte, waren heftige Schmerzen in meinem linken Bein. »Scheiße!«, fluchte ich laut und atmete dabei einen Großteil des aufgewirbelten Sandes ein. Die Folge war ein heftiger Hustenanfall.

»Malia, geht es dir gut?« Ich erkannte Mister Walkers Stimme, noch bevor ich ihn durch die sich klärenden Staubsicht erkannte.

»Nein«, jammerte ich und verzog das Gesicht. Der Schmerz in meinem Bein wurde von Sekunde zu Sekunde schlimmer. Auch ohne hinzusehen, wusste ich, dass ich mich ernsthaft verletzt hatte.

»Hilfe ist unterwegs, bleib liegen«, sagt der Schulleiter und sah sich um.

Meine Finger zitterten und sicherlich wäre ich in Ohnmacht gefallen, wenn ich nicht vollgepumpt mit Adrenalin still meinen Erfolg gefeiert hätte.

Ich hörte Umherstehende tuscheln, vermutlich war ich jetzt das Gesprächsthema Nummer eins. Allein und ohne Reisemagier durch ein Portal zu stürzen, war nicht üblich.

Gegen jegliches Verständnis der Anwesenden, zauberte mir diese Tatsache ein Lächeln auf die Lippen. Ich hatte meine Magie endlich unter Kontrolle!

***

Ich löffelte gerade einen Becher mit Pudding leer, als die Tür zum Krankenzimmer aufging, in dem ich untergebracht war.

»Malia!« Laura stürzte auf mein Bett zu. Hinter ihr betraten zwei mir fremde junge Frauen das Zimmer. »Stimmt es, dass du allein durch das Portal gekommen bist?« Die Stimme meiner Freundin überschlug sich beinahe.

»Ja, das war einfach ung-«, begann ich, wurde jedoch von der schlanken Brünetten unterbrochen.

»Wo ist denn Master Livio Toma?«

»Nicht hier, und wer bist du?«, fragte ich irritiert.

»Tut mir leid, Malia, ich habe ganz vergessen, dir Jeanette und Lizz vorzustellen. Sie gehen mit mir zusammen zur Schule und wollten mitgekommen, um deine Vereidigung zu feiern.«

»Ich bin Lizz«, stellte sich das kleine blonde Mädchen vor.

Jeanette hingegen studierte mein vorübergehendes Zimmer mit geblähten Nasenflügeln.

»Was soll das, Laura?« Ich sah meine Freundin vorwurfsvoll an.

»Sie sind meine engsten Freundinnen. Ich dachte, wir könnten etwas Spaß miteinander haben.« Sie hob entschuldigend die Arme.

Jeanette, die gerade geräuschvoll auf einem Kaugummi kaute, starrte Laura auffordernd an. Ich war mir nicht sicher, was sie ihr damit sagen wollte, doch meine Freundin schien sie zu verstehen. »Nur noch eine Sekunde«, sagte sie zu der Brünetten. »Wie geht es dir?« Laura hatte sich wieder mir zugewandt und setzte sich auf den Rand des Bettes.

»Ich hätte dir so viel zu erzählen. Wo soll ich da anfangen?«

»Vielleicht beim Master«, gluckste Lizz.

»Da gibt es nichts zu erzählen«, fauchte ich. »Und wenn ihr beiden nur deswegen hier seid, dann könnt ihr direkt wieder verschwinden. Livio kommt nicht.« Ich konnte nicht fassen, was sich hier gerade abspielte. Die beiden waren nur mit Laura mitgekommen, um Livio zu treffen.

»Malia, beruhige dich. Lizz hat es nicht böse gemeint. In den Medien sind immer wieder Beiträge von dir und dem Master zu sehen, daher liegt es doch nahe, dass man mal nachfragt.«

Mir schnürte sich die Kehle zu. Laura konnte das unmöglich ernst meinen. Ihr hatte ich schon übers Handy mitgeteilt, dass Livio und ich unsere Startschwierigkeiten gehabt hatten. Sie wusste von unseren gemeinsamen Tagen im Wasserzirkel und wie diese verlaufen waren. Immer eintönig, mit dem Trainieren meiner Magie. Ja, wir hatten zusammen gegessen, aber selbst unsere Unterhaltungen hatten sich fast nur auf meine Magie und die Übungen beschränkt.

»Laura, ich habe schlimme Dinge erlebt. Wäre in einem Portal fast verloren gegangen, wurde von meinem eigenen Zirkel ignoriert und allein gelassen. Ich habe vor lauter Übermut einen ganzen Raum in die Luft gejagt. Heute bin ich allein durch ein Portal gereist! Ich habe mir das Bein bei der Landung mehrfach gebrochen.« Meine Stimme bebte vor

Zorn. War es denn wirklich zu viel verlangt, dass meine beste Freundin mir ihre Aufmerksamkeit schenkte? Mir und nicht dem Master, der mich ebenfalls im Stich ließ, jetzt, wo er mir meine Magie nähergebracht hatte?

Die ersten Tränen kullerten mir über die Wangen. Das alles war zu viel für mich. Beinahe mein ganzes Leben war ich allein gewesen und die letzten Tage hatte ich wirklich das Gefühl gehabt, diese Zeiten hinter mir gelassen zu haben, doch offensichtlich hatte ich mich getäuscht. Livio hatte sein Soll erfüllt und reichte mich an die nächsten Master weiter, und meine Freundin wäre vermutlich überhaupt nicht hier, wenn ich den *Witchstagram*-Star nicht erwähnt hätte.

»Vielleicht sollte ich später wiederkommen«, schlug Laura vor, und jetzt war ich restlos schockiert. Erwartet hätte ich, dass sie ihre Freundinnen rausschickte, um sich meinen Themen zu widmen. Aber ich hatte mich wohl grundlegend in ihr getäuscht.

»Oder du bleibst bei mir und schickst die zwei raus«, zischte ich dennoch und stellte meinen Puddingbecher zur Seite.

»Ich komme später allein«, sagte sie und wollte nach meiner Hand greifen. In Windeseile zog ich sie zurück. Laura sollte wissen, dass ich sauer auf sie war.

Seufzend stand sie auf und verließ mit ihren beiden Freundinnen das Krankenzimmer. Beim Rausgehen hörte ich, wie Jeanette meine Freundin rügte, weil sie ihr versprochen hatte, dass ich locker und spaßig drauf war und das in ihren Augen nicht der Fall war.

Genervt starrte ich zur Decke und fragte mich ernsthaft, was mit Laura los war. Meine Eltern hatten mich auf die Krankenstation begleitet, sich die Erlebnisse der letzten Zeit angehört. Allerdings hatten sie natürlich nur eine abgespeckte Version bekommen, um sie nicht zu beunruhigen. Ich hätte jetzt wirklich gern mit einer Freundin offen über meine Gedanken und Gefühle geredet, doch die Einzige, die dafür infrage kam, hatte offensichtlich Wichtigeres zu tun.

Die nächste halbe Stunde verbrachte ich mit Ricos Akten. Natürlich hatte ich sie mitgenommen, und versuchte weiterhin, aus ihnen schlau zu werden. Livio hatte recht behalten, je mehr ich mich mit ihnen beschäftigte, desto besser verstand ich Rico.

Seine Reise mit dem Portal hätte eine Zeitreise der Liebe wegen werden sollen. Er hatte seine Geliebte vor Jahren verloren. Auch sie war Elitemagierin gewesen und bei einem Auftrag in der Dämonenwelt umgekommen. Das Puzzle fügte sich immer weiter zusammen. Er hatte all die Jahre ohne sie gelitten.

Gänsehaut trieb mir über die Arme und ich hatte das Gefühl, dass die Temperatur im Raum um ein paar Grad sank. Für einen kurzen Augenblick hegte ich die Hoffnung, Livio würde kommen. Als es dann noch an der Tür klopfte, schlug mein Herz schneller.

»Ja«, antwortete ich.

»Störe ich?«

Es war nicht Livio, aber dennoch freute ich mich über meinen Besucher.

»Komm rein.« Mühevoll setzte ich mich aufrechter hin.

Darian hatte einen Blumenstrauß in der Hand und lief auf mich zu. »Ich habe dir eine Kleinigkeit mitgebracht«, sagte mein ehemaliger Lehrer und hielt mir freudig den Strauß entgegen.

»Wow, wie komme ich denn zu dieser Ehre?« Dankend nahm ich die Blumen entgegen. Auch wenn ich nicht wusste, wie sie hießen, waren sie mit den Farben Orange und Lila ein wirklich toller Blickfang. »Sie sind wunderschön.«

Darian lächelte mich an und schnappte sich den Stuhl, der in der Ecke für Besucher bereitstand, und setzte sich neben mein Bett.

»Wie geht es dir denn?«, fragte er und musterte mein Bein.

»Verdammt harte Landung. Aber, hey, ich kann jetzt allein durch Portale reisen.« Ich grinste den Mann vor mir an.

»Allein portalreisen ist für eine frisch ausgebildete Elitemagierin schon beachtlich. Wenn man den Gerüchten glauben darf, kommst du direkt von Paris?«

Ich nickte. Vor einer Woche noch hätte ich selbst behauptet, dass es schier unmöglich war, aber meine Magie war genau für solche Zauber bestimmt. Es hatte sich beinahe leicht angefühlt, wenn ich rückblickend darüber nachdachte.

»Das ist einfach unglaublich. Ich kenne nur einen Magier, der Magie besitzt, die mit deiner vergleichbar ist.«

»Kennst du Rico persönlich?« Natürlich wusste ich, von wem er sprach, denn wirklich jeder, der meine Magie erwähnte, zog Vergleiche zu ihm.

»Wer nicht?«

»Ich kenne ihn nicht. Aber ich höre in letzter Zeit recht viel von ihm.«

»Wenn er von seiner Mission zurück ist, wirst du ihn sicher kennenlernen. Ich denke, von ihm kannst du viel lernen.« Darian schob sich seine Brille zurecht. Es war erstaunlich, dass die eigenen Magier unseres Zirkels noch immer nicht die Wahrheit hinter Ricos Verschwinden kannten.

»*Du weißt, dass er sie nicht braucht. Er glaubt, dadurch attraktiver zu wirken.*«

»Geht es dir schlechter?« Darian richtete sich auf. Mir musste die Farbe aus dem Gesicht gewichen sein, so besorgt, wie er mich ansah. Die Stimme hatte er offensichtlich nicht gehört.

Ich winkte ab und sah mich unauffällig im Raum um. Livio war hier, also hatte mich mein Gefühl doch nicht getäuscht. »Ich würde mich freuen, Rico endlich kennenzulernen.«

»*Das wirst du.*«

»Das wirst du.«

Livio antwortete zeitgleich mit Darian. Ich hatte keine Ahnung, ob oder wie ich mit dem Master über Gedanken kommunizieren konnte, doch er sollte verschwinden. Er hatte hier nichts verloren.

»Darfst du wieder arbeiten?«

»Ich arbeite daran«, scherzte er und schenkte mir ein bezauberndes Lächeln.

»*Achtung, Füße hoch, der kam flach!*«

Genervt verdrehte ich die Augen. Warum konnte er nicht einfach verschwinden? Dieses Gespräch war privat.

»Es ist nicht deine Schuld. Gib dem Ganzen Zeit.« Darian hatte meine Mimik falsch gedeutet.

»Ich hoffe, dass alles kann bald aufgeklärt werden.«

Überraschenderweise griff Darian nach meiner Hand und drückte sie sanft. »Wir haben nichts falsch gemacht. Es wird sich alles klären.«

Sicherlich war die Geste nur freundschaftlich gemeint, doch sie kam unerwartet. Ich schaute auf unsere Hände und dann wieder in seine Augen.

Er wollte seine Hand gerade zurückziehen, als ich sie fest zusammendrückte. Keiner sagte etwas, selbst die Stimme aus dem Nichts schwieg für einen Augenblick.

»Was sagen die Ärzte wegen deines Beins? Wie lange wird es dauern, bis du raus bist?«

Mit einem Blick auf den Gips zuckte ich mit den Schultern. »Maximal zwei Tage, dann kann er ab. Allerdings müssen wir mit dem Training noch ein paar Tage länger warten.« Mit Magie heilten Wunden wesentlich schneller, auch ein dreifach gebrochenes Bein wie meins war nach spätestens drei Tagen wieder verheilt.

»Ich hatte nicht zuerst an ein Training gedacht, sondern eher an ein Abendessen.«

Selbst schlucken half nicht gegen meinen trockenen Hals. Hatte mich Darian gerade nach einem Date gefragt?

Ich hatte mit einer spöttischen Reaktion von Livio gerechnet. Einem kleinen, unnötigen Kommentar, doch es kam nichts dergleichen. Ich wusste nicht einmal mehr, ob er noch anwesend war. Es war mir allerdings auch egal.

»Ich würde sehr gern mit dir essen gehen«, antwortete ich meinem ehemaligen Lehrer. Erleichtert stieß er die Luft aus. Hatte er wirklich Angst vor einer Ablehnung gehabt?

»Du kannst dir nicht vorstellen, wie sehr ich mich darüber freue.«

Doch das konnte ich, mir ging es ähnlich.

Date Night

Drei Tage nachdem Darian mich eingeladen hatte, war es dann endlich so weit. Ich stand gerade vor dem hohen Spiegel in meinem neuen Zimmer und prüfte mein Kleid. Meine Wahl war auf ein orangenes Sommerkleid mit raffinierter Schnürung an den Seiten gefallen.

Von Livio hatte ich seit meinem Krankenhausaufenthalt nichts mehr gehört. Selbst als Darian das Krankenzimmer verlassen hatte, war er nicht aus seinem Versteck gekommen.

Laura hatte sich bei mir entschuldigt, doch dank meiner vielen Verpflichtungen hatte ich keine Zeit gefunden, mich mit ihr und ihren Freundinnen zu treffen. Die Master und Kreismagier unseres Zirkels hatten mich und meine Magie auf Herz und Nieren geprüft, soweit es mein Krankheitszustand zugelassen hatte. Im ständigen Wechsel war jemand aufgetaucht und wollte etwas wissen oder testen. Mit dem morgigen Tag würde mein neues Training beginnen.

Ich war gespannt, was auf mich zukommen würde, denn allzu viel Zeit konnten wir nicht mehr verstreichen lassen. Heute Morgen war ich bei der Sanduhr gewesen und hatte festgestellt, dass der gefallene Sandhaufen seit meinem letzten Besuch noch weiter gewachsen war.

Es klopfte an meiner Zimmertür.

»Es ist offen«, rief ich durch den weiten Raum. Mein neues Zimmer lag in einem der Wohnhäuser für Elitemagier und war doppelt so groß wie mein vorheriges. Meine Eltern, Laura und ihre Freundinnen waren in einem Besucherhaus untergebracht. Bis vor kurzem hatte ich nicht einmal gewusst, dass wir so etwas in unserem Zirkel besaßen.

»Du siehst wirklich toll aus.«

Freudig drehte ich mich zu meinem Date um. Hätte mir vor drei Wochen jemand erzählt, dass ich mich privat mit meinem Lehrer treffen würde, hätte ich es nicht geglaubt. Doch in letzter Zeit war so viel passiert. Es gab keinen Tag mehr, an dem Darian und ich uns nicht schrieben. Unsere Gespräche waren meist tiefgründig und das gefiel mir sehr. Zudem war der Lehrer stets höflich und rücksichtsvoll, was mir imponierte.

»Und wohin gehen wir?«, fragte ich neugierig und studierte mein Gegenüber. Er trug eine dunkle Jeans und ein enges, beiges Shirt. Er war Lehrer für Kampfkunst, was man seinem Körper deutlich ansah. Selbst unter der Kleidung zeichneten sich seine definierten Muskeln ab.

»Rom, Madrid, wo immer du hinwillst«, sagte er und steckte lässig seine Hände in die Hosentasche.

Einmal mehr wurde mir bewusst, was für Privilegien wir Magier besaßen. Wir konnten von jetzt auf gleich das Land verlassen, weil es für uns keine menschlichen Grenzen gab. Dass ich diese mit meinen gerade mal achtzehn Jahren noch nicht alle ausgekostet hatte, war logisch, aber genau in dieser Sekunde nahm ich mir vor, es baldmöglichst nachzuholen.

»An den Ort, an dem du geboren wurdest«, schlug ich vor und Darian straffte die Schultern.

»Gut, dann auf zum Portal.« Er bot mir seinen Arm an und ich hakte mich bei ihm unter. Binnen weniger Sekunde spuckte uns die Spirale direkt vor den beiden hohen, wabernden Scheiben aus.

Ich war gespannt, wohin wir reisen würden. Spätestens wenn wir uns einer Gruppe Reisender anschlossen, würde ich es erfahren.

Am heutigen Abend war es recht ruhig an den Portalen. Die meisten Wartenden unterhielten sich über belanglose Dinge wie das Wetter oder Urlaubeziele, die sie für den Sommer ins Auge gefasst hatten.

»Auf geht's.« Ich begriff erst, was Darian vorhatte, als er meine Hand genommen und mich mit durch das Portal gezogen hatte.

Ein Strudel aus bunten Farben verschluckte uns. Ich hatte keine Ahnung davon gehabt, dass Darian des Portalreisens mächtig war. Er überraschte mich immer wieder.

Die Nähe, die durch das Portal zu ihm entstand, war befremdlich, und doch fühlte sie sich gut an. Er roch nach Wärme, Sommer und Kakteen, ganz anders als Livio. Die beiden waren grundverschieden. Während der Master immer distanziert und kühl war, versprühte Darian eine beruhigende Wärme, die mein Herz zum Schmelzen brachte.

Mit einem eleganten Sprung landeten wir auf sandigem Boden und wurden von fünf umherstehenden Magiern beäugt. Dieses Portal war nicht so überrannt wie unseres im Zirkel oder das in Paris und schien sich ganz offensichtlich in einer Höhle oder dergleichen zu befinden.

Ich drehte mich um und erst jetzt wurde mir bewusst, dass wir uns vermutlich gar nicht unterhalten konnten. Ich öffnete den Mund und wollte gerade etwas sagen, als Darian einen Finger hob und ihn mir auf die Lippen legte. Ich spürte, wie Magie auf mich zulief.

»Ich habe diesen Zauber schon seit Jahren nicht mehr angewendet. Verstehst du mich?«

»Es funktioniert«, sagte ich. Irgendwann musste ich solch einen Zauber auch lernen. Es vereinfachte so viel und ich fragte mich, warum man so etwas nicht schon direkt im ersten Jahr in der Ausbildung zum Elitemagier lernte.

Darian strahlte übers ganze Gesicht. »Willkommen in Italien.«

»Und wo genau sind wir?«, fragte ich und schaute mich lächelnd um. Ich hörte das Meer rauschen, doch es drang nur dumpf zu uns herüber.

»Jetzt im Augenblick noch in Palermo.« Darian setzte sich in Bewegung und ich folgte ihm.

Die Menschen um uns herum grüßten freundlich, als wir vorübergingen, was wir ebenso freundlich erwiderten. Im Zirkel wäre so etwas nicht passiert, bei diesen Menschmassen konnte man von Glück reden, wenn man bei versehentlichen Zusammenstößen nicht blöd angemacht wurde.

Wir traten auf eine Art Balkon, der ganz offensichtlich für Menschen unpassierbar war. Hier musste Magie gewirkt werden, um überhaupt raufzukommen, denn dieser Eingang war mitten in einen Berg geschlagen. Es war ein sternenklarer Abend. Eine warme Brise blies mir durch das Haar, während wir das Glitzern der Lichter der umliegenden Häuser und Restaurants bestaunten.

»Das ist wunderschön«, flüsterte ich und wusste gar nicht, wohin ich zuerst sehen sollte.

»Das ist es. Allerdings reisen wir noch ein Stück weiter.« Er streckte mir seinen Arm entgegen.

Wegen mir hätten wir gern hierbleiben können, sicherlich gab es wundervolle Restaurants in der Nähe. Allerdings hatte sich Darian bestimmt etwas Schönes überlegt, daher hakte ich mich bei ihm unter.

Die Spirale spuckte uns wenige Sekunden später wieder hinter einer Felswand aus.

»Reist man in Italien von Fels zu Fels?« Es war ein kleiner Raum, der vielleicht fünf Menschen Platz bot und wohl ebenfalls nur für Magiebegabte zugänglich war. Hier hörte ich das Rauschen des Meeres deutlicher und war gespannt, wohin mich mein Begleiter gebracht hatte.

»Nein, diesen Ort kann nicht jeder Magier betreten.« Er machte eine wischende Handbewegung vor dem Felsen, der sofort vor meinen Augen waberte.

Ohne Vorwarnung griff Darian nach meiner Hand und zog mich ins Freie.

Mir blieb die Spucke weg. Wir waren wirklich direkt am Meer, allerdings nicht, wie ich vermutete hatte, in einem kleinen, schnuckeligen Restaurant am Strand, sondern in einer

Grotte. Die Wellen schlugen direkt an den Felsen auf, in dessen Innerem ein Restaurant errichtet worden war.

Ich hatte so etwas zuvor noch nie gesehen. Überall waren Lampen angebracht und sorgten mit ihrem warmen Licht für eine romantische Atmosphäre. Auf den Tischen lagen weiße Tischdecken, was dem Ambiente eine gewisse Eleganz zusprach.

Darian, der meine Hand noch immer fest umschlossen hielt, führte mich eine kleine Treppe hinunter und zum einzigen freien Tisch mit Ausblick auf das Meer.

Ich wusste nicht, was ich sagen oder denken sollte. Was mir allerdings sofort in den Sinn kam, war, dass ich viel zu leger gekleidet war.

Darian zog einen der Stühle zurück, damit ich mich setzten konnte. Dann nahm er gegenüber von mir Platz.

»Was ist das hier für ein Restaurant?« Ich konnte mir die Frage nicht verkneifen und mein Begleiter schien mit seiner Überraschung sehr zufrieden, zumindest verriet mir das sein Grinsen.

»*Grotta Palazzese*, ein Höhlenrestaurant. Ich hoffe, es gefällt dir.« Er faltete die Hände und legte sie vor sich auf dem Tisch ab.

Ich konnte mir nicht vorstellen, dass man hier einfach so reservieren konnte, geschweige denn aus dem Nichts auftauchen und sich einen freien Platz in Anspruch nehmen durfte.

Neugierig schaute ich mich um. Es waren alle Plätze belegt. »Es ist unglaublich!«

»Ich wollte, dass unser erstes Abendessen unvergesslich wird.«

»Wir wussten doch noch gar nicht, wohin wir gehen, wie hast du hier so schnell einen Tisch organisiert?«

»Ich habe Mittel und Wege«, verkündete mein Begleiter. Über seinen arroganten Unterton hörte ich hinweg.

»Mister Laurenz, schön, Sie zu sehen. Ihre Begleitung sieht ganz bezaubernd aus.« Ein Kellner war an unseren Tisch getreten und lächelte mir freundlich zu.

»Sie ist bezaubernd, danke. Schön, dass das mit dem Tisch so spontan geklappt hat.«

Ich musste mehrfach blinzeln. Der lässige Lehrer wirkte hier in diesem Umfeld wie ein reicher Geschäftsmann. Ich war verwirrt.

»Für Sie jederzeit«, antwortete der Kellner und reichte uns die Karte.

Ich schlug die erste Seite auf und konnte es mir nicht verkneifen, einen Blick über den Rand zu werfen, um noch einmal zu überprüfen, ob ich auch wirklich mit Darian hier war.

Ihm war das natürlich nicht entgangen.

»Was ist?«, fragte er lachend.

Ich legte die Karte vor mir ab. »Ich lerne gerade eine neue Seite an dir kennen.«

»Ich würde eher behaupten, du lernst *mich* gerade kennen.«

Was ich darauf antworten sollte, wusste ich nicht, daher schnappte ich mir die Karte und las sie aufmerksam.

Es dauerte nicht lange, da erschien der Kellner mit zwei Gläsern Sekt und nahm die Speisen auf.

Da ich nicht unhöflich sein wollte, stieß ich mit Darian an und nippte vorsichtig an dem Getränk.

»Ich muss gestehen, dass ich diesem Zeug nichts abgewinnen kann«, sagte er mit verzogenem Gesicht.

»Na, dann sind wir schon zu zweit«, murmelte ich und stellte das Glas vor mir ab.

»Und ich dachte anhand der Fotos, die es von dir und dem Master gibt, dass du das Zeug liebst.«

Ich wusste, von welchen Fotos er sprach. »O nein, Livio hat mir in Paris jeden Morgen ein Glas eingegossen und es am Ende selbst ausgetrunken.«

»Hast du ihm denn nicht gesagt, dass du das nicht trinkst?«

»Doch, aber er hört nicht zu.« Ich zog meine Schultern in die Höhe.

»Er hat viel um die Ohren, bestimmt hat er es überhört. Ich habe ihn und die beiden anderen Master oft im Wüstenzirkel gesehen.«

Das irritierte mich jetzt ein wenig, weil er zu mir gesagt hatte, wir würden uns erst in La Palma wiedersehen. Er war in meiner Nähe gewesen und hatte mich ignoriert. Mein Magen zog sich zusammen.

»Du arbeitest mit ihm an dem Fall der Dämonentore?«
Darian hob erwartungsvoll die Augenbrauen.

»Im Grunde weiß ich noch gar nicht, wie unsere Zusammenarbeit aussehen soll. Er ist recht verschlossen und sehr launenhaft, wenn du mich fragst. Zuerst reist er mit mir nach Paris, um mir die Möglichkeit zu geben, in Ruhe mehrere Akten zu studieren, zwischendurch reisen wir zum Wasserzirkel, damit ich meine Magie kennenlerne. Doch als ich gerade anfange, ein Gefühl für den Fall und meine Magie zu entwickeln, bringt er mich zu meinem Zirkel zurück mit dem Vermerk, dass mich jetzt andere unterrichten sollen, weil er noch viel vorbereiten muss.«

Darian hatte mir aufmerksam zugehört. »Er vertraut dir«, schlussfolgerte er und wich dem Kellner aus, der das Essen vor uns abstellte.

»Das sehe ich anders. Er hat mir das mit meinem neuen Lehrplan fünf Minuten vor der Abreise eröffnet. Ich hatte nicht mal die Chance, etwas dagegen zu sagen.«

»Ist es dir denn wichtig, dass er dich trainiert? Ich könnte sicher etw-«

»Nein!«, unterbrach ich meinen ehemaligen Lehrer. »Mir geht es nur ums Prinzip. Er hat mir gesagt, wir sind Kollegen und arbeiten zusammen. Das bedeutet für mich auch, in wichtige Gespräche und Entscheidungen miteinbezogen zu werden.«

»Ich gebe dir absolut recht, kann mir allerdings vorstellen, dass er dich nicht überfordern wollte. Das, was du gerade lernst und in dir aufnimmst, schaffen andere ein ganzes Leben lang nicht.«

Warum war Darian dem Master so wohlgesinnt? Ich musste an die Krankenstation denken und Livios unnötige Kommentare zu meinem ehemaligen Lehrer. Vielleicht sollte ich das mal erwähnen, dann würde er ihn sicherlich nicht mehr in Schutz nehmen.

Schweigend widmeten wir uns dem Essen. Nachdem ich meinen Teller bis auf den letzten Krümel leergegessen hatte, genehmigten wir uns noch einen Kaffee.

»Ich würde gern Morgen mit dem ersten Training beginnen«, sagte Darian. »Mein Ziel ist es, deine letzten Magiebanner bis Ende der Woche entfernt zu haben. Ist das okay für dich?«

»Natürlich, je schneller desto besser. Aber hattest du nicht gesagt, ich werde dich heute Abend kennenlernen?« Ich lehnte mich auf dem hölzernen Stuhl zurück und schaute den dunkelhaarigen Mann mir gegenüber auffordernd an.

»Jetzt wird es spannend. Eine Frage für eine Frage«, schlug er vor und ich stimmte mit einem Nicken zu.

»Wie alt bist du?«

»Fünfundachtzig.«

Darian war jünger, als ich erwartet hatte. Sofort fragte ich mich, wieso er so weite Strecken durch Portale reisen konnte. Die meisten Portalreisemagier waren mindestens doppelt so alt.

»Warum genau sind deine Freundinnen hier? Sie verbringen die meiste Zeit damit, Selfies zu machen und vor dem Masterhaus herumzulungern.«

Das Auflachen konnte ich nicht zurückhalten. »Ich bin mir ziemlich sicher, dass sie wegen Livio hier sind und nicht wegen mir. Vermutlich hoffen sie auf einen Schnappschuss mit dem *Witchstagram*-Star.« Die letzten beiden Wörter betonte ich besonders, um gleich die Botschaft über meine Meinung zu dieser App mit zu vermitteln.

»Gut, das ist er nun mal. Ich bewundere ihn für sein Durchhaltevermögen.«

»Durchhaltevermögen?« Die Frage kam mir schneller über die Lippen, als ich drüber nachgedacht hatte, denn immerhin wollte ich etwas über Darian erfahren und nicht über den Master.

»Seine Verlobte hat diesen Account angelegt. Sie hatte wahnsinnig viel Spaß an den sozialen Medien und hat den Großteil der Followerschaft aufgebaut. Ich glaube, das ist so ein psychologisches Ding. Ihr war dieser Account wichtig, deshalb führt er ihn weiter.«

Mir fuhr es durch Mark und Bein. Ich war noch nie auf die Idee gekommen, den Feed bis zum Anfang durchzuscrollen.

»Wann ist sie gestorben?«

»So funktioniert das Frage-Antwortspiel nicht.« Darian wedelte mit dem Zeigefinger. »Ich bin dran. Was ist deine liebste Eissorte?«

»Grüner Apfel.« Um ehrlich zu sein, wusste ich nicht einmal, ob es diese Sorte wirklich gab, doch ich wollte unbedingt wissen, was mit der Frau passiert war.

Darian winkte dem Kellner zu, flüsterte ihm etwas ins Ohr und wartete, bis dieser nickte. »Vor acht Jahren«, sagte er dann, ohne dass ich noch einmal fragen musste. »Sie ist bei einem Auftrag im Dämonenreich umgekommen. Für Master Toma ist eine Welt zusammengebrochen. Er hat seinem Vater eine Teilschuld zugesprochen, aber wie genau es abgelaufen ist, weiß ich nicht.«

Ich konnte mir nicht vorstellen, was Livio alles durchgemacht haben musste, doch seine Affinität für *Witchstagram* hatte gerade eine ganz andere Bedeutung bekommen. Mich berührte diese Geschichte mehr, als ich mir eingestehen wollte. Sie zeigte mir umso deutlicher, dass ich den Master überhaupt nicht kannte. Was mir allerdings ebenfalls auffiel, war die Parallele zu Ricos Geliebter. Wenn ich mich recht erinnerte, war Ricos große Liebe ebenfalls bei einem Auftrag im Dämonenreich gestorben.

»Habt ihr das Portalöffnen denn schon geübt?« Darians Frage holte mich aus meiner Überlegung.

»Mehr als einmal«, antwortete ich. »Allerdings habe ich keine Ahnung, wie ich an Ricos Zauberspruch kommen soll.«

Darian lehnte sich lässig zurück. »Wenn ich du wäre, würde ich in seinem Zimmer mit der Suche danach beginnen.«

Laut der Akten war Ricos Zimmer mehr als einmal durchsucht worden, daher konnte ich mir nicht vorstellen, dass ich die Lösung dort finden würde.

Als mir ein großer Eisbecher direkt vor die Nase geschoben wurde, realisierte ich erst wirklich, dass ich nicht mit und wegen Livio hier war, sondern mich mehr mit Darian beschäftigen sollte.

»Ist das etwa Apfeleis?«, fragte ich lauter als beabsichtig.

Darian lächelte mich freudig an. »Vom grünen Apfel, um genau zu sein.«

Die letzten Magiebanner

Darian hatte mich bis zu meiner Schlafzimmertür gebracht. Er war der perfekte Gentleman. Aufmerksam, liebevoll und stets höflich. Der Abend war wirklich wundervoll verlaufen. Vom Restaurant, dem Essen bis hin zu dem kleinen Spaziergang, den wir noch unternommen hatten. Das Thema Livio hatte ich nicht noch einmal angesprochen, dafür allerdings erfahren, dass Darian zwar in Italien aufgewachsen war, aber nicht einmal ansatzweise in der Nähe dieses atemberaubenden Restaurants. Er hatte zugegeben, mich beeindrucken zu wollen, was ich unglaublich süß fand.

»Miss Limmer, ich hoffe, ich konnte Ihnen einen unvergesslichen Abend bescheren«, sagte er, nahm meine Hand und hauchte mir einen Kuss darauf.

Mein Herz setzte einen Schlag aus. Wie konnte man nur so unfassbar toll sein? Unsere Blicke trafen sich, als er lächelnd von meiner Hand aufschaute. Eigentlich war ich eher der zurückhaltende Typ Frau, doch als er sich auf die Unterlippe biss, vermutlich aus Verlegenheit, konnte ich nicht mehr an mich halten. Stürmischer als beabsichtigt packte ich ihn am Hemdskragen und zog ihn zu mir ran. Seine Lippen waren genau so weich wie ich sie mir vorgestellt hatte. Ich wollte mehr.

Zu meiner Erleichterung erwiderte er nach dem ersten Überraschungsmoment meinen leidenschaftlichen Übergriff und ließ sich von mir in mein Zimmer ziehen.

Er stieß die Tür hinter uns zu. Wir verschwendeten keine Zeit mit vorsichtigem Antasten. In Windeseile hatte mir Darian zwischen zwei Küssen das Kleid über den Kopf gezogen und mich Richtung Bett bugsiert.

Ich hatte in meinem Urlaub in Deutschland schon Erfahrung mit einem Mann gesammelt, doch so schnell waren wir damals nicht zur Sache gekommen. Seine starken Arme hoben mich auf die Matratze, während er sich dabei geschickt die Schuhe von den Füßen kickte.

»Seit Monaten träume ich von diesem Moment«, hauchte er mir zu, während ich sein Shirt in eine Ecke warf.

Ein Räuspern ließ uns zusammenzucken. Jemand knipste das Licht an.

»Mister Laurenz. Ich habe Ihnen Malia anvertraut, um sich um ihre Magieentwicklung zu kümmern, und nicht um sie sex-«

»Hast du den Verstand verloren?!«, brüllte ich. Mein Herz raste. Ich stand kurz vor einem Infarkt. Livio lehnte mit verschränkten Armen an meinem Fenster. Ich konnte es nicht fassen.

»Master Toma …« Auch Darian war überrascht.

»Ich?«, fragte er und stellte sich aufrechter hin. »Seine Aufgabe ist es, dir mit deiner Magie weiterzuhelfen. Nicht …«, er wedelte wild mit den Händen vor uns herum, »das da, was auch immer das hätte werden sollen!«

Was nahm sich dieser unverschämte Kerl überhaupt raus? Ich löste mich aus Darians Armen und trat auf den Master zu.

»Dich geht das überhaupt nichts an! Verschwinde aus meinem Zimmer!«, fauchte ich.

»Schon gut, Malia, wir sehen uns morgen beim Training. Ihr habt sicher noch etwas wegen eures Auftrags zu besprechen.« Darian sammelte sein Shirt ein und schlüpfte zurück in seine Schuhe.

»Danke, Mister Laurenz, das haben wir.« Livio stand jetzt direkt vor mir und schaute mich aus zornig funkelnden Augen an.

Ich hörte, wie die Tür ins Schloss fiel.

»Es ist mitten in der Nacht! Ich bin eine erwachsene Frau. Ich kann tun und lassen was ich will«, erinnerte ich den Master und bohrte ihm meinen Zeigefinger in die Brust.

»Denkst du, ich wäre freiwillig hier, wenn es sich nicht um einen Notfall handeln würde? Wenn du einfach mal an dein scheiß Handy gegangen wärst, dann hätte ich mir dieses Szenario erst gar nicht antun müssen!« Die Stimme des Masters bebte. Auch sein Brustkorb hob und senkte sich schnell.

»Ich …« Mir fehlten die Worte. »Was ist denn so Dringendes passiert?« Den bissigen Unterton konnte ich mir nicht verkneifen. Wenn es nicht wirklich um Leben und Tod ging, dann würde er gleich sein blaues Wunder erleben.

»Die Sanduhr. Sie läuft viel zu schnell.«

Mein Mund klappte auf. »Was bedeutet das?«

»Uns bleiben vielleicht noch zwei oder drei Wochen, um den Zauber zu finden, ihn anzuwenden, Rico zurückzuholen und das Tor zu stabilisieren.«

»Wochen?« Ich musste mich auf den Rand meines Bettes setzen, sonst wäre ich vermutlich umgefallen.

»Wenn es gut läuft«, wiederholte Livio und setzte sich ungefragt neben mich.

»Ich bin noch nicht so weit. Ich brauche mehr Zeit.« Ich hatte noch keine Möglichkeit gefunden, nach dem Zauber zu suchen. Rico hatte Jahre gebraucht, um ihn zu gestalten, wie sollte ich dies in ein paar Wochen schaffen?

»Wir müssen die Magiebanner entfernen. Du wirst deine ganze Kraft brauchen.«

Ich sah auf meinen Knöchel, um den die Schmuckstücke hingen.

»Weißt du, warum wir in Paris in meiner Wohnung geschlafen haben?«

Wie kam er denn jetzt auf diesen abrupten Themenwechsel?

»Weil ich mich dort ungestört auf Ricos Akten konzentrieren konnte«, wiederholte ich seine Worte von damals.

»Und weil ich direkt in deiner Nähe war. Wenn der ungezügelte Teil deiner Magie ausbricht, liegt alles um dich herum in Schutt und Asche. Ich wollte weder deinen noch meinen Zirkel in dieser Gefahr wissen.«

Er hatte sich selbst dieser Gefahr ausgesetzt, um die anderen zu schützen? Dieser Mistkerl machte es einem wirklich schwer, ihn zu hassen.

Ich verstand augenblicklich, warum er mir das erzählte: Er wollte mir die Banner jetzt gleich abnehmen. Somit wäre ich wieder die tickende Zeitbombe, die jederzeit ihre Magie im Schlaf wirken konnte. »Soll ich ins Schülerhaus ziehen?«

»Du kannst ins Schülerhaus ziehen, wir können zusammen nach Paris oder ich kann dir anbieten, heute Nacht hier in deinem Zimmer zu bleiben, weil es schon spät ist.«

Ich starrte den Master mit hochgezogenen Augenbrauen an.

Mit einem spitzbübischen Grinsen ließ er seinen Blick über meinen beinahe nackten Körper wandern. »Wenn du dir etwas anziehst.«

Er spielte mit mir, den Spieß konnte ich umdrehen.

»Du hast mich schon nackt gesehen. Leb mit mir und meiner Unterwäsche.« Ich rutschte ein Stück auf dem Bett zurück und legte meinen Fuß, um den die Kettchen baumelten, dreist auf seinem Oberschenkel ab.

Es war das erste Mal, seit ich Livio kannte, dass ich ihn sprachlos sah. Er drehte seinen Kopf über die Schulter, um mich mit funkelnden Augen anzustarren.

»Ich bin ein Halbdämon, weißt du, was ich jetzt mit dir machen könnte?« Seine kalten Hände legten sich um meinen Knöchel.

»Nichts! Weil du auch halb Magier bist. Entferne mir die Banner und dann lass mich bitte schlafen. Ich muss morgen für Darian fit sein.«

Sein Griff um meinen Knöchel verstärkte sich. »Ich werde dich trainieren«, zischte er und wenn ich es nicht besser gewusst hätte, hätte ich schwören können, einen Hauch Eifersucht aus seiner Stimmlage zu hören.

***

Ich stand vor einer leeren Portalplatte. Sie war viel größer als die, die ich kannte. Den kleinen gelben Zettel in meiner Hand drückte ich fest zusammen.

»Livio, wir können beginnen«, murmelte ich.

Der Berg vor mir grollte bedrohlich. Mit seinen dicken Rauchschwaden erinnerte er mich stark an einen Vulkan.

»Livio?« Ich schaute mich zu allen Seiten um. Er war nicht da. Außer dem dunklen Gestein konnte ich weit und breit nichts entdecken.

Er musste hier sein, er hatte mir versprochen, mich nicht allein zu lassen. Zwischen dem Geruch von brodelnden Magma vernahm ich einen Hauch Winternacht.

»Livio, bitte, ich schaffe das nicht ohne dich.« Meine Hände zitterten. Wieder schaute ich mich zu allen Seiten um. Irgendwo musste er doch sein. Wir wollten das Tor öffnen, Rico holen und heimgehen.

Wieder erklang dieses angsteinflößende Grollen. Ich schaute zu den aufsteigenden Rauchschwaden. Jetzt erkannte ich den Vulkan vor mir mehr als deutlich.

»Uns bleibt keine Zeit mehr!«, rief ich in der Hoffnung, der Master würde gleich auftauchen. Ich wurde von Sekunde zu Sekunde nervöser. Schweiß lief mir über die Stirn und ich hatte das Gefühl, gleich in Tränen auszubrechen. Wie sollte ich das Tor allein öffnen? Plötzlich spürte ich einen Druck um meinen Knöchel. Es folgte ein weiterer und noch einer. Magiebanner! Wo kamen die denn jetzt her?

Und dann passierte es. Der Vulkan grollte ein letztes Mal und Sekunden später schoss Lava meterweit in die Höhe. Hitze waberte mir entgegen, als der Strom auf mich zuschoss.

»Nein!«

Magie griff nach mir. Hielt mich wie in Ketten gefangen. Mein erster Gedanke galt den Magiebannern. Ich riss die Augen auf. Wo war ich?

»Malia, beruhige dich.« Das war Livio. Dem Himmel sein Dank, er war da.

Ich holte tief Luft und blinzelte gegen die Tränen an. Ich hatte nur geträumt. Meine Decke lag zerwühlt neben mir. Auf der anderen Seite befand sich der Master. Eine Hand ruhte auf meinem Oberarm, die andere unter meinem Nacken, als wenn ich mich gerade aus einer Umarmung von ihm gelöst hätte.

Erleichtert entspannten sich meine Muskeln und ich legte meine nassen Wangen gegen seinen Oberarm.

»Hey, es ist alles gut«, redete er beruhigend auf mich ein und rutschte so in Position, dass ich meinen Kopf an seine Brust drücken konnte.

Hemmungslos fing ich an zu schluchzen. Meine Fingerspitzen kribbelten und ich wusste, dass ich Magie gewirkt hatte. Mein Kopf schmerzte, was ein weiteres Zeichen sein konnte. Ich war froh, nicht allein zu sein, meine Gedanken tanzten in einem wirren Strudel.

»Wir haben es im Griff, es ist nichts passiert.« Livio streichelte mir sanft über den Kopf.

»Du musst mir etwas versprechen!«, forderte ich mit zitternder Stimme.

»Muss ich das?«

»Lass mich nicht allein! Niemals«, schluchzte ich gegen seine Brust. Es lag so viel mehr in meinen Worten, als er ahnen konnte. Livio war mehr als nur ein Mentor, er war ein wahrer Freund für mich geworden. Ich hatte ihn die letzten Tage schrecklich vermisst, das wurde mir erst jetzt so richtig bewusst.

»Solange du mich bei dir haben willst, werde ich für dich da sein. Das verspreche ich.«

Drei Tage waren seit meiner Albtraumnacht vergangen. Drei Tage, die vollgepackt waren mit Trainieren, Trainieren und noch mal Trainieren. Livio hatte wie angekündigt die Übungen selbst übernommen. Niemand außer ihm und mir waren während dieser Zeit in der Arena. Wenn das Training vorüber war, warteten bereits meine vermeintlich beste Freundin und ihre Anhängsel am Eingang der Arena.

Livio hatte das nach dem ersten Tag schon mitbekommen und flüchtete, während der Fahrstuhl noch auf dem Weg zum Ausgang war, stets mittels Spiralmagie. Natürlich waren die drei jungen Frauen jedes Mal enttäuscht, wenn ich ohne ihn auftauchte, was mir vollkommen gleichgültig war. In zwei Tagen würden sie endlich abreisen, was wohl für den gesamten Zirkel eine Erleichterung war.

»Möchtest du heute Abend allein sein?«

Livio hatte jeden Abend bei mir geschlafen, weil ich Angst hatte, wieder einen Traum zu haben, in dem ich versuchen würde, mich mit Magie zu schützen. Ich wusste, dass er auch ein Privatleben hatte und es sicherlich wieder zurückhaben wollte, doch ich musste zugeben, dass ich mich an seine Anwesenheit gewöhnt hatte und mir der Gedanke, allein in meinem großen Bett zu liegen, gar nicht gefiel.

»Du musst nicht bei mir schlafen«, sagte ich schnell.

»Aber?« Natürlich wusste er sofort, dass mir etwas auf der Seele lag. Wir verbrachten unglaublich viel Zeit miteinander, er kannte mich mittlerweile besser als Laura.

»Bei dir fühle ich mich sicher«, murmelte ich leise.

Livio hatte es gehört, das erhabene Glitzern in seinen Augen verriet es mir. »Was hast du gesagt? Ich habe dich nicht verstehen können.« Er hob seine Hand ans Ohr.

Ich stieß ihm meinen Ellenbogen in die Rippen, was ihn zusammenzucken ließ. »Übertreib es nicht.«

Meine Fortschritte waren wirklich gigantisch. Ich wollte mich ja nicht selbst loben, doch ich hatte es tatsächlich geschafft, ein Portal zu errichten, mit dem man Reisen konnte. Ein Einfaches, für wenige Sekunden, und es reichte nur von der Arena zum Zirkelhof, aber es war gelungen.

Noch ein unglaublicher Nebeneffekt war, dass die Reichweite meiner Spiralmagie genauso weit reichte wie die von Livio, was ich natürlich bei jeder erdenklichen Möglichkeit erwähnte.

Wir wussten beide, dass ich die stärkere Magie in mir trug, doch Livio war wesentlich älter und besser im Einsetzen seiner Kräfte. Mir fehlte die Übung, die Routine und die Zauber selbst, die ich nach und nach lernen musste, doch im

Augenblick beschränkte sich mein Training auf die Portalmagie und kleine Selbstbeherrschungszauber, die mich nachts keinen Magieausstoß kosteten.

»Natürlich komme ich heute Nacht gern wieder in dein Bett gekrabbelt, mein Häschen.«

Der Fahrstuhl war gerade zum Stehen gekommen und ich wusste, warum Livio das so formuliert hatte.

Ein scharfes Lufteinziehen, gefolgt von einem Glucksen waren genau die Reaktionen, die er sich erhofft hatte.

»Die Damen.« Er zog einen imaginären Hut vor den drei herumstehenden Frauen und verschwand in einer Spirale. Erst jetzt bemerkte ich, dass eine vierte Person dabei stand.

Sicherlich waren meine Wangen noch vom Training rot gefärbt, doch ich war mir sicher, dass sie noch eine Nuance dunkler wurden.

»Darian«, stammelte ich und ging auf den Magier zu. Ich hatte ganz vergessen, dass wir für heute verabredet waren.

»Malia«, murmelte er distanziert und schenkte mir ein künstliches Lächeln.

Wir hatten uns seit unserem gemeinsamen Abend nicht mehr gesehen. Livio hatte mich so sehr eingespannt, dass ich nach dem Training gerade noch etwas essen konnte und nach einer ausgiebigen Dusche direkt ins Bett gefallen war. Selbst meine Eltern hatte ich zwischen Tür und Angel verabschiedet, was sie mir zum Glück nicht übel nahmen. Sie waren so unglaublich stolz auf mich, das stellte meinen vollen Terminkalender in den Schatten.

»Malia, du musst uns alles erzählen.«

»Stimmen die Gerüchte also doch?« Die jungen Frauen redeten wild durcheinander. Ich drückte mich an ihnen vorbei und ging auf Darian zu.

»Können wir an einen ruhigen Ort gehen? Dann erkläre ich dir alles«, bat ich ihn über das Geschnatter hinweg. Er wollte schon abwinken, doch ich griff nach seiner Hand und zog ihn mit mir in eine Spirale.

Zu meiner eigenen Überraschung landeten wir in einem mir vollkommen unbekannten Schlafzimmer. Hatte Darian uns hierhergebracht? Aber das war unmöglich, ich hatte die Spirale erschaffen, er konnte nicht dazwischenfunken.

»Wo sind wir hier?«, fragte er und drehte sich einmal um sich selbst, was mir bestätigte, dass er damit nichts zu tun hatte.

»Ich habe nicht die geringste Ahnung«, gab ich zu und erntete einen verständnislosen Blick.

Ricos Zimmer

Vorsichtig hob ich einen Stapel Papiere an und erkannte sofort an der Handschrift, dass es sich hierbei um Unterlagen handeln musste, die von Rico verfasst worden waren. Ich hatte seine Akten studiert, ich würde die Schrift unter tausenden erkennen.

»Kann das Ricos Zimmer sein?«, fragte ich meinen ehemaligen Lehrer.

Er hatte sich ebenfalls umgesehen und zuckte mit den Schultern. »Ich war nie in seinem Zimmer«, sagte er und lief auf das verhangene Fenster zu. Beim Aufziehen der Gardinen löste sich eine dicke Staubschicht und brachte mich zum Husten.

»Wir sind auf alle Fälle im Masterhaus«, stellte Darian fest.

Wieso waren wir ausgerechnet hier gelandet? Hatte sich mein Unterbewusstsein eingemischt und uns hierhergeführt?

Ich wollte mich am liebsten durch alle Sachen wühlen, doch zuerst musste ich die Dinge zwischen Darian, Livio und mir klären.

Ich holte tief Luft und griff nach Darians Hand. »Livio hat die letzten Nächte in meinem Zimmer geschlafen, ja, das stimmt. Aber zwischen uns läuft nichts. Er war lediglich bei mir, um meine Magie zu bremsen, falls sie aus mir herausbricht. Er hat mir die letzten Magiebanner abgenommen.«

Meine Stimme überschlug sich fast, so schnell leierte ich meine Worte herunter.

Um das Ganze zu bestätigen, zeigte ich Darian meinen nackten Knöchel.

»Malia, wir sind kein Paar. Du musst dich bei mir für nichts rechtfertigen. Egal, was du tust, es ist allein deine Angelegenheit.«

Mit dieser Reaktion hatte ich nicht gerechnet. Verwirrt schaute ich den Magier aus großen Augen an.

»Ich wollte nicht, dass der Abend so endet, aber die Sanduhr läuft zu schnell und wenn ich meine Magie …« Ich schlug mir die Hände vor den Mund. Das waren Informationen, die niemand wissen durfte.

Darian lächelte mich an. »Ich bin nicht blöd, Malia. Ich ahne schon lange, was hier los ist. Du hast nichts verraten, was ich nicht schon längst weiß.«

Erleichtert ließ ich meine Hände sinken. »Du weißt es?«

»Ich leite eine der Kampftruppen, die euch begleiten werden. Wenn das Tor offen ist, werden die Dämonen wie Fliegen hier einfallen. Meine Aufgabe ist es, sie direkt an der Grenze einzufangen. Oder noch besser, sie gar nicht erst durchzulassen.«

»Das wusste ich nicht.«

»Ich wollte es dir an deiner Tür erzählen, doch dann hast du mich geküsst und …« Er fuhr sich verlegen durchs Haar.

»Es ist alles gut. Du hast deine Vorgaben und darfst sicher nicht darüber sprechen.«

»Das ist auch der Grund, warum ich aktuell nicht unterrichte. Wir haben uns die Schlagzeilen zunutze gemacht.«

Ich war mehr als überrascht über dieses Geständnis. Anscheinend sah man mir das im Gesicht an. Denn er drückte meine Hand und fragte mich, ob ich ihm böse sei.

»Was? Nein! Wir werden zusammen auf Mission gehen, das ist wundervoll. Und mit dir als Unterstützung an meiner Seite fühle ich mich dreimal so gut beschützt.«

Er biss sich verlegen auf die Unterlippe. »Ich glaube, wir sind ein richtig gutes Team«, sagte er und streichelte mit dem Daumen über meinen Handrücken.

Ich wollte ihn erneut küssen, jetzt, auf der Stelle, und genau da weitermachen, wo Livio uns unterbrochen hatte. Aber dann kamen mir die dunkelblauen Augen des Mannes, der die letzten Nächte über mich gewacht hatte, in den Sinn. Wie sie mich behutsam überwachten, mich heimlich beobachteten, wenn er dachte, ich bekäme es nicht mit.

Darian kam näher und riss mich aus meiner Träumerei. Ich konnte ihn nicht küssen, wenn ich an Livio dachte. Was war nur los mit mir?

»Wenn wir schon einmal hier sind. Meinst du, du könntest mir helfen, nach dem Portalspruch zu suchen?«

Darian ließ seufzend meine Hand los und nickte. »Klar, wo fangen wir am besten an?«

Zwei Stunden später waren wir noch immer keinen Schritt weiter. Dafür plagten mich die Kopfschmerzen des Todes. Rico hatte keinerlei Unterlagen zu seinem erschaffenen Portal hinterlassen.

Frustriert legte ich den Stapel Papiere, den ich jetzt das dritte Mal durchgesehen hatte, zur Seite. »Wir kommen so nicht weiter«, murmelte ich.

Auch Darian wirkte hilflos. Er sah auf seine Armbanduhr. »Ich muss jetzt leider gehen. Wollen wir uns hier morgen noch mal treffen?«

Ich bezweifelte, dass wir etwas übersehen hatten, doch warum nicht? Schaden würde es jedenfalls nicht.

Darian half mir auf die Beine. Ich hatte mir für heute Abend eigentlich fest vorgenommen, bei der Sanduhr vorbeizuschauen. Laut Livio blieb uns ja nicht mehr allzu viel Zeit, doch ich musste es mit eigenen Augen sehen.

»Ja, dann treffen wir uns morgen nach dem Training gern wieder hier.« Ich klopfte mir den Staub vom Hintern.

Darian hob den Arm, um mir eine Mitreisegelegenheit zu bieten, doch ich verneinte. »Geh du zu deinem Treffen. Ich muss Livio sehen.« Als er mich irritiert anschaute, setzte ich noch nach: »Ich will mit ihm zur Sanduhr.«

Er verstand und schenkte mir wieder ein gekünsteltes Lächeln. Wie ich es hasste, für Eifersucht hatte ich wirklich keine Zeit. Mit einem Kuss auf die Wange verabschiedete sich Darian und verschwand durch die Spirale.

Konzentriert schloss ich die Augen und hörte jetzt zum ersten Mal das leise Surren. Ich hielt inne und starrte auf die Tür. Es kam eindeutig von draußen vom Flur und erinnerte mich stark an das Surren, das ich damals im großen Labor vernommen hatte.

Ist das vorhin schon da gewesen? Ich riss die Tür auf und folgte dem langen Flur bis hin zu einem Badezimmer.

»Hallo?«, rief ich vorsichtig hinein, bekam jedoch keine Antwort.

Warum gab es in diesem Flur ein Badezimmer? Erst jetzt fiel mir auf, dass Rico kein eigenes Badezimmer besessen hatte. War das vielleicht auf dem gesamten Stockwerk so?

Hier lebten Magier, mit ein paar kleinen Zaubersprüchen hätte sich jeder ein eigenes Bad schaffen können.

Schnell schob ich diese Gedanken beiseite und konzentrierte mich auf das Surren. Je weiter ich in den Raum vordrang, desto lauter wurde es.

Ich rieb mir die Stirn. Gepaart mit meinen Kopfschmerzen war es ein unerträgliches Gefühl.

»Was bist du und wo bist du?« Die Magie musste von einem Gegenstand ausgehen, eine andere Erklärung hatte ich nicht. Mittlerweile stand ich in einer Klokabine. Mit fest zusammengebissenen Zähnen, weil mein Kopf gleich zu platzen drohte, tastete ich die blauen Fliesen ab. Hier irgendwo musste die Quelle der unfassbar starken Magie sein, dessen war ich mir sicher.

Das Surren war schon fast ein Schrei nach Aufmerksamkeit, anders konnte ich es beschreiben. Doch wo war es? Und warum wollte es ausgerechnet von mir gefunden werden?

Als ich schon glaubte, total verrückt zu werden, bemerkte ich die lose Fliese. Mein Herz setzte einen Schlag aus. Vorsichtig löste ich sie von der Wand. Eine kleine Vertiefung, gerade einmal so breit, dass mein Mittel- und Zeigefinger hindurchpassten, kam zum Vorschein.

Da ich keine Ahnung hatte, was sich in der Vertiefung befand, nutzte ich meine Magie, um das, was dort drinnen war, hervorzuholen.

Ein vergilbter Zettel flog mir entgegen. Meine Beine wurden weich, als ich Ricos Schrift darauf erkannte.

Das Portal

Ich rutschte an der gefliesten Wand herunter und starrte auf den Zettel. Mir war sofort klar, was sich darauf befand. Meine Finger um das Papier pulsierten, als wollte der Zauber von mir beschworen werden.

Vorsichtig entfaltete ich das Schriftstück und wurde sofort enttäuscht. Egal, wie rum ich den Zettel hielt, die Hieroglyphen waren unlesbar.

»Himmel, das darf doch nicht wahr sein! Warum, warum, warum?« Wütend schlug ich gegen die Wand. Es hätte so einfach sein können.

Wenn dieses Stück Papier nicht so unfassbar wichtig gewesen wäre, hätte ich es vermutlich sofort in der Luft zerrissen. Genervt holte ich Luft und beschloss, Livio um Rat zu fragen. Zu ihm hatte ich sowieso gewollt. Vielleicht konnte er etwas mit den Zeichen anfangen.

Ich rappelte mich auf und beschwor eine Spirale zum Gästehaus. Drei Türen von Livios entfernt kam ich an. Das mit der Punktlandung musste ich noch ein wenig üben.

Ich hastete mit großen Schritten auf seine Tür zu und gerade als ich anklopfen wollte, öffnete sie sich von allein.

»Malia!« Erschrocken wich meine ehemalige Mitschülerin zurück. Rohnda hatte ich zuletzt bei der Prüfung gesehen. Ihre schwarzen langen Haare waren verstrubbelt und ihre

Wangen gerötet. Nervös zupfte sie sich ihren viel zu kurzen Rock zurecht.

»Ich wollte nicht stören«, murmelte ich und stieß beim Rückwärtslaufen gegen das Treppengeländer. Bevor die gesamte Situation noch unangenehmer werden konnte, drehte ich mich zu den Stufen um und hastete sie immer zwei auf einmal nehmend hinunter.

»Hast du noch etwas vergessen?«, hörte ich Livio fragen. Er hatte offensichtlich nicht mitbekommen, dass ich zu ihm wollte. Mit ein wenig Glück behielt es Rohnda auch für sich. Ich hatte überhaupt keine Lust auf ein komisches Gespräch, es war besser, wenn er nicht wusste, dass ich Rohnda beim Verlassen seines Zimmers gesehen hatte.

Was sie antwortete, konnte ich leider nicht mehr hören, denn ich hatte den Ausgang des Hauses erreicht und nutzte ihn auch umgehend.

Mein Puls raste und die verstörenden Bilder in meinem Kopf wollten nicht verschwinden. Ausgerechnet Rohnda und Livio. Unterschiedlicher konnten Magier nicht sein und doch hatten sie offensichtlich zueinander gefunden. Zumindest fiel mir kein plausibler Grund ein, warum eine Schülerin sonst aus den Privaträumlichkeiten eines Masters kam.

Mir wurde ganz flau im Magen. Mitten auf dem überfüllten Zirkelhof blieb ich stehen und schaute über die Schulter hinweg zu dem Gästehaus.

Bei Livios Zimmer waren die Vorhänge zugezogen, was mich nicht wirklich überraschte. »Reiß dich zusammen. Er kann tun und lassen was er will und mit wem er will«, zischte ich mir selbst zu. Erst als meine Handflächen zu brennen begannen, realisierte ich, dass ich meine Fingernägel darin vergraben hatte.

Was ist nur los mit mir? Ich straffte die Schultern und besann mich auf mein Vorhaben. Ich musste mir ein eigenes Bild von der Sanduhr machen.

Ohne zu zögern, klopfte ich am Kreismagierhaus und trug mein Anliegen vor. Es dauerte einen Augenblick, bis einer der Wächter mich empfing und mich zu dem Zeremonienraum brachte.

»Es sieht nicht gut aus«, murmelte der Mann und öffnete die weiten Türen.

Man konnte das Sandkorn fallen hören, noch bevor ich den Raum betreten hatte. Der Haufen an Sandkörner, der im unteren Teil lag, war bedeutend größer als der im oberen.

»Was ist passiert?« Vorsichtig ging ich auf das gläserne Ungetüm zu. Drei weitere Magier in Wächterroben standen im Raum verteilt.

»Wir wissen es nicht. Aber eines ist sicher, wenn wir nicht bald eine Lösung finden, wird der Zirkel untergehen.«

Ich spürte das Papier in meiner Hosentasche pulsieren. Vermutlich war es reine Einbildung, weil ich den Zirkel um jeden Preis retten wollte. Doch die Last, die mir auf den Schultern lag, wurde immer größer. Ich wollte nicht sterben, soviel stand fest.

»Wie viel Zeit bleibt uns noch?«

»Drei Wochen, wenn die Sandkörner weiter in diesem Tempo fallen.«

Ich trat näher an die Uhr heran.

Der Zettel pulsierte noch heftiger. Es war eindeutig keine Einbildung, denn das Vibrieren zwischen meinen Fingern, als ich die Hand in die Hosentasche steckte, war echt.

Vorsichtig zog ich das Papier hervor und entfaltete es. Die Zeichen tanzten vor meinen Augen und das Dröhnen in meinem Kopf wurde fast unerträglich. Die Magie schrie mich förmlich an und ich verstand nicht, was sie mir sagen wollte.

»Der Lärm!«, brüllte ich und schaute zu den Wächtern. »Was ist das?«

Die Kreismagier wechselten verwirrte Blicke. Konnte es sein, dass sie nichts hörten?

»Malia, was ist los?« Ich spürte kalte Finger an meinem Oberarm. Wo war Livio jetzt auf einmal hergekommen?

»Es ist zu laut!« Ich presste mir die Hände auf die Ohren, dabei entglitt mir der Zettel und fiel zu Boden.

Ich sah aus dem Augenwinkel, wie der Master das Schrift-stück aufhob. Ob er lachte oder fluchte, konnte ich nicht

unterscheiden. Der Druck in meinem Kopf war so einnehmend, dass ich mich nur auf ihn konzentrieren konnte.

»Raus!«, war das Einzige, das ich verstehen konnte. Ich
ließ mich von ihm am Oberarm aus dem Raum bringen. Je
weiter wir uns von der Sanduhr entfernten, desto weniger
brummte mein Schädel.

»Was war das?« Dass meine Stimme noch immer viel zu
laut für meine Umgebung war, merkte ich erst, als sich eine
paar Master unseres Zirkels beim Vorübergehen nach uns
umschauten.

»Ich weiß jetzt, was passiert ist. Himmel, wie konnten wir
nur so dumm sein?« Für mich hörte sich Livios Stimme äußerst
gedämpft an. Mit beiden Zeigefingern rieb ich mir die Schläfen, in der Hoffnung, den Druck wegmassieren zu können.

»Noch mal! Was war da eben los?« Wir hatten den Ausgang
des Kreisquartiers erreicht und standen auf dem Zirkelhof.

»Meine Magie in dir hat auf das Papier und die Sanduhr
reagiert. Weißt du, was das bedeutet?«

Hatte er gerade gesagt *seine Magie in mir*? Egal, wie man
es drehte, es hörte sich vollkommen falsch an. »Was für eine
Magie von dir in mir?«

»Als du die Tür gesprengt hast, hast du dich verletzt. Ich
habe dich mit dämonischer Magie geheilt. Der Nachteil an
dieser Methode ist, dass ein Teil von ihr für eine Weile zu-
rückbleibt.«

»Das ist verboten!«, echauffierte ich mich und stemmte
die Fäuste in die Hüfte. Der Druck in meinem Kopf war verschwunden.

»Malia, das ist jetzt vollkommen egal. Wir wissen endlich,
wie Rico das Tor zur Dämonenwelt erschaffen hat.«

»Ach ja?« Ich hatte überhaupt keinen Plan, von was er da
redete.

»Das, was hier steht, ist in Dämonensprache verfasst.«

Ich erinnerte mich, in einer der Akten gelesen zu haben,
dass Rico dieser Sprache mächtig war, so wie mindestens
zehn andere, aber wie uns das jetzt weiterhalf, verstand ich
nicht.

»Dann lies mal vor«, sagte ich, weil mir nichts Besseres einfiel.

»Darum geht es nicht. Komm mit.« Was auch immer Livio von mir erwartete, ich verstand die Worte nicht. Er zog mich über den Zirkelhof und auf direktem Weg zu den Laboren.

»Nein!« Ich löste mich aus seinem Griff. »Dort unten passiert etwas Ähnliches wie bei der Sanduhr. Mein Kopf platzt, wenn ich da runtergehe«, erklärte ich dem Master und trat zwei Schritte zurück.

»Und genau das testen wir jetzt. Wenn ich mit meinen Vermutungen richtig liege, dann werden wir morgen das Tor öffnen.«

»Was? Spinnst du? Ich bin noch nicht bereit!«

Das ging mir eindeutig zu schnell. Ich musste Vorbereitungen treffen, mich ausruhen und die Risiken durchgehen.

»Das bist du. Wir haben trainiert, ich weiß, dass du es schaffst. Aber jetzt lass uns erst einmal schauen, ob meine Theorie stimmt.«

Er reichte mir seine Hand. In gewisser Weise hatte er ja recht. Wir hatten weder die Zeit noch wusste ich, was für einen Zauber er sich jetzt aus dem Ärmel schüttelte. Fest die Luft ausstoßend, griff ich nach seiner Hand und huschte mit ihm durch die Gänge des Hauses, in dem die meisten Labore untergebracht waren.

Es wunderte mich nicht, dass wir ausgerechnet an dem stehen blieben, das von Rico zum Erschaffen des Portals genutzt worden war. Das Surren konnte ich bereits durch die verschlossene Tür hören.

»Was machen wir da drin?« Langsam wurde mir warm und ich bekam schwitzige Hände.

Livio hatte mir nicht zugehört, er wirkte höchst konzentriert. Als er die Klinke runterdrückte und wir das Labor betraten, wurde das Surren stärker.

Unbehagen stieg in mir auf. Ich konnte nicht genau benennen, was es war, doch etwas machte mir Angst.

»Heute ist kein guter Tag um deine Theorie zu testen. Es geht mir nicht gut«, stammelte ich und wollte schon wieder rückwärts flüchten.

»Malia, bitte. Ein kleiner Zauber, drei Sekunden. Ich möchte lediglich etwas ausprobieren.«

Nervös kaute ich auf meiner Unterlippe herum. Was konnte schon schiefgehen? Einer der besten Master war an meiner Seite und er wollte etwas testen. Ich musste mir Mut zusprechen, denn egal, welche Energie hier herrschte, sie schien sehr mächtig zu sein.

Der Master trat auf die weite freie Fläche auf dem Boden zu und hob mir den vergilbten Zettel entgegen.

»Ich kann das nicht lesen, auch wenn ich Dämonenmagie in mir trage.«

»Ich habe es dir übersetzt. Der Zauber, den du jetzt wirkst, braucht deine volle Aufmerksamkeit, hast du das verstanden?« Livio hatte eine Härte in der Stimme, die mir überhaupt nicht gefiel.

»Es ist nur die Probe, richtig?«

»Nur eine Übung. Wenn du es schaffst, dass Portal heraufzubeschwören, können wir im Schwerpunkt genau an diesem Zauber arbeiten. Wir brauchen ein stabiles Portal und das wirst du jetzt noch nicht hinbekommen.«

Ich hörte aufmerksam zu. *Eine Probe, und wenn der Zauber stimmt, arbeiten wir daran,* fasste ich gedanklich zusammen.

»Sobald wir sehen, dass das Portal sich aufbaut, reicht das schon, dann kannst du den Zauber fallen lassen.«

Ich nickte und nahm den Zettel entgegen. Sofort begannen meine Fingerspitzen zu kribbeln.

Verizi zeszenus ramana ehelios. Ich verstand kein Wort dämonisch.

»Wie spricht man das denn aus?«

Livio las langsam die Worte vor und ich versuchte, mir die Betonung der einzelnen Silben zu merken.

»Und was genau bedeutet das?«

»Ich erkläre es dir später.« Er zeigte auf die Fläche und ich stellte mich so hin, wie er es mir in jeder Übungsstunde gezeigt hatte.

Die Hände nach vorn ausgestreckt, sammelte ich Magie in meinem Inneren. Hitze stieg in mir auf. Das Kribbeln empfing mich wie einen alten Freund.

»*Verizi zeszenus ramana ehelios*«, sprach ich die Worte deutlich aus.

Ein Zischen erfüllte den Raum und binnen weniger Sekunden bildete sich ein Strudel aus Luft, direkt vor meinen Augen.

»Noch mal!«, brüllte Livio.

»*Verizi zeszenus ramana ehelios*«, wiederholte ich laut. Blitze bildeten sich und ich hörte den Master scharf die Luft einziehen.

»Malia, es funktioniert!« Ich wusste genau, was er meinte. Ich konnte die fremde Magie spüren. Die Macht umfing mich in gewaltigen Bahnen. Das Schauspiel aus wirbelnden Schatten und Blitzen, die um den Portalbogen schossen, war gigantisch.

»Zwei Fliegen mit einer Klappe!« War das etwa…

Etwas zerrte an mir und bevor ich registrierte, was genau geschah, wurde ich mitten in die wabernde Oberfläche geschleudert.

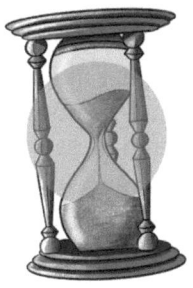

Epilog

Rico wusste nicht, wie viele Magier er in den letzten zweihundert Jahren hierhergebracht hatte, aber dass er selbst einmal hier landen würde, damit hatte er nicht gerechnet.

»Hey, Magier, steh auf.«

Er hob den Blick und schaute zu den Gitterstäben. Dicke, eiserne Stangen, die sich vom Boden zur Decke erstreckten. Ein Zauber in der Menschenwelt und er würde sie sprengen. Doch hier war dies unmöglich.

Zorn wallte in ihm hoch. Er sollte nicht hier sein, sondern bei seiner geliebten Elin. Der Zeitreisespruch hatte gestimmt! Ohne Zweifel, er hatte die Formel mehrfach überprüft.

»Was ist jetzt, Magier? Steh auf.« Das frauenähnliche Wesen mit den Hörnern am Kopf war seit seiner Festnahme für ihn verantwortlich. Wieso war er ausgerechnet im Thronsaal der Dämonenwelt gelandet? Diese Frage stellte er sich jeden Tag aufs Neue. Man hatte ihm vorgeworfen, die Dämonentore zerstört zu haben, deswegen saß er hier ein. Er war ihre einzige Hoffnung, die Tore wieder zu öffnen, deshalb hatten sie ihn noch nicht umgebracht. Doch er hatte keine Ahnung, wie er ein stabiles Portal zwischen zwei Welten erschaffen sollte. Seine Magie allein würde dafür nicht ausreichen.

»Hörst du schlecht?«

»Schon gut, du alte Wachtel«, schimpfte Rico und mühte sich auf die Beine. Seine Zelle wurde gereinigt und dafür musste er sie verlassen.

Genervt sah er zu, wie der alte Strohhaufen gegen einen neuen ausgetauscht wurde. Bald würde er seiner Zelle für immer den Rücken kehren, dessen war er sich sicher. Niemand hielt Rico gefangen, auch nicht das ausbruchsicherste Gefängnis aller Welten: das Beelze.

Danksagung

In erster Linie möchte ich mich bei meinen Bloggern bedanken:

lenas.books

jennysreadingspace

fuexchen_101

denise_liest

saphis_buecherecke

tinis_buecherwelt_und_mehr

bines_buecherwelt

j.m.weimer_autorin

julisbooksandteas

jenny.andherbooks

celines.bookdiary

miraskleinehobbywelt

reading_is_metime

artofjassi

Ihr habt für mich gepuzzelt :-) tolle Beiträge geschrieben und wart mir jederzeit mit Rat und Tat zur Seite gestanden. Danke für eure Zeit, Energie und Unterstützung.

Noch ein Dank, gilt meiner lieben Kollegin Kerstin G. Rush, die mich auch bei diesem Projekt tatkräftig unterstützt hat. Danke für unsere Freundschaft.

Auch B.E. Pfeiffer möchte ich an dieser Stelle danken. Als ich am meisten zweifelte hast du mir eine helfende Hand gereicht. Das werde ich dir nie vergessen. Danke für unsere Freundschaft.

Und weil uns die Zeit davon rieselt, halte ich mich dieses Mal etwas kürzer... :-)

CHRISSY EM
Rose
AUTORIN MIT ROSENMAGIE
UND DORNENSCHMERZ

Chrissy Em Rose lebt und schreibt im schönen Odenwald. Als Mama von vier Kindern, findet das Autorenleben oft sehr früh am Morgen, oder in den späten Abendstunden statt. Organisation und Planung sind wichtige Bestandteile ihres Lebens. Ihre Leser entführt sie in phantastische Welten, voller Magie und Abenteuer.

Du möchtest gerne mehr erfahren?
Schau bei ihrer Homepage vorbei
www.chrissy-em-rose.de
oder besuche sie auf Instagram oder
Facebook: chrissy_em_rose

Die magischen Bücher sind eine fünfteilige Reihe im Bereich Highfantasy, die jedes Kriegerherz höher schlagen lässt.

ISBN: 978-3-7504-4185-9
Einband: Taschenbuch
Preis: 14,99 €

Rückseitentext:
Aus dem Nichts überrollt eine gewaltige magische Welle ihren Mitschüler und was bleibt, ist eine Pfütze.

Dieser Moment verändert alles in Leandras Leben. Steckt sie doch eigentlich mitten in der Ausbildung zur perfekten Kriegerin, lebt und trainiert mit ihrem Meister und ihren Kameraden auf einer der neun Inseln. Doch nun stehen die Schüler vor einer neuen Herausforderung, denn ihr verschwundener Freund muss gefunden werden! Schließlich vermag nur ein Reim, Licht ins Dunkel zu bringen:

Verärgert und sauer über des Menschen Unverstand,
war er es, der dafür sorgte, dass die Magie verschwand.

Bis heute ist uns allen bekannt:
Die Magie ist in fünf Bücher gebannt.

Leandra steht nun vor der Wahl: Ihre langersehnte Ausbildung wie gehabt zu beenden oder sich der gesetzeswidrigen Suche nach dem Mythos der magischen Bücher anzuschließen, um ihren Mitschüler zu retten.

Daris und Leyla ist in einer Schmuckausgabe erschienen und kann für 14,99€ direkt über die Autorin bezogen werden, oder das einfache Taschenbuch über den freien Handel unter der ISBN-13: 9783754396384
Bald auch als Hörbuch

Das Cover von Daris und Leyla verfügt in der Schmuckausgabe über eine glow-in-the-dark Veredelung und kann somit im Dunkeln leuchten.

Rückseitentext:

Das Schicksal meint es nicht gut mit Daris. Von seinem besten Freund betrogen und um die Liebe seines Lebens gebracht, versinkt er in Selbstmitleid. Doch als der Sultan der Wüstenstadt Sirakin seine Heimat zu zerstören droht und seine große Liebe in Gefahr bringt, fasst Daris einen Entschluss:
Er will ihn aufhalten und die sagenumwobene Wunderlampe finden. Als er sie jedoch in den Händen hält, schlüpft aus ihr kein rauchartiges Wesen, sondern die quirlige Dschinniya namens Leyla. Mit ihrer lebensfrohen Art verdreht sie ihm den Kopf. Aber am Ende muss sich Daris entscheiden: für die Rettung seiner Heimat oder die Liebe.

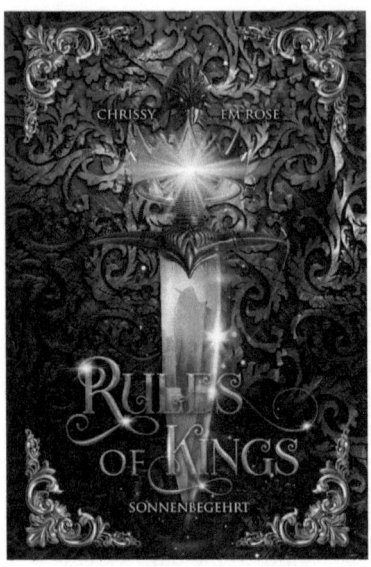

Rules of Kings
Sonnenbegehrt, ist der
Auftakt einer Low- Fantasy
Trilogie.
Bald auch als Hörbuch

ISBN-13 : 978-3985954339
14,99€ im freien Handel oder
über die Autorin direkt.

Was verbindet einen machthungrigen König, eine Schneiderin auf der Flucht, eine Prinzessin, die für ihr Recht einsteht, und einen Auftragsmörder?

König Julien, Herrscher über das Reich der Sonne, kennt nur ein Ziel: das Reich des Mondes eines Tages für sich zu beanspruchen. Dafür nimmt er sogar eine Ehe in Kauf, obwohl die Prophezeiung besagt, dass sein eigener Sohn ihn einmal den Thron kosten wird. Nur hat er die Rechnung ohne die Prinzessin gemacht, die sich so gar nicht in ihrer neuen Rolle als Ehefrau zurechtfinden will.

Als hätte der Auftragsmörder Morris nicht schon genug mit den Schlachtplänen seines Freundes zu tun, begegnet er in all dem Chaos einer Frau, die sein Herz im Sturm erobert. Allerdings macht sie von Anfang an klar, dass sie das Reich der Sonne verlassen will. Gerade als Morris denkt, seine Gefühle wieder im Griff zu haben, bekommt er einen Auftrag, der seine ganze Welt auf den Kopf stellt.